本丛书得到韬奋基金会资金资助

"十一五"国家重点图书出版规划项目

书 林 守 望 丛 书

书林漫步
——聂震宁序跋随笔集

聂震宁 著

首都师范大学出版社

图书在版编目（CIP）数据

书林漫步：聂震宁序跋随笔集 / 聂震宁著 . 一北京：首都师范大学
出版社，2009.9

ISBN 978-7-81119-756-3

Ⅰ. 书… Ⅱ. 聂… Ⅲ. 出版工作-管理-文集 Ⅳ. G231-53

中国版本图书馆 CIP 数据核字（2009）第 164190 号

书林守望丛书
SHULIN MANBU
书林漫步——聂震宁序跋随笔集
聂震宁 著

项目统筹：张 巍
责任编辑：刘舟梅 责任设计：张 朋
责任校对：王亚利 责任印制：沈 露
首都师范大学出版社出版发行
地 址 北京西三环北路 105 号
邮 编 100048
电 话 68418523（总编室） 68982468（发行部）
网 址 www.cnupn.com.cn
北京嘉实印刷有限公司印刷
全国新华书店发行
版 次 2009 年 9 月第 1 版
印 次 2009 年 9 月第 1 次印刷
开 本 787mm×1 092mm 1/16
印 张 18.25
字 数 275 千
定 价 40.00 元

《书林守望丛书》编委会

做文化的守望者
——《书林守望丛书》总序

柳斌杰

　　文化是每一个民族赖以生存的根基和灵魂，而出版事业和出版物，是民族文化的结晶，是民族精神的物质承载者，是衡量一个国家和民族文明程度的重要标志。从事这项伟大事业的出版人，不仅是出版活动的实践者，而且是人类文化创造、积累、交流、传播的组织者和参与者，是文化产品的生产者、民族精神的护卫者和时代精神的弘扬者。任何时代，治书修史者都肩负着神圣的历史责任、文化责任、社会责任，在我国，这种传统一直延续了几千年。但是，目前受名利诱导和网络快餐文化的影响，出版界跟风炒作、追求市场效应一夜成名而不顾文化品位等现象时有耳闻。在种种浮躁的背后，反映出来的是出版从业者文化品格的缺失。唯其如此，为繁荣学术和民族文化而坚守文化天职、恪守社会责任的职业精神和文化追求，尤其值得在出版界大力弘扬。

　　出版人是文化薪火的传承者，具有坚守文化自信的历史责任。众所周知，出版是人类文明薪火相传的重要依托，一个国家民族科学文化的传播和传承，有赖于它的出版事业。中华文明之所以历经五千年而一脉不绝，就在于中国历代政治家、著作家、出版家、藏书家接续几千年文明发展进程中形成的尊崇历史、珍惜古籍、编修文献、善待图书、重视典藏的优良传统，他们将中华文化的精髓融入历代出版物之中，一代一代地传之后世，肩负起了将一个时代的科学文化及思想智慧真实地记录下来、传承下去的历史责任，使中华民族的文化根基与时俱丰、愈加巩固。作为新时期文化创新和文化传播的主体，当代出版工作者更加需要继承传统、关注时代，一方面自觉承担起对民族文化传统的保存、整理、批判、传承的责任，保持中华文化的统一性、延续性；另一方面推动文化创新和发展，弘扬和培育符合时代要求的民族精神，在增强民族的凝聚力、创造力以及同世界其他文明进行对话的文化自信力方面作出贡献，使中华民族独立于世界民族之林的文化根基更加坚韧。

出版人是文化创新的推动者，具有坚守文化本性的特殊责任。作为一种文化生产的基本业态，出版既有产业的属性，又有意识形态的属性，必须通过创新来保持文化的独特品质和内容的先进性。从这个意义上说，创新是出版工作者的不竭动力和显著特征，不仅是文化积累和产品制造的组织者，而且也是文化内容的选择者和把关者，当然应当是新知识领域的开拓者和新成果的发现者、催生者。一方面，知识的保存、生产和应用，文化和技术的传承、生产和原创，都是以出版活动为基础的。历史上重要的思想创新、科学发现和技术进步主要是通过出版物得以传承和发展的。另一方面，从造纸术、印刷术到当代激光照排系统、计算机王码汉字处理系统以及数字技术的应用，出版人率先将新成果引进出版业，引发出版形式和内容的不断创新。在文化传播过程中，出版人通过传承优秀民族文化、吸收外国文化精华、把握时代需要，促进着社会文化的不断进步。而现代出版史上鲁迅发现大批文学青年、叶圣陶对巴金处女作的慧眼识珠、巴金对曹禺作品的琢璞为玉的佳话，也反映了出版人所必备的发现新人新作的创新品质。在当前的创新型时代、创新型国家建设的过程中，人民群众的伟大创造，已然成为文化创新取之不尽、用之不竭的源泉，迫切需要出版工作者发现、认识、扶持、推广，进而铺垫中华民族元气深厚的文化创新的阶石，培育中华民族根深叶茂、神韵独具的文化创新的活力。

出版人是时代思潮的引领者，具有坚守文化领土与文化阵地的社会责任。出版的本质不仅在于积累文化、创造新知，不断推出更优秀的文明成果，而且还在于按照一定的价值目标对社会现实文化作出评价，通过选择、把关实现对社会风气、学术思潮、文化倾向的引导。古代中国知识分子正是借助"竹帛长存"所构成的社会认知体系和社会规范体系，才唤起了"见贤而思齐"的文化自觉和道德自律。"五四"时期以《新青年》为中心凝聚的一大批知识青年的出版传播活动，将"科学"与"民主"汇聚成了思想解放的伟大潮流。在当今政治多极化、经济全球化、文化多元化、新技术日新月异的国际背景下，在经济社会急剧转型、社会文化事业和文化产业发展不平衡的国内背景下，承担着建构社会主义和谐社会及传播先进文化的神圣使命的出版工作者，其选择、把关进而引导大众的责任更加重大，需要通过对精神生产加以规划与组织，对精神产品进行鉴别与加工，对文化遗产作出选择和整理，对社会信息予以筛选和传递，打造传承主流文化和主流价值观的精品力作，不断巩固主流文化阵地。这就要求当代出版工作者必须深深植根于中国特色社会主义伟大实践，敏锐把握时代变革的风气之先，不随波逐流，不跟风炒作，不断提高辨别真善美和引导大众文化、传播主流文化和主流价值观的能力，致力于弘扬民族精神和时代精神，为中国的改革开放和现代化建设事业提供有力的思想保证、精神动力和智力支持。

历史已经证明，出版业作为文化传承和文化创新的核心，如果没有文化理想和文化追求，便失去了发展的根基。而出版工作者的文化价值取向、人文素养、文化责任、文化运作能力和学术品评能力，又直接影响到出版物的文化含量。从这个意义上说，对于文化的坚守，不仅是一种出版理念，也是一项出版实践。在竞争日益激烈的世界文化市场中，能否坚持文化本位，能否坚守文化责任，对新时期的出版从业者来说，无疑是一种严峻的考验。《书林守望丛书》的问世，为我们提供了一部关于新中国出版人的精神文化启示录。其中反映出的经过沉淀而彰显的文化品格，尤其应该成为新时期出版工作者的精神支柱。这套丛书的作者，是一群深深地钟情于出版事业的文化守望者，他们在"书荒"时代辛勤耕耘，在"书海"时代坚持方向，恪守文化的尊严，组织、规划、策划、编辑、出版过一大批反映时代精神、民族精神及具有学术价值、文化品位的标志性工程，主持、主编过一大批科学、人文、经济、教育等方面为广大读者喜闻乐见的知识读物，为全社会提供优秀的精神食粮作出过重要贡献。在他们身上体现出来的勇于开拓、后启来者的创新精神和坚守精神家园、淡泊名利的文化风骨，堪称典范。希望通过这套丛书的出版，使新时期的出版工作者形成一种更加清醒的文化自觉，在文化与产业协调发展的道路上走得更加坚定，产生更多让世界为之惊喜的拥有自主知识产权的民族文化品牌，再现中华民族宏大的文化气魄。

当前，出版业的发展同政治、经济、社会、文化的发展一样，要在

003

世界范围内的大对话、大交流、大竞争、大角逐中，把握机遇，迎接挑战，创造新的辉煌，需要一大批具有真才实学且能开阔视野、崇尚科学、追求真理、尊重创造、包容多样的新型复合型出版人才，来担当中国特色社会主义文化建设的推动者。《书林守望丛书》汇集的新中国成立六十年来成长起来的十几位出版家在长期为人作嫁的职业生涯中的思想火花、书坛掌故，集中反映了新时期出版工作者的精神风貌，不仅抓住了时代的新变化，也深刻把握了出版职业的新要求。这套丛书的作者，或者长于出版规划，或者长于鉴赏加工，或者长于经营管理，但都有将丰富的实践经验升华为理论的深沉思考。将这些经过实践检验的理论总结汇集起来，转化为鲜活的历史智慧和生命依托，对于未来的新型出版人才，无疑具有深远的精神哺育作用。我希望这套丛书的出版，能够吸引更多才华横溢、富有创造力的新军投身我们的出版事业，使中国出版人的文化守望薪火相传，为推动社会主义文化大发展大繁荣建功立业。

2009 年 7 月

目 录

001

自 序

　　本书是我在出版专业上的第三个专集。书中收入的文章主要分成二类，第一类是我关于编辑出版研究的随笔札记，第二类则是为一些书籍所写的前言与后记。在这些随笔札记里，我的身份主要是一个出版人。尽管早些时候是出版社总编辑，后来是社长，近些年则是出版集团公司总裁，注意力各有侧重，研究自然就各有专攻，但都是出版这个行当里的事情。可在前言后记里，我则有时候是一个出版人，而在不少时候是一个作家，因为我曾经有过作家的经历和身份，常常以这样的身份接受邀请替别人的书作序。总而言之，所选文字都是关于书籍的事。

　　我一直坚持认为，在编辑出版这个学科的研究上，一定不能脱离对出版物内容的研究。即便在研究出版体制改革、产业发展和经营管理的过程中，也不能脱离一定的出版内容。脱离了既定出版内容的编辑出版学研究，往往流于简单、粗疏、空洞，难免无的放矢或隔靴搔痒的毛病。这也就是当首都师范大学出版社竖起"书林守望丛书"大旗时，我愿意被招募于这杆旗下的主要原因。他们把编辑出版研究集中到书籍上来，把出版的精神比喻为守望书林，这是我所赞成的。一切书籍的出版，其主要价值无非或在社会效益，或在经济效益，或是二者的有机统一，然而，最终必归结为具体的书籍在一定历史时期的经济、政治、文化、社会以及专业学科上的价值和作用。书籍的价值和作用，有的功在当代，有的则利在千秋，当然最理想的结果是既功在当代又利在千秋。而这些良好愿望的实现，需要很多条件，需要推进出版业的改革发展，需要精益化出版业的经营管理，而最终还有赖于内容。内容产业必以内容为王，我是始终谨记的。

我在英国剑桥大学写作这篇自序。参加剑桥大学中国企业管理高级研修班学习，不曾想竟然还遇上一次与出版密切相关的经历。到剑桥的第二天下午，剑桥大学三一学院院长举行大型晚宴欢迎中国企业管理高级研修班全体学员。那天来了不少教授和有关方面的人士，让我们感受到剑桥主人对中国企业家们的尊重和好意。宴会前主人安排中国学员们参观学院著名的雷恩图书馆。参观图书馆常常是国外大学的迎宾节目，也是作为一所高水准的大学最应该拿出来展示给客人的设施。一所大学的图书馆往往象征着教育资源的厚度，凝聚着历史积淀的深度，展现着学府的生机与活力。当时我感到亲切而激动，因为作为一个出版人，自然会把图书馆看成神圣的地方。而在欢迎一群企业家的活动中，在见面就谈金融危机且谈危机色变的当下，主人仍然热情地引领客人观赏他们有了300多年历史的图书馆，更让我感到亲切而激动。而我的同学们，一群著名大型国企的老总，可谓商务繁忙、戎马倥偬，却在那座古老的图书馆里无不兴趣盎然，无不盘桓赞叹，无不指点名著，就特别让我感到亲切而激动。可以说，为此我感到自豪，尽管那些书架上并没有我所出版的书籍，我是为自己所从事的出版业自豪。

我们在图书馆大厅里漫步。图书馆是300多年前一位叫雷恩的建筑大师所建造的巴洛克式建筑。大厅长46米，高12米，宽12米，全部馆藏共有20多万册图书，而核心部分则是1820年前出版的近5.5万册图书。图书馆内布置得气宇轩昂，两侧是高大的古色古香的书橱，每两个书橱之间是橡木制作的阅读台。主持参观的三一学院教授麦基特里克先生告诉我们，阅读台桌椅都是300年前制作的。书橱上方安放着一尊尊大理石人物胸像，其中有苏格拉底、西塞罗、莎士比亚这些人类文化名人，更有牛顿、培根、本特利等三一学院的著名校友。这所学院出的名人太多，迄今已经产生了30多位诺贝尔奖获得者，这里也就只能展出一些古典人物了。大厅中央摆放着一个人物的全身坐像，请教后得知竟然是大诗人拜伦。拜伦也是三一学院校友中的佼佼者。在通道两边还有一些玻璃罩着的陈列柜。一个陈列柜里展示着莎士比亚作品的早期版本，另一个陈列柜里则存放着牛顿使用过的书籍和手杖、怀表，还有一只小银盒里存放着一缕褐色的头发，教授告诉我们这是牛顿的头发。真是匪夷所思！面对着这一处处人类文化景观，参观的人群里不时发出啧啧赞叹。

而我在赞叹之余，更多地想到了书籍对于人类文化传承所具有的不可或缺的作用，又一次认真思考自己所从事的出版事业的核心价值，还想起了美国罗斯福总统 1942 年在美国书商协会那著名的演讲，他说："我们都知道书可以燃烧，但我们更知道书不可能被火毁灭。人会死，书却永存。"面对永存的书籍，人们将感激写作它们的思想文化、科学教育大师们，也会感激出版它们的出版人。

《书林漫步》是我还在北京时所拟的几个书名中的一个。来到剑桥大学后，才把这书名定下。研修班课程安排得很满很紧，作为异国小住，三周时间不免让人觉得日子长了一些，于是黄昏漫步，三五同学结伴在剑桥校区的历史和风景里探寻，也就成了每天的功课。漫步时，我们忽而对周遭风景有所惊喜，忽而对远处目标有所向往，有时在一片花木、一口池塘边上捉摸，有时又朝着一个既定目标疾走，而更多的时候，我们会议论刚刚上过的课程，感慨那些著名跨国公司的董事长和首席执行官的心得，评点那些著名教授和政府要员的讲座，讨论我们的现实问题，三言两语，大都是心得感悟。我忽然想到，我的这部小书所收文章，大体也像紧张学习后的漫步吧，有探寻，有惊喜，有向往，有捉摸，有疾走，更有学习的心得感悟和讨论，所有这些都是在书林里漫步的收获。一如剑桥漫步，往往是在不经意间所做的功课。现在把它们集合起来，既当作风景留念，更冀望就教于各位前辈和同行。

是为自序。

003

2009 年 7 月 22 日清晨于剑桥大学穆勒中心

第一辑

随笔·札记

感受中国信心

　　连续 7 年出席全国政协大会，每一次的感受虽然各有特点，但有一点总是相似的，那就是都能感受到中国新年开局之时的信心。而今年这感受则尤其强烈。国际金融危机尚未见底，世界经济形势严峻复杂，我国经济增长下行压力增大。特别是所谓一句"尚未见底"，就像北京冬天的最后一场雪还没有到来，或者说北京的冬天雪还没有飘落，而且，下不下也还难说，总之是尚未见底，总之是寒气还在逼人。于是就有重压在心。我想，今年两会的代表委员们大都是带着这份重压而来的。然而，中国有信心，在严峻复杂的世界经济形势之下还矗立着中国信心，这是今年两会给我和我们最强烈的感受。胡锦涛总书记说得好："越是困难的时候，越是要坚定信心。"于是，在今年的全国政协大会开幕式上，数千人齐声高唱《国歌》。《国歌》激荡着中华民族一直葆有的坚定信心。

　　中国人宣告："信心比黄金、货币更重要。"无论国际金融危机多么"西风烈"，无论世界经济危机多么"周天寒彻"，中国自有信心在，自有"内力"在，中国定能稳住阵脚。只要有坚定的信心，就能审时度势，积极应对；只要有坚定的信心，才能化挑战为机遇，变压力为动力。信心是战胜困难的第一要素。2009 年，我们要面临的挑战肯定很多，要征服的困难肯定很复杂，但是我们有信心，也就是说已经具备了战胜困难的第一要素。想想过去的一年吧，想想抗震救灾时那句铁骨铮铮的"雄起中国"，想想奥运圣火百折不回地向着中国传递时，海内外中华儿女那不期而至的凛然正气，想想当圣火在北京燃烧之时，我们每个人心中的那份激越昂扬。这一切都首先来自于信心这第一要素。如果你不理解信心所蕴含的巨大能量，就无法理解这些奇迹，也无法理解那些绝境中爆发出的惊人之举。而人们对某样事物建立起信心，是因为该事物过去都不曾让人们失望过，而且相信它将来也不会让人们失望。信心曾经支撑、引导着我们经历了这么多，中华民族必将再次创造出新的奇迹和不朽。

全世界的目光都在关注中国信心。据报载，今年迎接两会代表委员的，除了鲜花和掌声，还有更多的记者。"中青在线"把两会特刊网页命名为"中国信心·2009"，表明媒体已经敏锐地感受到了中国信心。800多名外国记者前来采访我国两会，其中西方主流媒体记者明显增多。可以想见，他们将更多关注的是中国信心，其中自然有疑惑，也不乏嘲讽，但更多的还应该是希望。在这个信心缺乏的特殊时期，中国被寄予了引导世界经济复苏的希望。中国的信心当然是值得关注和希望的，而中国信心也是经得起关注和希望的。古罗马哲人西塞罗说："信心就是，抱着足可确信的希望与信赖，奔赴伟大荣誉之路的感情。"中国的信心来自于清醒的判断和确切的信念。党中央清醒判断我国经济发展的基本态势没有发生根本变化，判断我国经济发展的优势条件没有发生根本变化，判断我国工业化、城镇化加快发展的趋势没有发生根本变化，还判断我国发展的外部环境没有发生根本变化，党中央"保增长、保民生、扩内需、调结构、强信心、促发展、促和谐"的发展大计给广大人民群众以信心，尤其是"三保"的决断——"保增长、保民生、保稳定"，体现了科学发展的治国理念，给广大人民群众以希望。再看看去冬今春。虽然中国经济也受到世界经济危机的较大冲击，但是政府及时出手，4万亿元投资计划，出台十项强有力的扩大内需之举，制定十大产业振兴规划，高度关注就业，招招过硬，无不稳、准、实，经济初现转暖迹象。两会上还将有更多的议案、提案奉献出来。毋庸怀疑，世界关注中国信心的结果，必将是再一次地发现中国力量、中国经验，再一次认清中国特色社会主义的"伟大荣誉之路"。

政协会议开幕式结束后，走出人民大会堂，已近黄昏时分。恰好同周海婴委员走在一起。周委员是连任多届的老政协委员。他精神矍铄，依然沉浸在大会的激情氛围里。他说："齐声高唱国歌，太振奋了，说明我们国家有信心，有力量！"我说是的，中国就是有信心。抬头看天安门广场，落日余辉正在消退，让人感到春寒料峭。我想，明天迎来的将是春的暖阳。信心是中华民族不落的暖阳。

写于 2009 年 3 月

抓住新机遇　实现文化产业新突破

　　当前国际金融危机不仅给实体经济带来冲击，也给文化产业带来不利因素和影响。尽管在历史上多次经济危机中曾经有过文化发展反周期繁荣的现象，文化产业由于其特殊属性和特殊功能，面对经济危机依然可以发挥其特殊作用，但我国文化产业要在当前严峻的经济形势下实现逆势上扬，还需要做出艰苦的努力，特别要抓住新的机遇，实现新的突破。

　　一是要把握国家经济结构调整的新机遇，实现文化产业在国家发展战略地位上的新突破。我国文化产业在 GDP 中所占比重相对较小，这既不利于经济社会的发展和国家软实力的提高，也不利于在当前形势下充分发挥消费拉动作用。在落实中央关于保增长、扩内需、调结构方针过程中，应把发展文化产业作为调整经济结构的主要着力点之一，将其培育成为国家支柱性产业，确立产业目标。文化产业知识和科技含量高，资源消耗低，环境污染少，就业人数多，发展潜力大，关乎国家发展和民心安稳，对推动经济社会发展具有重要作用。目前我国正在进行经济结构调整，应当在调整中加大对文化产业投入的力度，重视发挥其作用，实现文化产业的全面振兴。要实现文化产业在国家发展战略地位上的新突破，尽快制定国家文化产业振兴规划则是当务之急。大萧条时期，美国政府曾出台一系列扶助文化艺术相关行业的政策，如联邦戏剧计划、联邦音乐计划、联邦艺术计划、联邦作家计划等，在 20 世纪 30 年代实现了文化产业的大发展。在 1997 年的亚洲金融危机中，日本和韩国明确提出"文化立国"的国家发展战略，短期内推动了文化产业的反周期繁荣，

005

长期内奠定了两国在国际文化产业格局中的有利地位。我国应尽快组织制定文化产业振兴规划，增加资金、政策的投入，充分发挥文化产业在经济社会发展中多方面的作用。

二是要抓住国际文化产业竞争态势变化的新机遇，实现文化产业体制改革和结构调整的新突破。受国际金融危机影响，发达国家的文化产业正在受到程度不同的冲击。国外文化企业进入我国文化市场的步伐明显放慢，竞争态势暂时趋缓。我们应抓住当前这一有利时机，推进体制改革和结构调整，及时完成产业升级。要进一步推动经营性文化单位转企改制。要把文化产业培育成为国家支柱性产业，首先要把经营性文化单位建设成为合格的市场主体。只要我们按照"区别对待、分类指导、循序渐进、逐步推开"的方针，抓住现代企业制度建设这个重点，解决好人员安置和身份转换这个难点，那么，文化产业在这项改革中失去的将只是某些体制性束缚，获得的却是广阔的市场和产业更大的发展。要进一步提高文化产业的集中度。我国文化产业集中度明显偏低，市场分散，成本过大，效率偏低。以出版业为例。有关资料显示，我国 CR10（前 10 名出版企业的图书零售市场占有率）约为 25％左右，美国 CR10 则为 64％。我国文化产业应在"政府主导、市场运作"的原则下，加快推进结构调整和资产重组，通过跨媒体、跨地区、跨行业、跨所有制的战略重组，尽快提高产业集中度。

三是要抓住广大群众文化消费需求变化的新机遇，实现文化产品内容形式和传播手段创新的新突破。根据广大群众文化消费需求的新特点，当前要高度重视文化普及、理论普及和科学普及等类优秀产品的生产，大力推动弘扬民族精神和时代精神的优秀原创作品的生产，精心组织生产应对危机的实用性文化产品，积极提供帮助人们精神减压的各种健康有益的文化消费。在经济不景气时，文化消费的比较利益较之以往要更受重视，往往能推动传播手段的创新。有声电影、无线电广播、彩色动画片、摄影技术、动漫产品等传播手段都是在经济危机中创造和发展起来的。数字出版、手机增值服务、网络游戏等低价位、新科技的传播方式必将受到市场追捧，成为文化产业创新传播手段与培育新型业态的重要突破口。要广泛组织培养最广大的文化服务对象。要有力拉动文化消费，特别需要做好文化消费的引导和服务工作。当前，我国政府正在加大公益性文化设施建设的投入，为拉动文化消费、培育文化市场提供了重要条件。文化产业应当充分利用好这些基础设施，通过产业经营和市场运作，为广大群众提供优秀的产品和服务。在美国经济最糟糕的1929年，好莱坞举办了第一届奥斯卡颁奖典礼，有效培育和拉动了电影消费。自2008年起，中国出版集团公司发起在全国书博会上举办"读者大会"，有效地激发了广大读者读书的热情，拉动了图书销售。

四是抓住国际文化市场变化的新机遇，实现文化产业"走出去"战略的新突破。当前，国际文化产业的经营发展出现阶段性疲软，让出了一定的市场空间和机会，为我国文化产业加快"走出去"提供了新的有利条件。要构建系统高效的国际传播体系。文化"走出去"，主要是通过版权"走出去"、成品"走出去"和实体"走出去"这三条途径。其中版权输出简便，但相对被动；成品输出见效较快，但受到语种局限；而在海外创办实体，实施本土化战略，则既能贴近国际社会的实际和受众，又能为我所用，能有效进入国际主流市场。国家应当出台政策支持国内重要骨干文化传媒企业，采取独资、合资、合作等多种形式，在海外创办文化传媒企业，通过实施本土化战略，尽快构建起系统高效的国际传播体系。要打造国际一流文化传媒企业。我国文化产业很少在海外创办经营实体，究其原因，主要是企业整体实力不强、战略投资的能力不足。目前，应当在政府的主导下，组织研制文化产业国际一流水平的评价标准，编制文化产业国际发展的总体规划，抓住有利时机，创建更多具有较强国际经营能力的文化传媒企业，让文化产业的航空母舰乘风破浪，驶向蓝海。

007

五是要抓住国内外人才频繁流动的新机遇，实现文化产业人才队伍建设的新突破。要为文化产业人才成长提供更多机会和条件。近几年来，中宣部"四个一批"人才培养工作取得了突出成效，积累了宝贵经验，其中一条经验是国家要主动加大人才培养的力度，另一条是通过实施重点项目，为人才成长提供更多机会和条件。我国在当前形势下，可以规划参与面更为广泛的若干国家大型文化产业项目，更广泛地吸纳各类文化人才参与，必将收获一举多得的效果。要根据文化产业发展需要培养各类优秀人才。当前，文化产业发展的产业化、市场化、数字化、国际化趋势正在凸显，亟须培养更多的优秀经营管理人才、创意营销人才、数字技术人才、外向型人才和领军人才。特别是领军人才，他们是文化产业发展的核心。目前我国文化产业领军人才不足且整体水平不高，要创造有利于领军人才成长的竞争环境，把一些具有国际视野、掌握专业知识、熟悉资本市场、富有开拓精神的人才及时安排到重要岗位上来，让他们为推动我国文化产业科学发展作出应有贡献。

写于 2009 年 5 月

我们需要什么样的出版精神

出版业内，市场、产业、集团，实力和竞争力，经营之道与市场运作，投资与资本经营，近几年来成了不折不扣的热门话题。中国加入世贸组织，经济纳入全球化轨道，出版产业必须做强做大，不讲实务当然不行。可是，出版精神讲得不够，却也是一个显而易见的事实。当资产和利润成了出版产业的刚性指标之后，关于出版的另一面，精神的那一面，推广思想、文学、艺术、文化、知识的使命，坚守良好的职业精神，保持高尚的职业道德，服务于作者和读者，这些属于出版精神方面的丰富内容，似乎通常被浓缩到"社会效益"一个语词里，被很多文章一笔带过。这不免令人担忧。

现在，做企业管理的要讲企业精神，做市场流通的要讲商业精神，搞第三产业的讲服务精神，搞艺术创作的讲艺术精神。出版业作为内容产业，首先就是一种高度的精神活动，能不多谈谈出版精神吗？

出版的精神内涵很丰富，包括文化精神、科学精神、服务精神、商业精神、学习精神、职业精神和职业道德等。一个出版机构，被学者、作家们乃至读者们看重的最终还是出版精神。这正是那些大社名社的"大"和"名"的原因之所在。

被毛泽东称为"新闻出版事业的模范"的邹韬奋，他把平常的出版工作看成是出版人职业的尊严，现代中国人生存的尊严，民族文化的尊严。他的经营理念和管理艺术，丝毫不亚于当今闻名世界的国际出版集团CEO们，但是，在经营活动中，他始终如一坚守的是文化至上的原则，两个效益统一的目标。他写于六十多年前的名篇《事业性与商业性的问题》，对文化理想的弘扬和社会责任的强调，足以让今天的我们警醒、深思。

张元济以"开启民智，扶助教育"为宗旨，将商务印书馆从一个印刷作坊引领上现代出版之路，建设成为一座现代出版重镇。在那个黑暗、落后、腐朽的社会里，他有许多划时代的创举，编写新式教科书，翻译引进西学名著，凭借文化启蒙的精神和社会责任的支撑和烛照，开启了我国现代出版业的历史。

20世纪70年代，钱锺书将《管锥编》书稿托付给中华书局资深编辑周振甫。因为周振甫编辑出版过钱著《谈艺录》，二人成了莫逆之交。周振甫一如既往，严谨认真地编辑书稿，付出巨大劳动。钱锺书在书的序言中感动地写道："命笔之时，数请益于周君振甫，小叩辄发大鸣，实归不负虚往，良朋嘉惠，并志简端。"周振甫以其十分纯粹的职业精神和职业道德，写就了出版界的一段传奇。

文化理想、文化精神、社会责任，是出版精神的主干，具体到从业过程中，职业精神和职业道德，则是出版精神的外化和具体化。出版者职业精神和职业道德的核心，就是诚信和服务。

兰登书屋创始人塞尔夫的出版理念是，"称职的出版家"必须为人们的全面需求做出贡献，因此，他不仅成功地出版文学畅销书，也精心地出版"亏本的诗歌"。他不喜欢著名诗人艾兹拉·庞德，并发下毒誓绝不出版庞德的作品。这当然是他作为一个老板的权力，无可厚非，可后来受到文学界批评时，他居然能坦诚认错，这就很难得了。他是把出版当作一项事业来对待，表现出一种文化至上的精神和非常端正的职业道德。

俄罗斯19世纪著名出版家绥青，与托尔斯泰等作家合作，长期为平民读者出版高质量、低售价的图书。他联络作家、组织编辑、选择插图、安排印制、四处推销，还要应付无理的处罚诉讼。但他一往无前，"把全部的热爱和精力一起献给了这一事业"。我国有八亿农民，可读之书甚少，是不是应当多出几个绥青呢？

美国出版界的编辑元老帕金斯永远把与作者一起完善作品看成是自己的天职。他最大的特点是毫无保留、毫不退让地帮助作者完善稿件。为了修改书稿，他经常和海明威等名作家争吵不休，自己戏称为"进行某种生死搏斗"。而我们的编辑呢，他们也是毫不退让，只不过是"毫不退让"地要作者抢时间、不改稿、争商机，主张粗制滥造，堪称"破坏创作"，相形之下，令人汗颜。

　　出版业在进行改革发展、做强做大的宏大叙事，在为市场、营销、效益、利润这些必要的成果欢欣鼓舞之时，还应当大张旗鼓地弘扬出版的精神。高尚的出版精神，是出版之本，是出版之魂，是出版之精要，是出版之所以能够受到高尚的人们尊重的缘由，是人类文明中可宝贵的精神财富，是出版业得以健康发展的根本保证。

写于 2006 年 2 月

　　本文系《出版参考》杂志编辑将本人演讲录《培育出版的精神》缩写而成，作为该刊 2006 年第 6 期刊首语发表。

取法乎上与务本之道

——漫谈出版企业的文化管理

　　近些年来，许多出版企业认真学习现代企业管理方法，积极借鉴其他产业的经营管理经验，努力掌握运筹学和数字化管理手段，形成了一股强化经营管理的热潮。应当说，这是一个好现象。我国出版产业要深化改革、加快发展，重塑新型文化市场主体，确实需要补上现代企业管理这一课。

　　企业管理科学已经经历了经验管理、科学管理和文化管理三个阶段。目前在我国出版业内比较普遍推崇和学习的科学管理，是其中的第二阶段，即从 20 世纪 50 年代以来，备受推崇的以利润最大化为原则，进行泰勒式的严格计划管理和彼得·德鲁克的目标管理的科学管理阶段。而从 20 世纪 80 年代起，企业管理已经进入了文化管理阶段。所谓文化管理，就是通过价值观、道德观和行为准则等文化思维来实施企业的全面管理，包括以人为本的管理、企业文化建设、学习型组织管理、价值链管理等。文化成为企业的灵魂和实际的管理要求。当然，文化管理并不排斥经验管理和科学管理。经验使企业稳定，科学使企业有序，文化则使企业价值明确和精神升华，三者是一种发展、提高、综合、相辅相成的关系，同时，文化管理又是迄今为止企业管理的最高境界。出版产业是朝阳产业，文化体制改革锐意创新，出版企业自当"取法乎上"，向着管理科学的最高境界进取，实施现代企业的文化管理。

　　出版企业实施文化管理，乃是务本之道。出版业是内容产业，文化价值即为内容产业的根本。文化管理首先是企业的价值追求和道德诉求。对于出版企业，其企业价值追求和道德诉求与产品的高度同一性，是许多生产物质产品的企业所不可比拟的。出版企业文化价值追求有高下、荣耻、正邪之别，出版物必然就有雅俗、粗细、优劣之分。出版企业追求文化奉献，出版物就会不断有创新的收获。出版企业坚持贴近实际、贴近生活、贴近群众，出版物就会努力实现社会效益和经济效益的内在统一。文化既是出版企业的管理手段，又同时是出版企业产品设计、生产的价值基础。在我国，出版企业的文化价值首要的就是坚持先进文化的前进方向，出版企业要确保方向正确，就不能不实行文化管理。

　　"君子务本，本立而道生。"作为务本之道的文化管理，乃是出版企业对出版价值链全面管理的九省通衢。诸如办社宗旨与业务方向，战略规划与决策，人才标准与管理，质量标准与控制，选题策划与运作，市场营销策略与实战，社会效益与经济效益的统一与实现，以及企业领袖和多数员工认同的常识常理，企业内部的日常语言与行为规范，企业环境以及 CI 设计，最后是出版物的价值和效益实现，"立德、立功、立言"，全在出版企业文化管理之彀中。实行文化管理的出版企业，要清醒地确定企业正确的文化价值，明确文化使命，制定社会效益和经济效益的目标，全面设计效益实现的路径。企业的价值观、道德观和行为准则将始终全面地覆盖企业的经营管理，包括一切细节。譬如运作一本市场畅销书，反对低俗内容，杜绝嗜痂之癖，这是起码要做到的，而编造大话做虚假宣传，施放商业贿赂之类邪招，也是文化管理中所不允许的。

013

　　出版企业的经营管理是一个全面复杂的系统工程，文化管理、科学管理、经验管理等各种方法都将综合地发挥作用。而出版企业首先是出版，出版首先是文化，然后才是企业，因此，文化管理应当作为主要的经营管理方法，发挥根本性的作用。在许多生产物质产品的企业都在高度重视并大力推进文化管理的今天，出产文化产品的出版企业对此应当有更深的理解和运用。

写于 2006 年 5 月

记住你是谁

——出版企业的文化管理断想

一

美国哈佛商学院有一个别出心裁的传统——每位教授在讲授的课程结束前的最后一堂课，都要讲述一个与自己有关的人生故事，以此向学生们告别。一位敏感而细心的女学生记下了 15 位哈佛教授震撼心灵的人生故事，编著成书《记住你是谁》(REMEMBER WHO YOU ARE)，由哈佛商学院出版公司出版。这位女学生名叫黛西·韦德曼(Daisi Wade-man)。她在书前写下了充满感恩之情的致谢辞和前言。此书多次重印，成为该公司的常销品种。2005 年 8 月，该公司的国际部经理陈新章博士在北京很用力地推荐给我。2006 年 2 月，商务印书馆出版了此书的中文简体字版。首印 1 万册。我断定很快就要重印。现在已经重印。

书中 15 位教授，讲授的课程有决策科学、电子商务、市场营销、商业历史、工商管理、零售学等，课程结束时却无一例外地以一个故事回归人生。这是颇有意味的。与其说是回归人生，毋宁说是一种升华，向着文化层次的升华。全书编辑成为四个部分，即：认识自我、管理自我、领导他人、建立价值观。认识自我——强调要把自己放在整个世界中思考；管理自我——提供给我们职业生涯的技术和心理上的技巧与方法；领导他人——告诉我们如何激发、激励、理解与我们一起工作的人；建立价值观——告诉我们做得好意味着什么，做好关于道德和商业的价值判断。显然，都属于文化管理的主要内容。我以为这是一个有意味的形式，意味着管理科学在朝着文化管理的方向演变和发展。

在以运筹学和精密计划为能事的科学管理高头讲章大功告成之时，就是进入文化管理思维的开始——这是我读完此书后的一点感悟，尽管黛西·韦德曼小姐并没有作如是说。

二

通常的看法是，企业管理科学经历了三个发展阶段：第一个阶段是经验管理阶段，即根据管理者的经验来进行管理；第二阶段是科学管理阶段，即从 20 世纪 50 年代以来，备受推崇的以利润最大化为原则，运用科学逻辑的方法，进行泰勒式的严格计划管理和彼得·德鲁克的目标管理的科学式管理；从 20 世纪 80 年代起，企业管理进入第三阶段，即文化管理阶段。所谓文化管理，就是通过价值观、道德观和行为准则等文化思维来提升和改造管理。当然，文化管理并不排斥经验管理和科学管理，三种管理相辅相成，是一种发展、提高、综合、相辅相成的关系。同时，文化管理又被认为是迄今为止企业管理的最高境界。

文化是一个国家一个民族的灵魂，是经济社会发展的重要支撑，是综合国力的重要组成部分，代表着一个国家和民族的文明程度、发展水平与高度。今天，文化的价值和作用正在受到空前的重视。文化管理在现代企业的经营管理中，地位也在提高，作用正在突显。一个企业的价值观、道德观和行为准则，直接制约着企业的管理制度建设和发展目标的制定，影响着企业的整体实力、市场竞争力以及顾客价值的提升，决定着企业效益的最终实现与企业的可持续发展。

三

英国尼尔·M·格拉斯(Neil M. Glass)在他的《十大管理关键领域的核心思想和方法》一书中，把现代企业管理的发展和变化分为五个阶段，即：科学管理，以人为本管理，战略竞争管理，日本式管理，学习型组织管理。这一细分也支持了企业管理朝着文化管理方向发展的观点。

关于科学管理，前面已作简要介绍。这一方法业已成为现代企业管理的基础。其代表人物泰勒和彼得·德鲁克等，影响至今不衰。

所谓以人为本管理，产生在 20 世纪 60 年代，体现了管理思维正朝着科学管理相反方向发展的规律。这一管理方法最著名的理论基础是马斯洛的"人的需求五层次"理论，从企业内部管理到销售导向的理念核心是"对人的关心"和"对成果的关心"的一致性。

所谓战略竞争管理，形成在 20 世纪 70 年代。当时出现世界性的经济衰退，导致大企业急于进行战略调整。最著名的概念是战略竞争波士顿矩阵，即：把企业战略经营单位划分为瘦狗、明星、现金牛和问号四类，然后进行分类管理，择机进行战略重组和战略发展。

所谓日本式管理，是 20 世纪 80 年代的日本企业全面质量管理。日本企业为实现全面质量管理，十分注意关心员工的参与性和员工福利，形成了一套企业使命陈述书和内部创业的鼓励机制，从而在与西方企业的竞争中胜出，引起了国际企业管理界的强烈兴趣和推崇。

学习型组织管理则是 20 世纪 90 年代企业管理发展的产物。市场的不稳定性，海量信息造成的不确定性，需要非线性和混沌管理，员工更多地被看作是知识生产者，授权运作、网络操作被视为必要的灵活途径，"学习能力"、"情商"、"人力资源"等是学习型组织管理的重要概念。

016

文化管理作为一种企业管理理论的主流，在 20 世纪 80 年代基本形成。而事实上，从以上介绍可以看出，以人为本管理、战略管理、日本式管理、学习型组织管理，都程度不同地属于企业文化管理范畴。那么，我们可以认为，自 20 世纪 60 年代初期，科学管理阶段基本确立之后，以人为本管理开始进入企业高管的思维，文化管理就已经逐步推行。

四

近些年来，我国许多出版企业认真学习现代企业管理方法，积极借鉴其他产业的经营管理经验，努力掌握运筹学和数字化管理手段，形成了一股强化经营管理的热潮。我国出版产业要深化改革、加快发展，重塑新型文化市场主体，确实需要补上现代企业管理这一课。

问题在于如何补课。出版企业需要经验管理，经验可以使企业稳定；出版企业更需要科学管理，科学可以使企业有序；出版企业更不能不实行文化管理，文化可以使企业精神升华。不是说文化管理被认为是迄今为止企业管理的最高境界吗？出版企业作为朝阳产业，自当"取法乎上"，在经验管理和科学管理的基础之上，朝着最高境界进取，全面实施现代出版企业的文化管理。

五

出版企业实施文化管理，乃是务本之道。出版产业是内容产业，文化价值正是内容产业的根本。文化管理需要确立企业的价值追求和道德诉求，并使之体现在产品的价值上。出版企业与自身产品价值的高度同一性，是许多生产物质产品的企业所不可比拟的。生产物质产品的企业也要进行文化管理，但这些企业的产品不一定能直接反映出企业的价值追求和道德诉求。也许用户能够从产品的品质感受到企业的质量态度和服务精神，但是，产品不一定与企业的文化管理完全一致，那种机械式的、见物不见人的管理同样可以得到这样的效果。而在出版企业，有什么样的价值追求和道德诉求，就会生产出相应文化品质的出版物来，所谓"血管里流出来的是血"，内在逻辑与运作规律基本如此。

我国近代以前，出版机构的文化身份感较为显明。宋元明清历朝，官刻庄重，谨守钦定与为政的需要；坊刻灵活，以社会阅读需求为要；文人刻书则为的是个人所好，多有创新；后二者逐步向商业刻书过渡，如明末常熟毛晋先生的汲古阁，"四方之士，购者云集"，追求的是"毛氏之书走天下"，虽讲究文化传承，却少不得贵以物稀，更少不了银两收益。及至近世，商务印书馆成立前后，爱国志士做出版，发出"盛世危言"；革命党人做出版，敲响"警世钟"；维新人士做出版，要"开启民智"；头脑灵活的商家引进新型印刷技术，出版物批量生产销行，满足市民趣味。如此等等。文化同人和则共进，商家书贾利则双赢，所出之书，均看得出各自的文化追求。

到了现代社会，出版企业追求的价值目标和信守的道德准则就比较复杂多样。或为爱国，或为政治，或为学术与治学，或为扶助教育，或为传播真理，或为大众读者服务，或为弘扬文学流派，或为个人自娱，或只为自家经济效益，只为稻粱所谋，爱国者、高贵者、殉道者、经营者、平庸者、迂腐者、堕落者、唯利是图者……各色人等，各种文化，

017

总要在出版物上有所表现，于是出版物才有了雅俗、正邪、文野、粗细、优劣之分。价值追求和道德诉求正是出版企业产品设计、生产、经营的内在基础。有道是："见字如面"——书是出版企业的文化形象，"文如其人"——书是出版机构的文化追求。一个因循守旧的出版企业，无论如何标榜创新，终究出版不了几部创新之作；一个文化品位低俗，道德堕落的出版企业，再怎么以出好书为自诩，终究行之不远。即便有人自忖：做人随心所欲，做出版则追求高蹈，总可以罢？也许，可以成功于一时，然而还是终究难以长久，双重人格总要在多重出版物上暴露出来，这正是一些出版企业的出版产品良莠不齐、人格分裂的内在原因。

六

那么，能否把出版企业的文化与经营、管理、技术分开来看呢？窃以为，此间关系可以分析，却不可以截然分离。"君子务本，本立而道生。"作为务本之道的文化管理，乃是出版企业对出版价值链全面管理的九省通衢。诸如办社宗旨与业务方向，战略规划与决策，人才标准与管理，质量标准与控制，选题策划与运作，市场营销策略与实战，社会效益与经济效益的统一与实现，以及企业领袖和多数员工认同的常识常理，企业内部的日常语言与行为规范，企业环境以及 CI 设计，最后是出版物的价值和效益实现，"立德、立功、立言"，全在出版企业文化管理之彀中。

先说古代出版人。明成祖朱棣和清高宗弘历分别钦定出版过两部大书，前为《永乐大典》，后为《四库全书》，国家工程，皇帝钦点，投入人工、银两、时日无数，总纂官们何曾盘算或者哪怕是顾及过投入与产出！稍降一等，《红楼梦》作者曹雪芹的祖父曹寅，奉清圣祖玄烨之旨，主持刻印出版《全唐诗》、《佩文韵府》，尽管庄重无比，但毕竟有所独立自主，其间也适当穿插捐资出版一些高雅的个人文集，形成"斯文一脉"，繁荣当时的"文治"。至于汲古阁主人毛晋，属于坊间有品位之人，选题多为秘籍侠典，销行甚广，"至滇南官长万里遣币以购毛氏书"，足以看出他的选题市场化程度；汲古阁所刻之书均定价而卖，雇佣刻工记件发薪，实行的是目标管理，毛晋先生的出版经营文化一目了然。

再说当今出版人。真正有品位的出版企业，所出之书有品位，营销也要讲品位，即便是运作畅销书，首先要反低俗杜绝嗜痂之癖，防夸张不说"空前绝后"一类的大话，还要坚守诚信交易的为商之道。一个坚持文化至上的出版机构，势必要追求文化的积累和创新，爱惜文化人才，看重铁肩道义，珍视文章千古之事。而一个全面、协调、可持续发展的现代出版企业，则必定拥有健全的文化内核，用文化的意志和统一的运作去体现自己的实力，企业的价值观、道德观和行为准则覆盖企业包括一切细节在内的经营管理，努力以优秀的文化理念创造优质的出版物，并能科学地设计市场实现的路径，获取丰富的社会效益和经济效益。

有人认为，但能出版好书，经营管理却可以不择手段，虎狼之师也好，兵不厌诈也罢，只讲成王败寇，谈何道德良心！持此观点者，往往以市场经济鼓励竞争作为前提，以利润实现作为唯一归宿。殊不知，市场经济也要讲道德伦理，否则国际上要那么多的贸易协定和经济仲裁法庭干什么！在一个常态的社会和时代里，手段的滥用往往反映出道德的低下和目标的不纯。一个自诩有文化品位的出版机构，倘若内部各部门总在自行其是，市场交易总在违法操作，人们能够相信他们能恒久地坚守文化品位吗？一个黑眼睛只认得白银子的出版企业，往往视品位为笑话，看文化为迂腐，选题策划、经营管理，只问目的，不择手段，而且越是野狐禅越以为是创新之作，"小惭小好，大惭大好"，能指望他们拥有产品集群的整体文化价值追求吗？能指望他们对自己的产品好则说好，不好则作反省甚至召回吗？还有另一类出版企业，只讲编辑个人趣味，过于迷恋书斋而不及其他，更无论社会责任与社会效益，在市场竞争环境里，耻笑经营管理，尽做赔本买卖，好像很讲文化，其实并非科学意义上的文化管理，能相信他们作为企业能在市场经济大潮中存活并且前行吗？

出版企业的文化管理，是为文化产品生产而进行的文化管理。置身竞争日趋激烈的市场，面对产品差异性极大的产业特点，出版企业将始终处于文化价值、道德取向、行为准则的选择和实践过程中，随时需要用文化理念对经营管理的运作进行扞格。无论我们是否意识得到，客观事实就是如此。

019

七

出版物市场的竞争说到底是文化价值的全面竞争，出版企业的文化管理乃是企业真正意义上的全面管理。我国出版业既具有文化至上的优良传统，又存在经营管理粗放的积弊，在市场经济条件下，需要继承与扬弃。改革开放以来，出版业急于摒弃积弊，掌握企业科学管理的方法，使得有些出版企业过于强调泰勒、彼得·德鲁克们的重要性，以为出版企业讲的也只是市场，市场讲的只是经济，经济讲的只是竞争，竞争讲的只是销售实现，以为书籍与洗衣机、冰箱并无本质不同，唯有营销与盈利，于是优良传统有所放弃，文化内核有所消解，企业管理有所顾此失彼甚至舍本求末。此种现象并不在少数，具有一定的普遍性。出版业如不能从理论到实践的结合上解决好这个问题，及时提升并强化文化管理的地位和作用，改革则可能造成失误，发展则可能走偏，出版事业全面、协调、可持续发展的目标将难以实现。

于是我们想起了来自哈佛商学院的忠告：记住你是谁！无论我们已经熟读了多少世界级的企业经管宝典，无论我们已经按照现代企业制度的要求，在体制机制上做了怎样的创新和转换，都要记住，我们从事的是中国特色社会主义出版业，记住我们的文化使命，记住自己的文化身份，记住并且确定我们追求的文化价值，记住并且用现代出版文化理念去做好企业和产品的经营管理，记住并且最终实现文化的传播以及获取良好的社会效益和经济效益，记住：出版企业首先是出版，出版首先是文化，然后才是企业。文化管理应当作为出版企业最主要的经营管理方法，发挥根本性的作用。在许多生产物质产品的企业高度重视并大力推进文化管理的今天，生产文化产品的出版企业对此应当有更深的理解和切实的运用。

写于 2006 年 5 月

创造总是最美好的

创造力是作为智慧生物的人类赖以顶立天地的决定性能力。创造性业绩是作为万物之灵长的人类最值得矜夸的骄傲。在人类的一切活动中，创造性劳动总是最美好的。

每每想到创造，我就感到气血涌动，精神为之一振。

然而，近来我却越来越为此感到惶惑，不禁要扪心自问：我们在出版工作中到底投入了多少创造性劳动？选集复选集，精选又自选，文库接宝库，古籍又重印，其中虽不无创造性成分，创造的余地终归有限。我们是不是做了过多的重复劳动？我们是不是太乐于文化积累而忽略了创造新的精神产品？

我总在想，在行将告别20世纪的时候，我们漓江出版社应当盘一下自己的书仓：我们推出过哪几部新颖、鲜活、扎实、有生命力的作品？我们对哪几位有出息的作家的成长做出过重要的帮助？哪几部优秀的外国文学作品是我们最先向国人译介的？哪几位优秀的外国作家是在我们的帮助下为中国读者所认识的？现在是得准备接受世纪清算了。

好在还有五年的时间容我们再做一番努力。"九五"规划的第一年，我们就要盯住"创造"不放松。我们将在这一年里推出刘醒龙、陈源斌、王祥夫、乔典运、杨东明、唐栋、王云高等一批实力派作家的长篇新作，期望值不高，但愿有一部算得上中国文坛本年度的佳作，五年下来便是五部，也算美妙了。我们将在这一年里继续组织当今名人对古典名著进行创造性评点。我们将在这一年里争取率先出版诺贝尔文学奖最新得主爱尔兰诗人希尼的诗选中文译本，"获诺贝尔文学奖作家丛书"将在这一年里推出十部以上新书，其中有几位对于中国文坛和广大读者还是陌生面孔。我们将坚持并强化出版外国文学现当代作品这一特点。我们的文化、旅游、艺术等门类也将以创造之姿出现在新的一年里。

出版工作决不是替新娘作嫁衣。出版工作应当参与到作品的创造之中，应当为最新的科学文化信息的传播做出创造性的贡献。创造总是最美好的。

写于 1995 年 12 月

创新才会赢

——新世纪出版断想

一

　　并非因为要迎接新世纪才想起创新的话题。创新是一个出版人经常要面对的功课。创新是强者愈强的秘诀，创新是后来者居上的法宝。创新是百年老店五十年老社的驻颜术，创新是穷社置之死地而后生的救心丹。因为创新，世界上有了一个比尔·盖茨先生。因为创新，世界上又有了一个 J·K·罗琳小姐。中国的海尔因为创新被请去宣教于哈佛讲坛，商务印书馆因为创新而成为中国现代出版史的缩影和象征。创新可以让我们永远多跨一步。我们不害怕竞争对手强大就害怕自己不能创新。创新让我们有可能成为冠军，因创新而失败却虽败犹荣。而惟有创新，无论胜败起伏跌宕，希望总会像太阳一样明天照样升起。

　　创新才会赢。

二

　　对于一个出版企业，创新应当是一个全面的概念。出版物必须有所创新。但过去我们常常把创新的内涵片面化到出版物上，甚至缩小到一件出版物上。一句"内容决定形式"，一句"书好才好卖"，往往是攻其一点，不及其余，结果往往是差之毫厘，失之千里——何况差之不仅为毫厘，所失也就不止是千里万里了。

　　现在我们要说的出版企业创新，具体应当包括下列四种情况：出版物品种创新、出版方式创新、出版物市场创新和出版企业制度创新。必须全面追求创新。

创新才会赢。

三

关于出版物品种创新，谈起来我们似乎已经驾轻就熟。然而，实践起来往往满不是那么回事。且去看看店社书库里积压的图书，检讨有多少是由于重复出版造成的。当然，还有许多在于出版方式、市场开发和经营管理制度等方面的原因，但是品种的独特价值总是出版物营销成败的第一要素。在正常情况下，你不可能强求一个读者同时买两种、三种乃至十种《红与黑》，可是我们的出版同行却不约而同地在同一个时期里出版了十种以上的《红与黑》。可见，品种创新即是非常浅显的道理，然而要真正做到又是多么的不容易。

中外古典名著重复出版热过了，留下一堆重复出版的中外古典名著；名家的结集变幻莫测，成就了一堆不用负任何经济责任的名家；名目繁多的类选、大选、大系、精选、精粹、典藏、珍藏，不一而足，如同一口口骗取你重复消费的陷阱，让你在藏书上架时对着两种内容重复的选本，丝毫感觉不出鱼和熊掌那样难以取舍的遗憾，更多的只是受骗后的无奈和愤怒。

市场这只看不见的手，给了我们文雅而又铜气十足的出版商们一连串的重拳，恰似温柔一刀，鸩酒一杯。温柔地散发着油墨和纸张气味的名著精品们挤爆了出版社本来就不大的仓库，使得后来的真正具有创新价值的新书不得而入。

当许多出版人哀叹出版这碗饭不好吃的时候，当许多出版人埋怨图书市场的变幻多端，读者兴趣的轴承太过灵动，不知道明天他会喜欢哪一本书的时候，我们却较少意识到我们的出版物到底具有多少读者们不曾见到过读到过的东西。如果我们能为读者提供有新意的、质量可靠而价格合理的出版物，我们的出版企业就具有了生命力和竞争力，拥有这样的出版物越多，我们的生命力和竞争力就越强。反之则可能是生产纸张垃圾的能力很强，而生命力和竞争力则越弱，直至难以为继。

　　2000年3月份文学图书市场遏止住了多年同比下滑的趋势，显示出较好的增长势头，上半年全国文学畅销书综合排行榜前十名中，新出长篇小说数量占到7部之多。无论文化界的精英们对余秋雨先生持何种看法，他的散文新作常居全国畅销书综合排行榜，为散文书不好卖做了但书式的注释。王蒙先生的"季节"系列长篇小说由人民文学出版社在七年里分卷出版，今年四部小说一次出齐。小说书写的新中国几十年里知识分子的心灵史，充满了思辨和透彻的感悟，尤其是第四卷《狂欢的季节》，王蒙式的叙述和深刻达到了一种极致，却同样获得了市场良好的反响。事实正在告诉出版人，市场要创新的品种，读者要作家的新作，当市场逐步有序和读者变得比较理性之后，出版物的创新含量越大，越能为出版企业的创新和发展带来源头活水。一个出版企业不断推出具有创新价值的图书，也就获得了蓬勃盛旺的生命力，也才有可能不断地发展壮大起来。

　　创新才会赢。

四

025

　　关于出版方式的创新。出版方式也是出版物的一部分。由于原创作品的唯一性，组稿之争、版权之争将随时出现，有时还被成功者演化成图书先期炒作的热门话题，借此强调作品的重要性，加大其神秘性，早早地形成读者的追逐效应。出版业本质上经营的就是版权，获得优秀图书的版权乃是一个出版社的核心工程。要想在这项工程中居于主动的地位，出版社必须努力提高自身的信息化程度。信息就是金钱，效率就是生命的道理将在出版业得到不断的验证。

　　一个有作为的出版人，深入地与作者建立合作关系，在作者创作之初就能有所介入，并从多方面给予作者一定程度的帮助，甚至被作者引为良师益友，这当然是一种很高的境界。现在能达到这样的境界的出版社和编辑似乎不多了。不过，发扬出版企业的主体性，加强出版的策划含量，目前正日益成为出版界有识之士的努力方向。云南人民出版社策划并组织的"走进西藏"丛书，中国青年出版社策划并组织的"走马黄河"丛书，以及由此形成的所谓"行走文学"，便是出版方式创新的典型案例。

人民文学出版社与北京图书大厦共同策划并组织的"百年百种优秀中国文学图书"评选活动，以及他们与中国青年出版社、作家出版社、解放军文艺出版社、三联书店等几家出版机构联合出版评选出来的大型套书"百年百种优秀中国文学图书"，堪称文学出版界的世纪大行动。在新的世纪里，出版机构势必越来越多地介入专业学科的活动，并将以一种务实的精神和有效的操作，对各种专业学科的研究和写作发挥更大的影响。

关于出版方式的创新，还有一个趋势应当引起我们的重视，那就是：多种媒体多种介质交叉出版和相互促进，正在引起各种层次读者的兴趣。中文网络小说在网上鲜有成功者，然而一旦得到纸介质出版物的隆重推介，读者一时甚众。《第一次亲密接触》便是一个成功的例子。相信过不了多久，出版物先网络后图书，或者两者同时上市，将成为一种常见的出版方式。再有，长篇小说《牵手》和《光荣之旅》的畅销，明显得益于电视剧的成功。这种先影视后小说的读物在美国非常流行。可以预见，影视与小说将在新世纪里经常"牵手"，共同创造新的出版奇迹。

五

出版物市场也有创新的任务。

要建立出版人全程责任的理念。所谓出版人责任，是指从出版资源的获得直到出版物作为商品与顾客完成交换的全过程，都是出版人的职责。用出版人全程责任的理念来审视出版人的职责，只要出版物未能到达顾客的手中，出版工作便不能算完成，出版人决不能就此高枕无忧。因为产品没有变为商品，知识和文化传播任务没有完成。令人尴尬的后果是书店退货没商量，更为严重的后果便是化浆销毁，血本无归。即使书店因判断失误而吞下包销积压的苦果，出版人也许可以事不关己只管尽数点钞，然而能感到心安理得者不会太多，能让书店老板再度包销的梦中之梦将难以重温。

要建立出版物市场需要培育的理念。任何市场都需要培育。可爱如导购小姐邀请顾客品尝新奇食品，可恨如毒贩子勾引意志薄弱者尝试吸毒，都是在培育自己的市场。健康的出版物是何等高尚的商品，出版人为此不惜呕心沥血、殚精竭虑、精雕细刻，如果不去接着做好市场的培育工作，不能让读者及时购取，行百里者半九十的古训将再次教训我们，只问耕耘不问收获的清高将导致我们的清贫。既出书便要广而告之是出版人的职责，既出书便要引导读者解囊购买是出版人的职责，既出书便要帮助读者读后有所得仍然是出版人的职责。创造绵延不绝的读书氛围更是出版人分内的事情。

建立在上述理念之上，我们的出版物市场创新的行为才可能顺理成章，操作起来方可能理直气壮。外研社斥巨资为《大学英语》培训英语教师人才愈发让我们敬佩，人文社为"中学生课外文学名著必读丛书"巡回举办"暑期课堂"自然大获回报，作家社为《新概念作文》架起了优秀中学生直通著名大学的桥梁，青少年读书活动、爱祖国读书活动成了中青社、中国大百科社的传统保留节目。

建立在上述理念之上，北京图书大厦创造性地设计并与数家在京文艺出版社联合举办百年中国文学图书展销活动，浙江省店的"名社好书进浙江"的活动持续了近十年，北京春季图书订货会终于从骡马大会式的交易会登堂入室进入国际展览中心，过去一度陷入鸡肋境地的全国书市而今成为举办城市的盛大节日。

我们的出版物推销大军正在形成——当然，这支队伍的专业化程度仍需提高。我们的广告正趋于成熟——当然，目前仍大都囿于业内媒体而较少在消费大众的媒体强势登场。还有图书品种与多种媒体运作共同营造的销售良机——当然，目前仍大都是书业采取跟踪战术，而成熟的市场运作应当在项目运作之前设定媒体互动的一揽子行动方案。还有，一些出版社重新审视本版图书的市场定位，细分品种，细分市场，瞄准重点市场，譬如建工出版社，大体计算出了建筑工程读物的市场容量，得出了市场容量与本版销量之间的差，从而设定了今后与同类出版社比拼的空间。每一位出版人都不能因为自己是市场领先者就像小兔子一般去睡大觉，而市场后来者也并不意味着将失去所有赢利的机会。恒久不变的不是谁家的市场份额，恒久不变的是花开花落、冬去春来、挑战与机遇并存，因而唯创新方可能强者愈强，唯创新方可能后来居上。

创新才会赢。

027

六

创新需要动力。谁能为我们的出版社的持续创新提供动力？创新需要持续。谁能保证我们的出版社永葆创新精神？经济界能够持续发展的万年青式的企业屈指可数，而明日黄花、昙花一现的明星企业不在少数，想来令人痛心，让企业家们大发人生无常之嗟叹。出版业内虽然至今还不曾有谁家盛极而衰，更还不曾有人破产倒闭（这当然也就说明真正的市场竞争还不曾形成，离真正意义上的市场化还有距离），但强弱变迁转换的故事还是经常演出。经济界的悲欢离合也好，出版业内的强弱升降也好，原因固然总是具体的，不可能只是一种因果关系，甚至有的还仅仅是由于一两个纯属偶然的事故。然而，既然我们要做规律性的探讨，自然要尽可能排除偶然君临的幸运女神和天灾人祸，径直去探求前因后果。

七

于是，我们要说，如果一个出版企业要在出版物品种、出版方式和出版物市场等方面持续创新、屡创佳绩，那么，一个基本的先决条件便是这个出版企业必须做到制度创新。因为一个人学习的能力比现有的知识更重要，因为一个企业的核心能力比企业的产品更重要，制度创新便是企业的核心能力。

那么，怎样才算是制度创新呢？这当然是一个很大的命题，决不是这样一篇短短的、鸡零狗碎的断想文章可以解决得了的。事实上，外研社模式、法律社模式、大百科社模式、作家社模式，各师各法，各有成绩，难以说项依刘，评判高低。非要我饶舌几句，那么，我只能先问，无论哪一种管理模式，其科学性、合理性的标准大体在于是否建立了行之有效的激励机制、竞争机制、决策机制、约束机制和人才成长机制。稍微再上升一点标准，则还要考察它的秩序是否建立，灵活性是否存在，秩序与灵活性是否得当。而最高的标准则又是最基本的，那就是要依据体制状况、业务性质、员工文化、财力厚薄以至经济大环境状况才能裁夺。据说，若干年前，曾有人把科学管理鼻祖泰勒（Taylor）译成裁缝（Tailor），有人认为此误译饶具深意，因为衣服剪裁讲求称身得体，企业管理正好同理可证。

但是，无论如何，中国的出版企业必须认真探讨企业的制度创新问题。这是投入一场战争之前军队的组建和命令的预设，这是一支足球队尽管球星如云却必须进行的位置调配、战术部署和教练思想的贯彻，这是工欲善其事必先利其器。我们必须以创新的精神来对待出版社内部经营管理制度的调整和建设。

创新才会赢。

八

事物具有普遍联系性，企业创新行为自当相互联系。为此，对待出版行业创新的认识和实践必须综合进行。且问：一个出版企业，有了创新的出版物就一定能赢得理想的效益吗？好书就一定好卖吗？实践中显然许多时候并不是那么回事。又问：有了新颖的出版方式和市场运作就能获得理想的市场份额吗？没有好书的过度策划只会导致读者的厌恶。再问：制度创新之后便能立于不败之地吗？似乎都不尽然。形势对于所有人都具有致命的制约力。

在这个意义上，本文的题目似过于绝对。然而，不创新我们的出路又在哪里？还是换一种说法吧，那就是：创新不一定能赢，不创新却肯定迟早会输。我们出版人的最后选择只能创新。

创新才会赢。

写于 2000 年 12 月

029

文化创新的核心在原创

　　提高国家文化软实力，关键在于要更加自觉、更加主动地推动文化大发展大繁荣。而要推动文化大发展大繁荣，关键又在于推动文化创新。文化发展需要继承民族文化传统，进行国际文化交流，更需要与时俱进，站在时代的高起点上实现文化创新。文化发展的本质就在于创新，在于体现时代精神，丰富文化内涵，增强创造活力，奉献新的文化产品。可以说，提高国家文化软实力，首先要提高国家文化创新能力。

　　要实现文化创新，核心则在于提高文化生产的原创性。在中华民族发展史上，每一个文化发展繁荣时期，往往是既要回到历史的元典，从元典中寻求文化营养，又要留下属于自己时代的标志性原创作品，奉献出新的经典。倘若一个时代只有元典注疏，只有"我注六经，六经注我"，就不可能被称之为文化的繁荣时期。一个时代只有做到既有传承又有原创，既有继往又有开来，而且主要是生产出标志性的优秀原创作品，其文化景象才可能受到后世的敬仰。就拿唐宋文学来说。如果唐代的文人们一味继承，一味好古，一味以出版"大全"、"选萃"、"四库"为能事，那就只能永远匍匐在齐梁形式主义诗风之下，哪里还有全唐诗歌五万余首，传世诗人五六十人，盛唐诗歌后世难及的繁荣景象！如果宋代的诗人和散文家又只知吟诵辉煌的唐诗与唐文，只会言必称盛唐，而没有开展诗文革新运动，哪里还生得出苏轼、黄庭坚等传世大家，哪里还有后来的宋词盛况！我国将要兴起文化建设的新高潮。既然是文化新高潮时期，包括出版业在内的文化产业，就必须生产出属于我们这个时代的标志性优秀原创作品。

把原创提高到文化创新核心地位来重视和实施，是文化创新的目的所决定的。实现社会主义文化创新的根本目的是以人为本，满足人民群众日益增长的精神生活需求。作为文化创新主体之一的文化产业，只有努力贴近当代人新的审美情趣和审美的变化，才可能提供出人民群众喜闻乐见的更多新产品，满足人民群众的需求。这些首先有赖于原创。现在我们出版产业存在的主要问题之一就是原创出版物不足，特别是深刻反映民族精神和时代精神的标志性优秀原创出版物太少。许多出版物对实际生活关注不足，文化产品的精神力量和人性光辉缺失，弘扬核心价值的能力不强，而这正是时代和人民最需要的。文化产业只有通过大量的原创实践才能尽快解决好这一问题。国际上通行将文化产业归为创意产业。原创也是一种创意，甚至是很重要的创意。特别是文化产品内容的原创，往往具有不可复制性，因而就更具有创意价值。从文化产业被称为创意产业通行做法，我们可以进一步认识到原创在文化产业中的重要价值。原创应当成为文化产业的目标要求和核心要求。

我国正处在一个伟大的变革时代，社会面貌日新月异，思想文化冲撞激荡，一个文化建设的新高潮正在兴起。我们出版产业要出版更多的标志性优秀出版物，特别是标志性优秀原创出版物，无愧于我们伟大的时代。

写于 2008 年 1 月

知识经济的启示

一

　　已经有越来越多的人在谈知识经济。大凡谈经济，必谈知识经济，大凡谈知识经济，必谈微软比尔·盖茨，谈电脑，谈软件，谈 IBM，谈因特网，谈农业经济和工业经济之式微，谈知识经济之勃勃生机广阔前景，大有"开卷不谈《红楼梦》，虽读诗书也枉然"的样子。应当说，这是不错的。然而，谈知识经济与我们，特别是谈知识经济与我们现在正在做的事情的关系，谈知识经济对今天我们中国人的启示，总嫌少了些，这又是不妙的。传播知识，展望远景，目的总还是为了加快对现实的改革和发展，不要弄得可望而不可即，人都没了劲头。不知道我这么说是不是思想封闭保守了一点儿。

　　有学者告诉我们，知识经济是和农业经济、工业经济相对应的一个概念，它们之间的区别主要在于，农业经济以土地和劳力为基础，工业经济以矿物能源和冶炼、加工、制造为基础，知识经济则是"一种全新的基于最新科技和人类知识精华的经济形态"。以我粗浅的经济学和逻辑学的知识来看，这样对应分类不好，容易产生歧义，让人一不留神还以为农业工业很快就要过时了。还是有的学者说得明白些，认为所谓知识经济，最重要的特征是把知识作为资本来发展经济，在知识经济时代，知识将成为最重要的生产要素，无论农业工业还是信息业，经营者都将把所拥有的知识特别是享有专利的知识看得比传统意义上的资本更为重要。这么一说，知识经济与我们，知识经济与我们现在正在做的许多事情的关系是不是比较密切了呢？我们是不是可以运用知识经济的法则来做事情了呢？我以为是的。

二

知识经济与出版业的关系不仅密切而且至关重要。出版业就是一项以传播知识来获取社会效益和经济效益的产业，无论先天存在还是后天的经营，它都应当也必须遵循知识经济的法则。这个道理，不知道是不是在出版界同人中已经成为共识。我之所以要做这篇断想，就是感到我们的出版业有些现象与这个道理相去甚远。我们有必要将知识经济的法则择其若干与我们出版经营的一些做法做个对照，庶几有所警醒，有所启发，有所裨益，以免在一日千里发展的知识经济时代我们又一次落后得太远。

三

知识经济的首要法则就是以知识作为重要的资本来发展经济。可是我们不少出版经营者对待知识的态度却如同旧时的兵对秀才，既不知作者队伍何在，也不知编辑的人才资源如何配置，更不知读者群落状况；对作者招之要他来挥之要他去、以人为本却不以出版物之第一生产人作者为本，更不以出版物的最后的权威检验人读者为本，而只知道编辑之本乃在于无一例外地交出承包利润；对书稿能否赢利问作者问编辑问发行员唯独不问自己，以己昏昏却想发财；只知道钱是资本物资也是资本，却不明白书稿版权更是资本，对版权有则欣然无也泰然弃之也不可惜，"书中自有黄金屋"的古训全然不知。看来这样的出版经营者大体想做的是一种无本生意，即无知识之本的知识生意。这，是不是离知识经济的法则离现代出版业发展的实际也太远了一点儿？

四

包括商标、品牌在内的无形资产在整个经济资产中的比例极大上升，这是知识经济的一条重要法则。企业的竞争常常是产品品牌的竞争。而今大家都在讲品牌、打品牌、争品牌。许多读者常说人民文学出版社的长篇小说买了不亏，商务印书馆的工具书用起来放心，三联书店的学术著作开卷有益，中华书局的古籍可传诸子孙，这就是品牌的效益。美国的西蒙与舒斯特公司收购了一些知名出版社，却依然让这些出版社署名出书，为的就是充分利用品牌；最近德国贝塔斯曼公司收购了美国的兰登书屋，据说目的还是为了兰登的品牌。出版业势将进入品牌竞争的时代。可是我们不少出版经营者于品牌无所用心，或无心于创立品牌，或有了品牌亦无以为意；营造品牌无系统策划，更无执著长远的苦心经营，只知道要众编辑脑力轰炸，一计不成又生一计，觉今是而昨非，急功近利，急火攻心；策划选题不是狗偷鼠窃便是东施效颦，无实事求是之心，无扎实创新之力，更无一以贯之系统谋划之恒心与方略；检验选题是否成功，先问赚钱否，再问获奖么，从来不见问品牌问科学文化的价值，仿佛出版事业除了赚钱获奖再无别的意义存在。正当的赚钱赢利是对的，但要知道，品牌也是资产也可以赚到大钱，这是知识经济的 ABC，这是现代出版业的高级机密，书本和实践已经不止一次地告诉过我们。

034

五

信息是知识经济的润滑剂，信息工作在经济活动中的重要性极大增加，这是知识经济的又一条重要法则。回想起来，十年前，我还在跟着人嘲笑新进者把"消息"说成"信息"，而今到底还是悟出了九斤老太的浅薄，可笑者是我。当今知识大爆炸，信息产业已经成为最有朝气的新兴产业，它为全球市场产业一体化，为科技在各个领域的推广和运用，作出了巨大的贡献。信息业已经成为许多发达国家的首富。信息就是金钱，信息就是生命，不由得你不信。这个时代，许多因素正在以比以前快十倍的速度对我们的经济活动产生影响，谁敢轻视或忽视信息搜索、分类、集成、查询的工作！世界强国、跨国公司、超大企业，一掷千金，却无人敢虚掷信息！然而，我们口口声声要建立现代出版体制，谁能多告诉我几家真正把信息策划工作当做核心部门来开展工作的出版社？也许我太过孤陋寡闻，实在是知之甚少。为此，我生成了一个情结，凡见到那些认真在做信息策划工作的出版社，无论其成绩大小，我都要顿生敬意，不敢小觑。社无论大小，有此精神，有此认识，有此行动，前景皆不可估量也。

六

我不知道这个时候来谈知识经济是不是嫌早了点或是卤莽了点，因为知识经济对于我们还只是初见端倪，知识经济目前还远未成熟到可以给出定义的时候。我也只是读了一本半本这方面的书，了解了几条法则，忽然就想起了我们的出版业，想起了我们出版业内部的经营管理，特别是有些问题纠缠了我们多年，此亦一是非彼亦一是非的，总想弄得明白一些。现在得了一点初步的启示，作为思考，记了下来，就教于方家，以求得更进一步的认识。

写于 1998 年 1 月

出版热点面面观

一

出版业既是一项文化事业，又是一种文化产业。作为文化事业，需要通过出版物的独特内涵和丰富深刻的内容把握来实现文化传播和积累的目的；作为文化产业，则必须通过文化产品的独特定位和适销对路来实现经济效益，不可替代性是这两方面一致的原则。重复的选题内容，重复的类编组合，重复制造的某种热点，都是违背这一基本原则的，势必要受到或者是文化的鄙薄，或者是经济规律的惩罚，因而是没出息的，是无所作为的。

036

二

忽视图书市场的某种"热"，冷眼向市场，书生意气，不是一种经营者的健康心理；盲目而简单地追风赶"热"，唯利是图，则不是一种文化人的高雅行止。

"热"中求新，是我们的准则；新中求深，是我们的追求。通过新和深，形成属于我们的热点，成就为读者优质的精神食粮，更是我们的理想。

三

图书要适应读者的需求，这是我们事业的基本点；引导读者进入一个崭新、高尚而有丰富文化价值的阅读境界，这是我们事业的辉煌之处。

因此，我们要敢于并善于制造新的读书热点。

无热点难获"双效"，追热点又不免庸俗，由于出版人的创新性奉献和运作，制造成出版市场的热点，自然是上上之策。

四

信息时代，市场经济，热点越来越需要制造，需要借重新的创意，凭借独特的内容，策动传媒传播、广告宣传等文化的引导和商业的促销运作。然而，我们绝对要出以公心、出以文心、出以诚心，虚空的、反历史的、反文化的、反人民的以及种种花里胡哨的假热点，纯属奸商的欺诈行为，是我们所不齿的。

五

因此，当改革开放，国人睁眼看世界之始，《汉译世界学术名著丛书》、《走向未来丛书》、《走向世界丛书》及时出版，一时书市鼎沸；当诺贝尔文学奖引起中国文学界关注之时，全面介绍获奖作家和作品的"获诺贝尔文学奖作家丛书"形成了一个经久不衰的热点；"古典名著热"既兴，"当代著名作家评点古典文学名著"的新锐创意激活重复出版，热点中有了新意，有了深度，有了明确、准确的产品定位；当爱国主义、理想主义教育形成社会热门话题之初，《钢铁是怎样炼成的》和《牛虻》立刻引导广大读者与久违的英雄握手；而当长篇小说创作和出版风起云涌之际，一部又一部长篇小说接踵登上全国畅销书排行榜。我们的出版人一次又一次地向着图书市场新的热点冲击。

六

冷有可能变热，热也还会转冷，这是事物发展的普遍规律。当一个热点转冷之后，我们的图书仍然被高尚的读者珍藏，这将是一个出版者永久的幸福。

写于 1994 年 10 月

文学图书：文学与市场两面观

　　中华民族是一个有着悠久文学传统的民族。即使到了文化产品相当多元的今天，中国大陆的文学图书还是拥有自己相对稳定的市场份额，据估计在零售图书市场份额中占 10％左右，依然是最大的门类。中国大陆连续十年每年出版 1 000 部左右的长篇小说。在所有门类的图书中，文学新书效益率是最好的门类之一，2006 年上半年文学"新书占本类码洋比重/图书更新率"达到 3.23，仅次于传记类图书(4.43)，说明文学新书市场表现良好，对本类图书市场的拉动有力。作家的新作始终处在人们对"下一个"的期待中。

　　文学图书市场竞争日趋激烈，促销手段五花八门。即便如此，一些内容厚重、文学性比较强的作品同样也能成为热销书。反映普通人的日常生活状态，以小人物悲欢离合书写时代的曲折演进的长篇小说始终受到社会和文学界的双重关注，2006 年，此类长篇小说代表性作品有铁凝的《笨花》、余华的《兄弟》、范稳的《悲悯大地》以及刘庆邦的《红煤》、顾坚的《元红》等。不过，并不是严肃作家的厚重作品就一定能够热销，出版机构的市场运作依然是作品热销的必要条件。

　　文学图书市场的激烈竞争及其五花八门的特点，主要集中表现在类型性畅销小说方面。青春文学、奇幻小说、悬疑小说、惊悚小说、官场小说、新武侠、财经小说、少女文学、影视小说等，大体属于类型性作品。特别是那种与电视剧互动造势的影视小说，以及一些青少年作者的想象性或张扬个性的青春文学作品，因为有许多文学之外的因素造成了畅销业绩，总是在遭受文学批评人士的诟病，但这并不妨碍这些作品照样拥有很多痴迷的读者。电影《达芬奇密码》的上映，一度掀起丹·布朗热，悬疑小说《达芬奇密码》依然占据着今年多个月度全国畅销书排行榜第一的位置，新近出版的丹·布朗的《骗局》也持续热销。事实上，类型化小说当中也时有精彩佳作。那些类型性的促销标签，在出版商熟练操作下，随波逐流的读者不经意之间就成了类型性"粉丝"。有人因此认为文学图书市场正在进入类型时代。我以为这是一种"见风就是雨"的判断。类型文学乃是由来已久的正常现象，它符合一般读者阅读选择的规律，甚至大多数作家又何尝不是按照这个规律开始自己的写作！只是目前出版机构加大了市场化经营，类型性营销策略发挥着更大作用。文学图书市场决不会被类型性文学图书一统天下。文学界人士完全不必愤愤不平。

很多年前，在中国大陆，严肃文学作品获奖与市场热销几乎没有太大的关系。但近年来，获得重要的文学奖，也能使得一些作品成为销售业绩比较好的图书。中国四年一届的茅盾文学奖，获奖的长篇小说稍加宣传，便能够大幅度地提高销售业绩。近几年，诺贝尔文学奖每一届获奖者一经公布，中国出版机构必定有积极回应，作家的名作、代表作、文集、选集一类图书蜂拥而至，一般都能够销到 3 万~5 万册。2004 年诺贝尔文学奖获得者耶利内克就在中国大陆引起过出版热。有一点例外的是，2005 年诺贝尔文学奖获得者品特却没有形成相当的出版热。我的看法是，这一定程度上与他的作品多数是剧本有关。在中国，并非剧本就一定没有热销，但其热销的主要条件是某个剧的热演。

中国是一个诗和散文的国度，早在 2700 多年前先秦时代的诗歌和散文就十分繁荣灿烂，而且传承至今。在文学图书通俗化程度比较高的情形下，却也时有散文、诗歌进入文学畅销书的行列。不过，那作品必须出自知名度比较高的作家。王蒙、李国文、刘心武、贾平凹、史铁生、余秋雨、周国平等作家各具风格特点的散文集，都属于文学出版人追逐的对象。今年，两届茅盾文学奖得主张洁的散文新作《我们这个时代肝肠寸断的表情》，就一直处在热销之中。

如果要说我们的文学出版机构在专业和市场两个方面还有哪些不足的话，那么，我作为一个曾经的作家和现在的出版人，有两个方面的不满意：一是文学出版人与作家在市场营销方面的合作还很不够，应当让作家更多地走到销售前台来，所谓"只吃鸡蛋不看母鸡"的说法，只是书斋的幽默，市场需要更多的信息刺激；二是文学书评特别是广告过于夸大其辞，这样会搞坏善良读者的胃口，会把受骗上当的无辜读者气跑。正如西方谚语所说：一个人最大的奸细正是他自己。破坏文学出版的人也许正是文学出版自己。文学出版一定要在文学和市场之间把握好自己的命运。

写于 2007 年 6 月

本文系为《中国图书商报》法兰克福国际书展英文专刊所作。

呼唤中国数字出版网

信息技术进入了飞速发展的阶段，互联网以其无场地化、无地域性、方便快捷等优势受到各方面的高度重视。随着互联网的普及、移动通讯技术的发展，国际出版业网络化出版发展迅速。网络化出版浪潮必将引起一场深刻的出版革命。

我国作为一个传统出版大国，正面临着空前的挑战和新的发展机遇。我国的出版产业要又好又快地发展，必须紧紧抓住网络化发展机遇，推动产业结构调整与升级，加快从主要依赖传统纸介质出版物向多种形态出版物共存的现代出版产业转变，积极发展以数字化生产、网络化传播为主要特征的网络出版产业，为推动社会主义文化大发展大繁荣，提高国家文化软实力作出贡献。

我国出版业正在网络化出版方面进行积极的探索。但目前全行业的网络出版平台既小又分散，网络化出版商业模式也尚未形成，对广大网络读者形不成吸引力和感召力，无法与境外大型出版机构的跨国网络出版网站竞争。为此，我国出版业和信息业等各方专家都迫切感到，需要尽快建设一个能够服务全国出版行业，具有公益性质而又能有效开展网络化出版经营的国家级出版网站。

当务之急的是，要尽快为中国数字出版网站立项。这需要由国务院有关部门主导，委托国家级出版集团如中国出版集团公司牵头，邀约众多出版发行集团联合立项。如果仅靠一家出版单位，要办成一个国内乃至国际有影响的经营性出版门户网站，资源存量和经济实力等都不足以支撑这样一个宏大的构想，特别是按既有体制来操作，很不利于今后的

041

经营和发展。中国数字出版网应当联合尽可能多的出版发行集团和大型出版发行机构，整合最广泛的出版资源，通过股份制合作，逐步建成以全国出版产业为核心、拥有先进技术标准和完善网络化出版方案、面向全国出版行业、出版从业者以及全国广大读者的多功能、公益性与商业性相结合的网站，成为中国出版业具有代表性的、最大的出版产业门户网站。

至关重要的是，要科学确定中国数字出版网站的性质、功能和任务。我国目前已经建立中国新闻出版网，其性质、功能和任务与建议建立的中国数字出版网有很大的不同。前者主要是政府开展电子政务的网站，后者则主要是提供给出版行业经营网络出版的平台和图书交易平台，是企业化经营管理的网络服务商。中国数字出版网应当成为我国网络出版、版权交易、网络发行领域的门户网站，其主要经营内容是：为全行业提供网络出版服务，自主开发网络产品，形成国内外网络化出版；打造书业公共数据交换平台，形成传统出版业务与网络信息服务互动机制；全方位服务网络读者，由单一服务收益形态发展为供应链全程服务收益形态；从单一语种发展为多语种平台，从本土运作走向国际化战略；大力推动主流网络文化建设，增强国家在出版发行领域对文化安全信息和文化战略资源的控制力。

042

不可或缺的是，国家要为中国数字出版网投入建设资金。中国数字出版网主要是提供给出版行业经营网络出版的平台和图书交易平台，是公益性质企业化经营管理的出版业门户网站，既是公益性文化事业，同时也具有持续的经营能力。建议国务院有关部门在批准中国数字出版网站立项时，同时拨付必要的建设资金。待网站建立并正式运营后，则由网站通过市场化运作自主经营、自我发展、自负盈亏，不断做强做大。

尽管目前主流出版业还占据着自己传统的生存发展空间，但已经不能对数字化、网络化传播的魅力和影响力视而不见、麻木不仁。在数字化、网络化出版方面，较之于IT业、网络运营商，传统出版业已经稍晚了一步，面临着跨越发展的要求，需要更多的合作，更多超前的设计，尽快实现传统出版业与数字化、网络化的结合。如果我们认同信息化时代、网络化时代趋势的判断的话，那么，主流出版业在数字出版、网络出版上的缺席，也就意味着主流出版业在亿万网民中大面积的失语，意味着这个行业已经落伍，这决不是危言耸听，而是正在我们身边发生的事实。

写于 2008 年 3 月

出版发行业信用管理小议

　　诚信建设，已经受到全社会的高度重视。党的十七大明确指出要整顿经济秩序，建设信用制度。温家宝总理在第十一次全国人民代表大会第一次会议上所作的《政府工作报告》，又一次提出要"深入整顿和规范市场秩序，推进社会信用制度建设"。我国出版发行业的信用管理又一次引起广泛关注。

　　改革开放近 30 年来，我国出版发行业取得很大的发展，但行业诚信体系建设却相对滞后，已经成为影响出版发行行业大发展大繁荣的重大障碍。主要表现在：1. 拖欠图书货款现象严重，有的出版社被欠账率竟达 99％，拖欠款的平均期限为 3 年，有的甚至高达 5 年，回款问题已经成为行业重症、顽症；2. 图书无序退货现象严重，退货率普遍在 20％以上，不少还高达 30％，有的甚至 60％，经常发生书店不开包就退货的现象；3. 定价虚高现象依然存在，缺乏行业基本规范；4. 书业折扣率依然混乱，书店折扣大战令人忧虑；5. 书业信息缺乏规范，瞒报、虚报发行量现象普遍存在；6. 行业诚信管理主体不够明确，行业诚信问题较多涉及行业内交易标准，那么，谁来负责制订这些交易标准，责任也不够明确。

　　出版发行行业的诚信问题已经严重阻碍统一开放、竞争有序的出版物市场的建设和发展，引起行业内外广泛的忧虑。政府主管部门自然是高度重视，召开会议部署行业诚信体系建设。舆论氛围正在形成。而广大出版发行业从业人员对下一步的落实更是寄予很大希望。

　　我们要说，出版发行业要推进诚信体系建设，则应当尽快开展行业信用管理工作。行业信用，不仅是一个道德问题，更是一个市场秩序问题。行业信用如果只是道德问题，就主要通过教育来调整，而如果是市场秩序问题，那就必须通过有效管理使之落到实处。

要实施信用管理，就必须确定管理主体。鉴于行业信用管理许多内容属于市场交易行为，建议由中国出版工作者协会牵头，行业内其他协会配合，组建设在中国版协内的行业信用管理机构，开展经常性管理工作。各省、区、市级版协建立相应机构。各级行业信用管理机构应接受新闻出版总署全面管理和指导。

要实施信用管理，就必须具备开展管理工作的条件。首先就是资金问题。无钱万万不能。必须筹集管理资金。新组建的行业信用管理机构所需资金应在行业内企业协商筹集，取之于企业，用之于保护企业利益。同时，建议国家有关部门拨付一些专项资金用于这项工作。

要实施信用管理，就必须建立健全行业诚信管理制度。在明确规范交易标准的基础上，建立失信惩戒制度，加大对信用缺失行为的处罚惩治力度，建立出版发行单位的信用档案，定期通报出版发行单位的诚信状况，强化监督制约，可以考虑将此项工作与出版发行企业准入和退出机制的建设联系起来。

一个文化建设的新高潮正在兴起，出版业也将获得大发展大繁荣。但是，如果出版物市场秩序没有得到整顿和规范，行业信用管理工作不能经常性开展，那么，出版行业的发展繁荣将难以实现，也就不可能为提高国家文化软实力作出应有的贡献。

写于 2008 年 3 月

044

集团之本与强盛之道

——从商务印书馆成立 110 年所想到

　　商务印书馆成立 110 年，百年老店守正出新，新业绩与时俱增，新意义不断生成，为此专家著文蜂起，蔚为文化景观。而关于商务印书馆作为中国出版集团成员单位的意义，论者甚少。中国出版集团组建，走过了 5 年历程，是文化体制改革的重要成果，商务印书馆作为其重要成员单位，发挥着重要作用，也是一个引人注目的事实，此间的关系和意义需要去认识。

　　110 年的商务印书馆，对于新兴的中国出版集团，其重要意义在于，她是这家国家级出版集团的重要基础之一。

　　我国文化体制改革中的出版集团建设，是立足于传统和现实的文化事业和文化产业基础上而展开的过程。其展开，主要是体制机制创新与集约化经营，逐步形成新型市场主体；其基础，则是集团所属成员单位的传统和现实。由若干出版单位整合组建起来的出版集团，其改革创新，发展壮大，只能立足于成员单位的传统和现实这个重要基础。110 年的商务印书馆，以及比之更老一些的荣宝斋，还有 95 年的中华书局，65年的生活·读书·新知三联书店，70 年的新华书店总店，56 年上下的人民文学出版社、人民美术出版社、人民音乐出版社、中国图书进出口总公司，乃至 30 多年以来陆续成立的中国对外翻译出版公司、中国大百科全书出版社、中国出版对外贸易总公司、世界图书出版公司、现代出版社、东方出版中心、中国图书商报、现代教育出版社等一批出版发行机构，就是中国出版集团的重要基础。一批优秀的品牌，人才汇聚的队伍，质量过硬的好书，领先的市场份额，可持续增长的社会效益和经济效益，构成了中国出版集团经营发展的主体部分。其中商务印书馆以其特有的无形资产和品牌号召力，稳定增长的社会效益和经济效益，包括《新华字典》、《现代汉语词典》、《辞源》、"汉译世界学术名著"、《英语世界》、《汉语世界》、《中国学术》以及昔日的"万有文库"、"大学丛书"等在内的数万种书刊资源，强大的编辑出版人才队伍，堪称一流的专家作者群，至今还年年保持在 50％以上的全国语言工具书零售市场份额，在中国出版集团中居于举足轻重的地位。当人们走进中国出版集团这座出版殿堂的时候，商务印书馆总会如巨大的柱石一样迎面矗立，令人油然而生敬意。商务印书馆与集团所属许多成员单位正是中国出版集团大厦不可或缺的基础与柱石。基础不牢，地动山摇。成员单位的巩固、创新和发展，是集团之本，命系集团事业的成败兴衰与未来。

110 年的商务印书馆对于中国出版集团的重要性，不仅在于她是集团出版经营的重要主体部分，还在于，以商务印书馆为代表的优秀出版文化堪称中国出版集团文化的重要基础。

文化是"人类心能所开积出来之有价值的共业"（梁启超语），是"由人自己编织的意义之网"（马科斯·韦伯语）。出版文化则主要指人们在出版活动中的价值取向、意义追求和精神风貌。一个出版社自有一个出版社的主流价值取向和意义追求，且自有其精神风貌在，不论高下优劣，不论出版社自觉与否，这也就是一个出版社的文化。出版集团作为若干出版发行机构的共同体，也要建立属于出版集团的文化。打一个不一定恰当的比方，集团组建之初有点像墙上画龙阶段，建立自己的文化则为画龙点睛，画龙再好，没有点睛就不可能破壁腾飞。出版集团不是空中楼阁，不是凭空戴到成员单位脑袋上的一顶帽子，其价值取向、意义追求乃至道德观、审美观、行为准则、精神风貌，自然也不能是外加上去的花冠。集团的文化必须建立在吸纳所属成员单位文化各种优长的基础之上，加以熔合、提炼、升华，最终形成一种得到广泛认同的价值观念体系。商务印书馆优秀的出版文化早已为业内外广大有识之士所认识和推崇，自然要成为中国出版集团文化建设的重要基础之一。从创业之初的"以扶助教育为己任"（张元济语）和"与全国文化发生如是重大关系"（王云五语），到新时期以来"带着先行者们以及几代爱国智者'开发民智，振兴中华'的心愿进入 21 世纪"（陈原语），商务印书馆的文化使命感一脉相承，不断具有新的内涵。新老商务一直坚持"有秋收获仕群才"和"数百年旧家无非积德，第一件好事还是读书"(张元济句)的管理理念，坚持"人本出版"与"在商言商"相结合的经营理念，坚持多元开拓、规模经营、科技发展的创新思维，不断导引人们从许多事情的深致处，也就是文化的层面去观察、理解这家百年老店。去年 11 月，商务印书馆"工具书在线"数字工程验收，就引起业内高度关注，认为这是这家百年老店的重要战略调整。今年 2 月 11 日，商务印书馆启动纪念 110 年系列活动，第一项活动就是在北京各大书店举行编辑与读者见面，可谓意味深长。凡此种种，都为新兴的中国出版集团提供了可以成为集团共识的出版精神和价值理念。自然，这些精神和价值理念，不独为商务印书馆一家所拥有，中华书局、三联书店、人民文学出版社等中国出版集团一批所属老社名社也是所见略同，秉持如一。也正因如此，创建在这些具有优秀出版文化传统的成员单位基础之上的中国出版集团，其出版文化的建设才嘉木有本、活水有源、承先启后、继往开来。在文化管理业已成为企业管理核心方法的 21 世纪，这是中国出版集团最可宝贵的可持续发展之本。

110 年的商务印书馆，作为中国出版集团的重要基础之一，其意义还在于，她将与集团所属成员单位一道，对集团化建设提出更高的要求。

我们为集团坚实优质的基础而歌，并不意味着集团可以止于基础、安于守成从而无所作为，倘若如此，集团也就失去了存在的意义。既有基础是集团发展的出发点和基本条件，改革则是集团发展的必由之路，而只有继承发展传统品牌机构，集约化做强做大新兴集团，才是巩固基础、壮大实力的集团强盛之道。这应当成为集团所属成员单位对文化体制改革、集团化建设提出的重要要求。出版产业千帆竞发、百舸争流，所有出版企业不进则退。中国出版集团必须立足基础，志在发展，在导向上以铁肩担起道义，在市场上以集约推进营销，在出版"走出去"中迈出大步，在改革中推进体制机制创新，在战略设计时绘制宏伟蓝图，在资本经营时大力实施扩张，在管理上提供精细化服务，在人才队伍建设上投入更多热情，在出版经营的全面价值和理念上提供正确评价，实现全集团在市场竞争中重点突破、整体胜出、持续发展。

我们知道，在集团化改革发展的出版大环境中，不少人一直心存疑虑，那些进入出版集团的名牌机构，是否还能发展壮大。这也是在纪念商务印书馆成立 110 年时，许多业内人士流露出来的担忧。

　　这是一个尖锐而无法回避的现实追问。但是，我总在想，在正常情形下，一个人、一个机构，一旦认清了自己的发展之本，怎么会不愿意守本、正本乃至一本万利呢？出版集团自然也不例外。集团的逻辑肯定要走务本之道。认识上是一回事，要真正做好却并非易事，否则所谓疑虑就成了杞人之忧。在集团化改革发展过程中，首先上下都要调整心态，成员单位不能孤芳自赏、闭门造车，集团总部不能主观想象、颐指气使；其次是上下明确权责，意识到"巨匠只有在规定中才能表现自己，而规定将给我们以自由"（歌德语）；更重要的是，上下做好定位，集团战略决策必须正确坚决，成员单位经营发展必须积极有效。如能是，则既可坚守集团发展之本，又能开辟集约强盛之道。事实上，商务印书馆进入中国出版集团以来，出版影印文津阁本《四库全书》，拓展创立经管图书和对外汉语教学图书两大新业务板块，"工具书在线"初见成效，《英语世界》持续发展，《汉语世界》适时登场，上述种种，都被集团列为重点项目给予了支持，加之原有强项辞书与学术两大支柱愈加坚实，全馆经营守正出新，事业全面发展，人才队伍朝气勃勃，百年老店不仅没有被弱化，恰恰相反，在新形势下和新平台上，她正在健康发展，越来越强。包括商务印书馆在内的中国出版集团，还在继续探索集团改革发展的路径，而商务印书馆也会在集团的改革发展中越来越好。可以这么说，如果实践是检验中国出版集团改革发展的唯一标准的话，那么，商务印书馆能否承先启后、开拓创新，为国家文化建设和广大读者作出更大贡献，也是检验标准中的重要内容之一。商务印书馆兴则中国出版集团兴，中国出版集团兴则商务印书馆兴。坚守集团发展之本，开辟集约强盛之道，这是历史赋予中国出版集团的责任，也是在纪念商务印书馆成立 110 年时，人们寄予中国出版集团的要求和希望。

写于 2007 年 6 月

光荣与创新

——寄语中华书局

中华书局是我国现当代出版史上标志性的出版机构，是我国最著名的出版品牌之一。这里一直是人才辈出的地方，常有群贤毕至之盛状。一个有责任心的人，能在这里工作，在感到幸运、自豪的同时，一定会意识到责任。而能成为中华书局的领导班子成员，更应当感到神圣的历史使命感和强烈的事业责任感，应当珍视事业，忠于职守，追效前贤，奋发自励，肩负起中华书局的品牌，传承中华书局的精神，作出一代人应有的贡献。

中华书局，好书成城，涵盖古今，为我国出版业的繁荣发展，为国家文化建设和文化积累作出过重要贡献。这是中华书局之所以受到广大读者和专业人士敬重的最根本的原因。我们要深刻认识这一优良传统，并予以发扬和光大。

坚持正确的出版方向和导向，坚持社会效益第一，社会效益和经济效益相统一，这是我们必须坚持的首要原则。要坚持正确的出版方向和导向，不只是做到不出违反国家法律法规和宣传纪律的图书，还要防止出版物内容低俗化问题。中华书局在这方面有过比较好的传统，有专家作出过评价，大意是：中华书局的书不能说本本都是高品位高水平，但可以说从来没有出过一本粗制滥造的、或带有黄色的、或散发铜臭的、或低级趣味的书，也正因为这样的坚守，中华书局才得以长盛不衰。能得到这样评价可谓难能可贵。希望今天的中华书局能够坚守下去，特别是在市场经济条件下，在坚持出版方向和导向上，发挥大社、老社、名社的积极带头作用。

049

要坚持正确的出版方向和导向，不仅是不出坏书和低俗书，更要以大量的精品好书为国家的文化建设作出贡献，坚持追求出版业文化追求的终极目标。出版业一定要明确行业的终极目标，那就是文化的奉献和社会的服务，产业也正是为此而加快发展，做强做大。在这些终极目标之下，出版机构要有自己具体的长远目标和中近期目标，并通过出版和经营去实现。文化的奉献和社会的服务，我们出版人须臾不可忘记，多出精品好书须臾不可忘记。中华书局在出版古籍图书上有很强的品牌优势，要继续发挥古籍整理"国家队"的主导作用，为国家古籍整理事业作出新贡献。近年来，中华书局在文史普及读物出版方面又有新的突破，取得了较好的成效，持续推出了一批畅销的大众图书，得到了社会的广泛认同，扩大了古籍出版的品牌内涵和外延，应当再接再厉，不断提高质量，不断创造新的辉煌。

承担起国家级的标志性出版工程，是包括中华书局在内的中国出版集团的职责所在。我们被誉为出版业的国家队，整个集团还要打造成出版业"旗舰式的航空母舰"，可以说，国家级标志性出版物，我们不出谁出！没有比这个事情更责无旁贷的了。中华书局历史上出版过众多的标志性出版物，诸如《辞海》、《古今图书集成》、《四库备要》以及《管锥编》、《诗词格律》、标点本"二十四史"、《清史稿》等，现在又启动了"二十四史"及《清史稿》修订工程，希望务必抓紧抓好，一定要高质量地完成。中华书局的标志性出版工程有的还会成为古籍整理出版的标准化工程，将长久地影响整个行业。请大家继续拓宽视野，开阔襟抱，以直追汉唐的气概，开拓策划重点出版工程。在这方面，中华书局应当具有更高追求，作出更大贡献。

目前，中华书局有一个很好的形势，经营情况和资金情况可以说是历史上比较好的时期，图书品种不断增加，图书零售市场的排名，从2003年的141位，上升到去年的第35位，在业内和社会上影响不断扩大。取得这些成绩，原因是多方面的，领导班子和广大员工功不可没。但是，决不可以此证明我们就实现了体制机制的创新，打造成了一家现代出版企业。书局改革发展的任务还很重。随着国际国内出版物市场竞争的加剧，我们将面临许多新的困难和新的挑战，必须加大改革力度，提高经营管理水平。这次领导班子经过调整后，希望书局领导班子按照中宣部和集团的要求，认真研究分析当前国内外出版业的形势，结合本单位的实际和特点，设计好下一阶段深化改革、提高经营管理水平的方案。

要深化改革，就要在创新内部管理体制、机制上下功夫，有计划有步骤地推进内部各项改革。要妥善处理好改革、发展、稳定的关系，正确维护和平衡好各种利益关系，认真解决好群众关心的热点问题。当前要特别注意做好转制的各项工作，保持队伍的思想稳定。但是，有一点是一定要明确的，那就是改革的方向是不会改变的，对此，我们要有清醒的认识和足够的思想准备。党的十七大之后，文化体制改革将全面推进，文化大发展大繁荣的高潮即将到来。我们要抓住机遇，及早行动，乘势而上。

要提高经营管理水平，首先要努力提高经营决策水平，同时努力形成良好的经营管理模式。要通过完善的规章制度和健全的工作机制，来使得决策的科学性和准确率得到保证，使得项目经营具有可复制性和调整能力。有人问，"正说"之后怎么办？又有人问，"于丹"之后怎么办？如此提问，颇有一点以成功为撞大运的意思。其实，关键要看科学的决策制度和经营模式建立起来没有。倘若我们掌握了正确的捕鱼方法，"正说""于丹"一类大鱼以后就不太容易成漏网之鱼。为此，我们要尽快建立起良好的经营管理的制度和模式，实现经营管理的有序性和经济效益的可控度，不断提高经营管理水平和经济效益总量。

要提高经营管理水平，还要不断拓宽经营思路，调整产品结构，培育新的经济增长点。你们提出的发展思路，即"挺拔主业，保持品牌，突出重点，在坚持学术传统、专业优势的基础上，向相关相近的领域拓展，形成适应市场和读者需求的多层次出书格局，满足读者的多样性需要"，我看很好。但要注意，既要不断审时度势，与时俱进，开拓调整，又要扎实推进，心有定见，巩固目标市场。坚持学术传统和专业优势，不能套用传统的办法去对付，而要科学制定目标，设计新的机制，确保持续实施。满足多样性需求也不是灵机一动，多样性需求不能成为杂乱出书的借口。袁行霈先生给中华书局的赠言"守正出新"已经成为书局的局训。我们要深入理解和践行。守正既是存正气、走正路，也是务正业、出正品。但守正不可以成为守旧的借口。守正还必须出新，从正本清源中出

051

新，从新陈代谢中出新，从标新立异中出新。要把守正与出新辩证地统一起来。

要实现可持续发展的要求，在做好上述种种工作的同时，自然还要高度重视品牌的建设、维护和经营。品牌不仅是企业经营发展的重要支撑点，还是企业不断地开拓新品种和新市场的重要手段，更是企业可持续发展的重要资源和动力。集团在"十一五"期间，要组织实施品牌建设工程，要变品牌的自然形成为自主地发展。中华书局品牌建设肯定是集团最重要的品牌建设项目之一。希望书局的领导班子认真研究，精心设计，抓紧实施，为强化中华书局的优秀品牌作出不懈努力。

写于 2007 年 11 月

本文系在中华书局干部大会上讲话的节选。

出版社里说资本

一

　　1998 年 3 月的最后一天，包括中国在内的世界出版业受到了一次震撼，那就是德国的贝塔斯曼出版公司以大约 14 亿美元的价格收购了美国最大也最为著名的兰登书屋。兰登书屋曾经出版过为数不少的中国作品，由于文化背景的差异，一般来说大都是赔本生意，但是兰登书屋不怕赔，也赔得起。如此具有世界气派的美国的大出版公司一夜之间竟然被外国公司并购了。有人指出这是 1998 年世界出版界的一件大事。

　　1998 年 8 月初，我向邀请我访美的美国新闻总署提出要造访曾跟漓江出版社有过版权贸易关系的迈托出版公司。然而，8 月 17 日他们通知我，经过查询，迈托出版公司已经被人收购而且停办了。我设法挂通了公司老板约翰·比尔基尼先生的电话。他和我有过交情，电话里比尔基尼的声调愉快极了。他说他把公司卖给了一家长期与他竞争的加拿大出版公司，成交价 300 万美元，人家既不要他的房屋，也没有要他的人和书稿，只要一样：美国迈托出版公司和它的"奇士曼浪漫小说"完全终止出版，退出竞争。仅此而已。也就是说比尔基尼先生用他的品牌换回了300 万。他很高兴。

　　1998 年 8 月 25 日，我重访坐落在纽约曼哈顿区繁华的美利坚大街的西蒙与舒斯特公司。9 个月前我和陈建功、铁凝、祝立明曾经访问过这家赫赫有名的拥有 9 000 多人的大公司。公司副总裁伯尔格小姐不无得意地向我们介绍这家大公司如何收购了一家又一家的出版公司。然而不

053

曾料到，9 个月后，还是在这里，我却独自听到了令人震惊的消息，西蒙与舒斯特公司刚刚完成了一项重大的买卖，公司已经把所属的教育、职业技术和工具书出版三大部分的 18 个子公司卖给了英国媒体巨子皮尔逊公司，售价 4.6 亿美元，税后净得 3.8 亿美元。我问接待我的国际部经理凯伦·魏茨曼小姐，是否这些子公司生意不景气。她说不是，恰恰相反，他们生意很好。她反诘道，否则谁愿意买它们呢？她还告诉我，兰登书屋正是因为生意很好，才有人前来购买。那么，为什么又要出售给别人呢？她说这是老板们的资本经营，需要这么做。

二

据说，目前美国正处在第五次企业兼并浪潮之中。自 19 世纪末以来的 100 年间，几乎每隔 20 年美国就要形成一次企业兼并浪潮。尽管每一次的主要特征不太相同，第一次（19 世纪末）是为避免竞争从而横向兼并，第二次（20 世纪 20 年代）是大公司产业化纵向组合，第三次（20 世纪 50 年代）是跨国公司多元产业扩张，第四次（20 世纪 70 年代）是以金融运作作为优化杠杆的资本重组，而第五次则是以"强强联合"实现功能战略重组，最具震撼力的案例就是波音公司与麦道公司的并购。每一次兼并浪潮本质上并无不同，都是资本经营。资本经营是市场经济社会里很普遍的经济活动。企业主们在不断地买进生产资料和卖出产品的同时，常常还要琢磨怎样买进资本和卖出资本。有一个称谓最能说明这一点，那就是"资本家"。我以为，所谓资本家，不仅是在生产过程中的生产资料占有者，往往还是资本经营专门家。前面提到的英国皮尔逊公司，它在买下了西蒙与舒斯特公司的教育、职业技术和工具书出版三大部分的公司之后，审时度势，很快又把其中的职业技术和工具书出版业务权卖给了另一家公司，拿回了 1 亿美元，而把其中最大最值钱的教育部门保留了下来，它要把这一部分和自己原已拥有的以出版教育图书闻名的朗曼公司形成"强强联合"，从而奠定自己在全球教育出版物市场上的强势地位。这是一次典型的资本经营。

在市场经济社会里，聪明的企业资本拥有者，对于资本升值和产品生产营销，绝对更重视前者。尽管二者之间相辅相成，但资本升值应当是他最根本的目的。产品生产营销不利，无非暂时少赚不赚或者赔本，资本贬值可就是亏了老本。产品一时卖不出去可以改产，企业卖不出去或卖不出好价钱才是要命的大事。要不然美国的资产评估专家的报酬怎么会那么高呢？

三

中国的出版社还没有完全进入市场经济体制，因而，一时也还看不出出版社被并购的危险性。至于以后是否有危险以及是否会发生并购事件，我也不能揣算。我只是由资本经营问题想到资本升值的重要性，进而想到出版社也应当重视资本升值，并且应当采取有效手段实现资本升值。关于这个问题，我们是不是注意得不大够呢？我以为是的。

四

说到资本，我们首先总会想到不动产和动产。这是两个传统的大概念。出版社的房产、地产自不待说是不动产，有些兼并者就是因为垂涎被兼并者的房地产而标出高价。但这也只能是一桩房地产生意，另有一套论价的方法，与出版社经营的本质并不相干。这里我们不去论定。那么，什么又是出版社的动产呢？设备、流动资金、在制或尚未售出的出版物，这些是显而易见的。我曾经就什么是出版社的资本的问题，请教过一位出版社的财务科长，他的回答就是大体如此。我问他还应当包括什么，他寻思了一下说还有版权，也就是指自己拥有或已经从著作权人那里买来的书稿专有出版权。这说明他已经注意到出版社经营的核心内容。我要他再想想还有什么是出版社可以使用并且可供估价的资本，他就显得比较犹豫了。这不能怪他，因为平时我们都很不注意如何评估自己。就是说很多时候，我们在做买卖却并不知道自己口袋里有多少钱，也不明白自己的哪些物品可以卖一个好价钱。

看来有必要稍微清算一下我们赖以经营的资本了。

055

五

　　除了上述按传统经济学列出不动产和动产的内容之外，我以为品牌应当是出版社的非常重要的资本。品牌也就属于通常所说的无形资产的一种。它包含出版社的名称权、商标权，以及更重要的声名和信誉，它应当属于固定资产的一部分（当然它也有可变性和不确定性），具有使用价值和价值的商品属性。品牌往往可以使读者群、书店与出版社建立起长久的关系。对于许许多多的读者和书店，一旦他们接受并且爱戴这个品牌，便胜过任何成文的盟约。这也就是为什么贝塔斯曼公司并购了兰登书屋，又继续以兰登书屋名义出书的原因。西蒙与舒斯特公司售出的那些优秀的子公司虽然在别的公司的麾下却仍以原名称经营，小小的迈托出版公司仅因停止使用"迈托"和"奇士曼浪漫小说"就获得了 300 万元的巨资，也能同证此理。我不知道兰登书屋、西蒙与舒斯特公司他们在接受并购时品牌的评估价是多少，猜想必定价不菲。就连我国上海的《小主人报》，1996 年该报尝试性进行了一次无形资产评估，就获得 7 000 万元人民币的估价，远远超过其原有的固定资产总值。以前听到欧美国家的出版社并购的消息，我曾经揣想，出版社不像其他工业企业那样进行资本经营时可以卖出大量的房地产，卖设备、卖技术、卖几种定型的产品设计以及商标、名号。出版社是"秀才人情纸半张"，不需要太特殊的设备，也没有特殊的技术，产品种类一年几百几千种，千变万化，单卖也没有太大的价钱。那么主要靠什么卖价钱呢？看来，相当重要的可以卖个好价钱的就是在经营这"半张纸"过程中形成的良好的声名和信誉，亦即品牌。

六

　　关系也应当是出版社的重要资本。企业与用户以及协作厂商的关系往往附丽于品牌却又不尽然。有了良好的品牌可以激励出良好的关系。不过，关系的形成仍需要专门的经营。出版社的关系经营对象首先是作者，一个相对稳定的忠于合作协定和友谊的优秀的作者群是出版社赖以生生不息的基础。在图书生产的全过程中，作者是第一生产力。出版者再有能耐，再善于策划，归根结底还是要靠作者一个字一个字地去形成书稿，这决不是点子大王、策划大王们可以拍脑袋完成的。一个出版社的作者群之大小强弱优劣何等重要！有时候几同于出版社的衣食父母。这不是资本又是什么！

再有，广大的相对稳定的读者群也是出版社赖以长生不老的基础。读者群是自然形成的固然最好，是出版社培育而成的也不错，总之，没有读者，出版社便一筹莫展。什么时候失去了读者，什么时候出版社就得关门吹灯。读者与出版社长久的友好关系当然也就是可供经营的资本之一了。

此外，建立好的出版社与书店的关系，也是出版社的资本之一。书店是出版者与读者关系的中介，与它的关系将是出版物走向读者的重要保证。从关系良好的书店那里拿到订单，许多时候是关系在发挥重要的（不是唯一，但是不可缺少的）作用。

除作者、读者、书店这一头一尾一中三大关系之外，出版社无疑还有许多关系也能构成资本因素，譬如美国人常挂在口边的"与社区的关系"、"行业内的关系"，我们中国人常说的各种关系（恕我在此不一一道出，其实不用我说大家也猜得出来），许多时候就能使我们的经营挽狂澜于即倒，扭亏损为盈余。

七

人才当然更是出版社的主要资本。有学者称之为人力资产。凡成功的现代企业家都恪守"以人为本"的经营之道。美国的 IBM 创业之初，即把尊重人才作为企业的第一信念，公司总裁沃尔森曾经指出："为迎接不断出现的挑战，可以改变公司的一切，唯有这第一信念（尊重人才）除外。"美国又一位著名企业家指出："工业先进国家的主要资本，不是物资设备，而是发明创造，是人的才能、知识和经验。"日本一位出版商直截了当地说："竞争靠图书，图书靠开发，开发靠人才。"一个出版社在策划、组稿、编辑、制作、营销、管理各种岗位上没有一批杰出的人才，这个出版社能够长期杰出、经久不衰，那是不可思议的。纪念商务印书馆 100 周年时，人们反复念叨的不是它的大楼和设备，也不仅仅是一批优质图书，人们交口称赞的是张元济入主商务，密切联络蔡元培，广为延揽蒋维乔、高梦旦、王云五诸位大学者和出版家，人们如数国宝地说起孙毓修、胡愈之、郑振铎、周建人、竺可桢、茅盾、叶圣陶、顾颉刚、陈翰笙等著名编辑，这才是一个出版社最主要的最基础的资本。不可想象，兰登出版社如此著名，如果在并购时它的主要编辑、专业人员纷纷消失，这个出版社还剩下多少值钱的资本。我总愿意为我所管理的出版社拥有知名的作家、翻译家、理论家、学者、编辑家而欢欣鼓舞。只要管理得当，他们的能力越强，我们出版社的实力则越壮大，他们的知名度越高，我们出版社的号召力就越强，由此而产生的效益将不可估量。

八

此外，出版社科学的组织体制是不是资本？

出版社优质的管理手段是不是资本？

出版社有效的经营策略是不是资本？

有人把这些也列为无形资产，有人又称之为企业软件，有人称之为制度资产。看来都具有资本的意义和作用。

九

办企业必须首先重视自己的资本量和资本升值状况。办出版社也是办企业，也应当树立资本意识和促进资本升值。也许有人会觉得谈谈也无妨，然而，目前的情况谈也无用，因为我们中国拥有出版专营权的各级出版社并无被资本经营冲击的危险，更无被并购的恐惧。我不知道将来会不会有此危险和恐惧。我只是觉得由资本问题可以启发关于出版社经营管理一系列的思考。何况办企业随时多考虑一些资本问题，把经营效益的着眼点往资本升值上移一移，伺机把蛋糕做得更大些，想必是没有坏处的吧。

写于 1998 年 9 月

专业化与多样化

一

出版企业的专业化是一个趋势。

出版产品专业化——纸介质出版物、音像出版物、电子出版物以及正在引人关注的网络出版，这是就载体而分。我国出版业还实行出版物内容专业分工的管理办法。

出版产业内又有企业专业化——部门和企业间可分为编、印（复录）、发、供、外贸，专业化的企业内又分有各种生产流程。

出版产业内还有服务企业专业化——产业媒体、版权贸易、版权维护、版权开发、技术改造与创新以及文化服务，等等。

二

专业化是社会生产的实际需要，是提高经济效益的重要手段。"要把制造整个产品的某一部分的人类劳动的生产率提高，就必须使这部分的生产专业化。"这是马克思主义经典作家的重要观点。

专业化有利于扩大批量生产，有利于挖潜增效，有利于采用专业设备，有利于提高生产者的技术水平，有利于促进专业品种发展，有利于发挥中小企业的作用，有利于缩短投资周期，有利于提高企业内部管理水平。专业化是出版产业趋向成熟的重要标志。

专业化使我们目标明确、计划有序。专业化使我们神清气爽、信心坚定。

三

出版产业部门和企业内部的多样化又是一种策略。

产品多样化——首先是兼有多种载体的产品生产，其次是同类载体中正在发展多内容门类产品生产，所谓大专业内的综合性出版业务即是，君不见不少出版社在觊觎教育专业出版的铁定市场，教育出版社又在朝着文学、艺术、哲学社会科学领域强势出击，纯而又纯地严守专业分工的出版社几乎没有。

产业各阶段多样化——编、印（复录）、发各阶段有分有合，现在，编辑电脑正在直接输出胶片，光盘复录厂正向编辑部门延伸，而自办发行早已成为一些出版社的生命线。

产业服务多样化——业内媒体正酝酿着往信息化服务发展，出版社的版权贸易，或委托中介公司，或自行商洽，完全可以视人力能力而定；信息摄取与处理，企业尽可以在国际、局域互联网上完成，信息类服务公司几乎可以休息。

四

多样化经营乃是当今大中型出版部门和企业的兴奋之点。它将丰富出版产业各阶段的内涵，它将拓宽各部门和企业驰骋的疆域，它将增加新的盈利机遇，它将减少单一投资的市场风险，它将为部门和企业注入活力。

多样化使我们前景广阔、鸿图大展。多样化使我们左右逢源、生机勃发。

五

日本出版业的部门和企业多样化经营可以引发我们的思考。

以出版百科辞典图书为主业的平凡社，与日立公司合股成立了日立数字平凡社，出版百科辞典的电子出版物，一部《1997·百科事典》风靡日本国，而电子出版物中所用 1 万余张图片，在别的出版社看来联系授权何其困难，平凡社则又以其专业化特有的优势迅速解决。

历来以多样化经营闻名的德间书店，就是电影《一盘没有下完的棋》、《敦煌》的日方出品人；同时还是东京地区电视台的董事，现在竟然还做卫星广播，日本 100 个频道中有 12 个是德间书店买下的。而出品电影《人性的证明》的角川书店也是在大出版的理念之下迅速进行多样化扩张。

岩波书店出版的电子出版物《广辞苑》7 年以来销售了 200 万张，起初为苦心经营、不惜血本，近 3 年则由于电脑业发展迅猛，每年销售 60 万张，盈利可观。

大日本印刷公司除了传统图书印制保持优质优价的领先地位之外，电子出版物生产也快同行一步，拥有光盘生产线 5 条，还承接印刷磁卡、信用卡、集成线路板以及金属喷涂等业务。该公司本部员工为 1.4 万人，而其投资兴办的各类公司另有 2 万员工，多样化经营促进了集团化建设。

凸版印刷株式会社，其凸版印刷只具有公司 1900 年创建的象征意义，而它的印刷技术和业务已经相当现代化，甚至连建筑装修材料印刷也成为其热门业务。于是该公司表示要深入思考印刷概念，提出了"阔印刷——2.5 产业"的观点，成立综合研究所，发掘印刷潜在的可能性，推广最新印刷技术。

061

六

我赞成专业化，却也呼唤多样化，因为经营之路总需要不断拓宽。

专业化与多样化之间固然有矛盾，但也可以有机结合，形成一个矛盾统一体，进而形成我们出版部门和企业的经营战略。

我国出版部门和企业的经营多样化也正在积极而谨慎地启动。

中国大百科出版社正从其百科出版优势出发，向电子出版物进军。

接力出版社将他们的图书《神脑聪仔》改编制作成现代动画电视片，得到中央电视台积极播放，颇具德间书店的气派。

相信他们会有所成功，其专业将会挺拔，而多种经营将有回报。当然，成功之前，将有许多实际问题需要我们以务实的态度去解决。日本

的出版业同行已有成功的范例，我国的出版业也有先行的勇士，专业化
与多样化的全面发展，将有力地推动我国出版业的产业化进程。

写于 1997 年 5 月

一本书主义与一本书运动

"一本书主义"，如今已经难得有人提起；"一本书运动"则是本人的杜撰，拿来和各位编辑出版同人讨论。

想起还在不更事的少年时代，很是谈"一本书主义"色变的。回想起来，既因为这是所谓"大右派作家"丁玲的"右派言论"，很吓人，也因为那时候社会出版量很少，一个人能出一本书，也是很吓人的。我们这个民族，自来是把文章当作千古事，当作经天纬地、经国纬业之事，把白纸黑字看成是铁证如山。其时，某人出版一本书，在普通人眼里那就是惊天动地的传奇故事了。所以，在我这个做着作家梦的少年人私心里，竟然对"一本书主义"产生过十分谨慎的、暗暗的景仰。

现今大家都不怎么说"一本书主义"了，无非是出书已经成了平常之事，把一本书还当成一生追求的主义，说出来当心人家耻笑，看小你了。文化生产力极大提高，学术自由，文艺繁荣，教育兴旺，知识普及，出版事业和出版产业大发展，多出好书，首先总是社会进步的大好事；作者要生存，经济收入要改善，不能只指望一本书的稿费，自然要多写快出，也是没有办法的事；至于出版社，关乎到事业的发展壮大，几十人上百人的生计，总要保持相当的生产经营规模的。所以，一本书主义，似乎不太好强调了。

然而，许多书出得太容易、太轻易、太随意、太泛滥、太算不得什么东西，又不免让人遗憾、厌倦。不少读书人不愿进书店了，害上了阅读厌食症。泥沙俱下，鱼龙混杂，良莠莫辨，真书假书难分，甚至劣币驱逐良币，黄钟毁弃、瓦釜雷鸣，大量的书速朽，如此情势之下，再说

063

什么一本书，显得也过于不谙时世了，更不必说还撑成个什么主义。

但是，我加倍地怀念起"一本书主义"来。有时就突发奇想，可以在科研院所、高等学府、文联作协这些地方，发起一个"一本书运动"，即：原则上——很多事情都是原则上，一个专家、学者、作家，十年(决不是一生!)只出一本书。理由是有十年磨一剑的古训，《红楼梦》就是"批阅十载"而成，有已故范文澜先生的那副对联"板凳要坐十年冷，文章不写一句空"的精神感召。以书传世者，圣人孔子只有一部《论语》，亚圣孟子也只有一部《孟子》，庄子只有《庄子》，老子只有 5 000 字《道德经》，司马迁只有《史记》，刘勰只有《文心雕龙》，等等。自然，我知道，此议一出，必被群起而攻之，以为这是痴人说梦。不说也罢。

可是，我倒觉着，一定要向编辑出版同人提出一个建议，大家来开展一个"一本书运动"。所谓"一本书运动"，即指：一位编辑，十年编辑出版一本有长久价值的"在书架上留得下去的书"。所谓好书，标准自然是多方面的，要由读者和专家们来评价。我这里单指那种"在书架上留得下去的书"，也就是说，是功在当代、利在千秋的书。还是说圣人孔子罢，他算是咱编辑行当的祖师爷，老人家编辑的"在书架上留得下去的书"也就是 6 种，即《诗经》、《书经》(今仅存《尚书》)、《易经》、《礼记》、《春秋》、《乐经》，后一种并没有流传下来，今人还在努力搜寻考订。战国末期的秦相吕不韦集合众多门人共同编辑、撰写多年，也只留下了一部《吕氏春秋》。南朝梁代的昭明太子萧统虽然短命，以一部《文选》也就长存于世。康熙年间进士陈梦雷领衔编纂《古今图书集成》，还让位给雍正朝的户部尚书蒋廷锡署名。《四库全书》是乾隆皇帝的钦点工程，总纂官纪昀便以此书声名远播，被今人在戏文中大大地神话起来。还有，张元济主持编辑的《辞源》，陆费逵主持编辑的《辞海》，孙伏园编辑的鲁迅小说《阿 Q 正传》，等等。自然，这些编辑大师出版的好书远不止此，可是，一个编辑出版人，能有一部书留得下来就算得上了不起。我等不才，就从一部书做起吧。试想，全国 560 多家图书出版社，大约 2 万余编辑人员，平均起来，一年奉献 2 000 种"在书架上留得下去的书"，那将是一个什么景象啊！

我知道，这依然是我的非非之想。但是，我不是在这里毫无新意、令人生厌、拾人牙慧地嘲讽图书品种增长的老掉牙的话题。图书品种增长过快，还不能一概而斥之为生产过剩或数量品种扩张低质低效。可以肯定，这个现象很大程度上反映了出版单位的粗放性经营的弊病，反映了市场信息不对称的问题。然而，从社会进步发展的趋势来看，图书品种增长是必然的，文化科技创造力提高，读者需求呈多样化趋势，作者创作追求更强烈的个性化，反映到出版发行业来，首先就是品种增长。应当全面客观辩证地对待这个现象。但这不是本文要讨论的问题。我只是想到，作为一个有文化理想、有抱负的编辑出版人，多做一些有长久保留价值的图书，为国家的文化建设做一点有长久价值的贡献，应当成为我们的职业追求。我不敢把话说得太大，照着最小的数量——一本书去做，一个编辑，十年可以编辑出版很多书，但一定要去做一本留得下来的好书；倘若不行，就二十年做一本；索性，一生只做一本！如能是，到了我们告别职业、告别人生的时候，一定能少一些懊悔和羞愧，多一点自豪和欣慰的。

写于 2006 年 7 月

出版社：我是谁？

一

　　我是谁？——这是现代哲学的基本问题之一，差不多也就是人类的亘古天问。古希腊有人面狮身怪物斯芬克司设谜考人：一个东西早上四条腿，中午两条腿，晚上三条腿，问是什么？谜底是人。人却多有不知，为此被怪物吃去者不计其数。可见"我是谁"并不好回答，然而却事关生死存亡。

　　我们的出版社是不是会被斯芬克司设这样的谜来考问呢？譬如近来人人争说的WTO，它像不像人面狮身的斯芬克司？也许众多的业内人士和我一样，有拒狼于出版业之外的决心，也就是说，不让WTO这个斯芬克司来考问我们，"此乃朕家事"，不用他洋人管。有了如此这般的主体意识和自我保护意识，WTO暂时是不可怕的了。然而，前门拒狼，后门进虎，前门拒WTO，后门其实已经进了市场机制。出版物市场早就如战场。只是市场机制这只老虎是我们家养的，眼下还认自家人，差不多总能适可而止，至今好像还没有真正把我们哪位自家兄弟一口吃下去。然而，猛兽就是猛兽，决不可能立地成佛，老虎迟早会来考问我们并且决定吃掉我们当中的某些人，就像十余年来被它吃掉的无数倒闭的企业一样。故而，在WTO这个斯芬克司到来之前，趁着市场机制之虎尚未对出版业发威，我们出版社最好还是预先操练一下，问问自己：我是谁？

二

我国的出版社无论说自己是国家和人民的喉舌、社会主义精神文明建设的阵地，还是说自己是科学文化出版事业单位，是事业单位企业管理，说到底，绝大多数就是企业。企业最本质的标志就是按照经济核算的原则，独立经营，计算盈亏。比照这个标志，完全自收自支的出版社正是企业无疑。与别的企业所不同的只是我们的生产经营项目上是出版物的出版和销售，做得好的应当能发挥喉舌和阵地的作用，做得一般的也得遵守国家的有关法律和规定，正如制药企业要遵守国家的卫生药业法规一样。这些话很多人都说过。可是有些人对此说法有担心，以为强调了企业性质就淡化了出版工作的意识形态特质。其实此乃抓住一点、不及其余。凡国有企业哪一家不具有或多或少的行政化特性与多功能综合性？即便是造轿车的公司，除了造轿车赚钱之外还有担负起振兴民族轿车工业的历史性重任，以及国有单位应当担负的精神文明建设和其他种种任务。这就是中国的单位制度。遑论我们出版社，直接生产精神产品，有党的领导在发挥作用，有政府的法规在管束，强调其企业身份与此完全可以并行不悖。这些道理大家都反复说过了的。

067

三

然而，凡事经不起追问。如果说我们的出版社都很明白自己身为何物，那么，我就有若干问题要问：

我们的出版社出资人（目前出版社均为国家所有，分级管理）怎样从体制上、机制上管理和监督资产的运营？如果说有，效果又如何？

我们的出版社经营者为什么长期具有极大的权力，决策时就像铺子是自家开的一样说一不二，临到几十万几百万地亏空，却一点也不心疼，到头来无须承担任何实质上的责任？

我们的出版社为什么不是以成本最小化和效益最大化为原则，而往往只是以企业内部人员的主观意志、诸多目的为取舍，哪怕血本无归也在所不惜？

为什么我们的出版社的组织结构、人才配置、职能分工、流程设计、规章制度状况至今与发达国家成功的出版社仍相差甚远?

为什么某一家出版社决定引进自己所没有的企业管理、信息管理和法规管理的人才,竟会引来一片诧异之声?

为什么在我们的出版社里,头不像头,兵不像兵,管理者不像管理者,生产工作人员则浪漫潇洒如在无人之境?有人告诉我一则笑话,某港商到某社,见到一位青年编辑直呼老总编的大名,顿时友邦惊诧,偷偷问陪同者:此青年是不是高干子弟?

为什么在我们的出版社里,一个编辑坚持要上的选题,社领导一般挡不住,一个编辑不愿意接受的选题,社领导一般压不下去?

如此等等,不一而足。

你还能说我们的出版社已经是企业无疑吗?

四

我们出版企业怎么会如此这般的不像企业呢?

目前出版社的制约机制、监督机制不严密不到位,乃是出资人经常缺位所导致。久而久之,社内人员对于资产的态度,颇具俱乐部产权中的排外和非对抗的意味,也很像福利社团内部人员对产权共有性的理解。资产处置权的混乱与监管责任的分散势必成正比地存在,而决策行为也就难以具备应有的权威性、科学性和有效性。

至于出版社的内部制度化程度过低的问题,这与我国的单位内部长期以来"人治"为主的普遍情况相同,只是企业单位在这方面改观已经比较大。说远了这与我们传统文化中的以"中和"为特点的价值观、以"圣贤王道"为特点的法治观的遗传有关,传统思维方法中逻辑性不足随意性过强的特点,在我们的骨子里时时发生着影响。近说当然还是产权不明晰、权责不明确的问题。内部制度的建立,特别是制度执行的难度之大,说起来也许会让我们这些当事人羞赧失笑。中国神话中的神仙要飞,腾云驾雾即去,而西方神话中的精灵要飞,却非自己长两只翅膀不可,有人以为那实在是笨得很。可是笨得很的西方企业家们使自己的企业有了很高程度的制度化,为企业获得更多的利益提供了必要的组织和秩序的保证。我们实在是精明太过随意性太强而缺少了一些必要的笨功夫。

说到底还是人的问题。从社长到发行员，出版社里什么人才都有，可就是普遍缺少一种人才：企业人。什么是企业人？联想公司对员工的要求，我以为可以作为我们企业人的基本定义。我是偶尔在他们印制的小挂历上读到的，那就是：把个人目标融入企业长远发展；先"缝鞋垫"后"做西服"，扎扎实实，循序渐进；在竞争中接受检验；人人都是发动机，最大限度激发个人潜能；没有小舞台，只有小演员；德才兼备，勤于学习；能说会练"真把式"；退出画面看画，局部服从全局；最后是全体员工步调协调，铸造成"斯巴达克方阵"。拿这些来对照我们众多出版社从领导到员工的自由主义做派，足以让主张加快企业化进程的人们大大地气馁。企业是由企业人组成的，没有大批的企业人，企业安在哉？可以说，要实现出版社的企业化管理，基础在于组织和制度建设，具体则要落实到出版社全体人员的企业人化。

五

显而易见，我们的出版社是企业，但眼下还不是真正意义上的企业。作为企业它还没有长成。它只是一种正在初创的企业，如同那种凭着兴趣踢球的业余足球队；它是尚未挣脱计划经济的旧有习惯束缚而又急于投身市场竞争的企业，如同不曾披挂停当就跳上飞奔的骏马的骑士。平心而论，我们的出版社从观念到体制、机制都还只是工业化初期企业建设的水平，可是又还在欲说还羞、将行不行、踯躅不前。多少人还在做着国家事业单位的梦中之梦，事实上早已生存于市场竞争空前激烈的今天，WTO又正在逼近，我们如何能背对喧哗与骚动的现实去吟唱昨天的田园牧歌！绝大多数出版社今天是自收自支，也许明天就是自生自灭，这决不仅仅是盛世危言。我们必须认真地问自己：

我是谁？我将到哪里去？

写于 2000 年 3 月

作者为尊

一

出席《中国大百科全书》专家座谈会，见到了许多敬仰已久的著名专家，聆听到他们精彩的发言，真切地感受到了许多专家对编写《中国大百科全书》第二版十分重视的态度。在《中国大百科全书》第二版繁重的编撰工作面前，在时间任务条件都十分紧迫的当口，忽然发现许多大学者、专家对这部千百人合作的大书十分地上心。白发老人，慷慨担纲；中年学者，不辞辛劳；交谈皆鸿儒，论学何快哉！着实让我们做出版的人感动。像《中国大百科全书》第二版这样一个宏大的出版工程，在当今的市场经济条件下，倘若没有国家的重视，固然难以启动；没有出版社编辑、校对、出版人员的辛勤工作，当然难以实现；然而最根本的是，如果没有众多一流专家学者的辛勤劳动与通力合作，则是根本办不到的。作者是出版工作的根本，是出版的第一资源，质量的第一保证。由此，我忽然想起老一辈出版人常说的"作者是出版社的衣食父母"这句话。既然是衣食父母，当然也就可以说，在出版过程中，"作者为尊"。

二

由《中国大百科全书》想到了 18 世纪法国的《百科全书》。

18 世纪法国的《百科全书》，书名全称是《百科全书或科学、艺术和工艺理性辞典》。这是历史上最早一部现代意义上的百科全书，是适应当时资产阶级反封建斗争的需要而产生的。它高举理性主义的旗帜，反对教会统治和宗教迷信，总结了当时自然科学、社会科学和文学艺术的成就，有力地促进了科学文化的发展。由于这部巨著的编撰和出版，形成了著名的"百科全书"派，是法国启蒙主义运动重要的一支力量。

被学界和出版界引为美谈的是法国《百科全书》的作者们。法国的《百科全书》的主编是大名鼎鼎的哲学家、美学家狄德罗，他的一个"美在关系"的美学观点，影响深远；副主编是达朗贝尔，是一位著名的数学家、科学家、哲学家，与狄德罗有一部对话录，十分地有影响。参与这部大书工作和活动的先后有160多位著名的学者专家，其中有中国人很熟悉的启蒙主义的代表人物卢梭、伏尔泰、孟德斯鸠等。试想，如果没有狄德罗、达朗贝尔、卢梭、伏尔泰、孟德斯鸠这些著名学者以一种理性启蒙的革命精神来从事这项事业，没有学者们把丰富的知识和宝贵的见解投入其中，能有功在当时、泽及人类历史的法国《百科全书》吗？"作者为尊"，此话不过分。

三

姜椿芳先生是非常明白这一点的。编撰、出版现代型的《中国大百科全书》，他是最早的力主者之一。顺应改革开放新时期思想、政治、经济、科学、文化以及社会各方面的需要，国务院采纳了编撰、出版现代型的《中国大百科全书》的建议，并成立了中国大百科全书出版社，负责此项工作。姜椿芳先生成为中国大百科全书出版社的第一任社长。这位著名的出版家，作为"中国大百科全书之父"，深谙"作者为尊"的真谛，于是才有了当年姜老以70岁的高龄，登门给《中国大百科全书》第一版分册编撰委员会主任送聘书的感人一幕。数十位主任，虽然都是学富五车的学科"掌门人"，可年岁、资历、声望并不一定都比得上同样是学富五车的姜老，但姜老无一例外地移樽就教。他以作者为尊。作者为尊，首先是一种态度。态度决定一切。出版社与作者合作的态度是出版项目完成的决定性基础。我想，这就是《中国大百科全书》第一版持续、顺利出版的成功之道。

四

作者为尊，才有了商务印书馆与中国现代教科书元老蔡元培的不解之缘；作者为尊，才有了大文学家鲁迅与大编辑家孙伏园关于《阿Q正传》一段经典性的佳话，"笑嘻嘻善于催稿"的孙伏园催出了中国现代文学史上的一部光芒四射的名著；作者为尊，20世纪二三十年代的有"新文艺书店老大哥"的北新书局才能得到鲁迅、李大钊、钱玄同、刘半农、柳亚子、谢冰心的热心支持。

关于鲁迅与北新书局的关系，尤其能看出作者与出版者的合作关系可以达到怎样的境界。鲁迅在30年代曾有九鼎之言：除北新书局外，"决不将创作给予别人"。那时并不曾有市场经济条件下的签约作家之说，那么，鲁迅之于北新书局的忠贞不二所为何故？鲁迅是这样诠释他与北新书局的关系："我以为我与北新的关系，并非'势力之交'……我并非北新门面大而送稿去，北新也不是因为我的书销场好而来要稿的。"那么，他们是何种之交呢？我想首先是当时进步的新文学之交，然后便是合作的感情之交。鲁迅在北新书局得到了尊重和理解，而北新书局在鲁迅这里得到了关心和支持，这些情形在北新书局的掌门人李小峰后来写的《鲁迅先生与北新书局》一书里可以读到。

五

我曾经想过，一个被公认为大社的出版社，到底它大在什么地方呢？员工多、出书多、影响面广、效益好，自然是其必备条件，但还有一条也很重要，那就是与它合作的作者必定很多，这是一个出版社不竭的源头活水。譬如，我们知道，同样是有成就的作家，有些因为派别观念、亲疏感觉太强烈，就很难在一个场合同时出现相聚，可是却能在人民文学出版社的大楼里或会议上同时出现。也许他们之间仍然不相与谋，而与出版社的合作则是不会含糊的。这就是大社的作者缘，大社的风范。出版社要做大，有容乃大，能容纳尽可能多的作者，真心诚意地尊重他们，自身才会持续地壮大起来。

六

我们说作者为尊，却不能得出作者唯尊的结论。尊重作者，是因为我们尊重知识，尊重人才，尊重出版项目的第一创造者和著作权者。但这不是事物的全部。出版社对作者的帮助，也是出版项目得以成功的必要条件。章士钊特请徐调孚编辑《柳文指要》，钱锺书感谢周振甫帮助"理董"文稿，"实归不负虚往"，便是例证。作者所希望的并非"虚往"之礼，而是"实归"之尊，是尊重真理、尊重知识之尊。人民文学出版社 50 年庆典征文，我读到了许多著名作家、学者感谢出版社编辑无私帮助的文章，那些感谢是发自肺腑的。杜鹏程感谢冯雪峰，浩然感谢巴人，王蒙感谢韦君宜，陈忠实感谢何启治、高贤均，董衡巽感谢孙绳武、任吉生，李国文对出版社有"母校的感觉"，等等，不一而足。出版者对作者的帮助，是真诚的合作和无私的帮助，是科学文化创造的一种合作，更是追求真理、追求艺境的一种奉献，因而是在更高境界上对作者的尊重，这是所有清醒的作者所需要的。

当然，我们不能忘记，出版者对于作者的帮助是有限度的，这限度便是止于作者的意愿。现代型的出版合作应当是一个执行著作权法的过程。任何强加于人的帮助，都是对作者的不尊重，结果往往适得其反，闹出著作权官司来，一边是作者受助却叫受辱，一边编者出力却成侵权，谁都不开心。

写于 2003 年 2 月

073

策划与泛策划

一

出版业需要强化策划机制。

国外有管理学家指出："做正确的事比正确地做事更重要。""做正确的事"即为我们通常所说的确定方向、理清思路、制定方案，也就是策划；"正确地做事"则为具体实施。套用到出版业，那就是"出版策划正确比出版操作正确更重要"。这个观点已经被出版界普遍接受。策划已经为出版人当作挖掘出版资源的利器，策划已经成为出版人开拓图书市场的犁耙。策划是出版人帷幄之运筹，策划又是出版人千里之决胜。策划是编剧导演，能凭借出版社所拥有的有形资产和无形资产，演出威武雄壮、引人入胜的活剧。策划是软件，能扩大出版社的整体功能，放大出版社的市场品牌，壮大出版社的整体绩效。这并非夸大其辞。这在社会主义市场经济条件下已经得到过无数次的验证。

二

出版业需要抑制策划机制的泛化。

当"策划"一词在中国出版界面孔陌生且形迹可疑时，有识之士曾大声疾呼建立策划机制；当策划机制初立功勋时，有识之士力主继续强化之；而今，"策划"一词业已弥漫出版界，出版人言必称策划，大有"不在策划中灭亡，便在策划中胜利"之势，我们却忽然觉得有必要对策划说三道四。

事物总是在向自己的对立面转化。事实将又一次证明辩证法的无所不在。

强化的对立面就是泛化。

三

事实上，对一项出版工程实施策划，只能表明我们抓住了出版工程最重要的一环，并不能就此证明我们正在"做正确的事"。做事与做正确的事，其间相距何止十万八千里。

四

凡策划，张口就是"经典"，闭口又是"精华"，一味"系列"，动辄"大全"，如同古今惯用的十全大补。常常一题十书，一鸡十吃，滥用"魔方思维"，如同饥饿年代"忙时吃干，闲时吃稀，一日三餐可用瓜菜代"。空泛之病，实为空泛之策划所导致。

凡策划，只要作者行情看好，凡写必出版，以其昏昏，一哄而炒；作者既冷，车马稀往，死活不认，势利取舍，不论是非。浮泛之病，自为浮泛之策划所繁衍。

凡策划，唯销路是问，少谈真知灼见，只问市场热点。书评家常有，真正书评却不常有。以作品讨论会之名，行评功摆好之实，作者编者当面受用，总觉滑稽。媒体日日隆重推出，空白补了又补，名著巨著早已堆积成山，然而每遇学人谈书，总嫌书多好的少。虚泛之病，更为虚泛之策划所生成。

如此等等，我们不妨称之为泛策划现象。

五

泛策划，还在于一味强调"做正确的事比正确地做事更重要"的观点。所谓"一等编辑会策划，二等编辑会组稿，三等编辑只会编稿"，实则大谬不然。倘若此说成立，周振甫先生当列几等几级？这位让钱锺书心存感激，感激他编辑钱著时"小叩辄发大鸣"，"良朋嘉惠"的学者型编辑，传说他一个人杵杖漫步，常常是遇人迎面而来立刻停下让路，想这样的人大约不太会炒作者、炒选题、炒新闻、炒书评之道，设想如果他不幸就职于一些"策划至上"的出版社，屈就三等舱位，也是合乎泛策划的逻辑的。

六

志存高远的人谁不希望做上"一等的工作"！一时间大江南北策划编辑如过江之鲫，而孜孜伏案劳作的周振甫式编辑寥若晨星。不曾读稿就敢发稿的编辑大有人在，帮助、培养新进作者的故事鲜有所闻，"无错不成书"的问题已经严重到非要新闻出版署出面制裁而不可。学人式的编辑日见其少，敢当"大系"、"精选"一类主编的编辑日见其多。真可谓：策划既泛，不及其余；策划障目，不见出版。

七

076

出版产业系文化产业、信息产业之一种，既为产业，策划的必要性和功效性不可否认，如前所述，理当强化之。然而，策划，策者策略、计策、对策也，划者谋划也，它可以不必有理想，不必有思想，却可以投机取巧，不论学问，把争取最大市场效益当成出发点和最终目的，这就势必要危害产业的文化属性、信息属性，应当引起人们的高度警惕。文化建设永远追求理想，讲究思想，永远以真才实学和良知为其基石，信息传播永远以真实、可靠为其基本原则。我们所需要的策划，乃是建立在这些基石和原则之上的策划，我们所需要强化的策划，乃是以两个效益为目的，而尤以社会效益第一目标的策划。而为了使健康有益的策划最终完美地实现，我们必须以出版全过程无一不重要的态度对待图书生产中的每一件事，去正确地做好这一件件大事小事，要求每一位员工在自己的岗位上做出一等的成绩来。"做正确的事"和"正确地做事"，应当成为一个成熟的出版社的全面追求。

写于 1997 年 4 月

编　辑　起　码

2005 年的最后一期《中国编辑》，要开展"做一本比生命还要长的书"的专题讨论。大约是我为该刊上一期写过题为《一本书主义与一本书运动》的卷首语，在主张上彼此不谋而合的缘故，编者约我为此专题再写一篇东西。出版业内同好，相敬不如相应，况且前一篇写罢，有些意犹未尽，于是应承下来。

"做一本比生命还要长的书"，立意高踽，志向远大，雄心万丈。业内凡有志者，莫不作如是观，莫不作如是想，莫不为此热血贲张，莫不"众里寻他千百度"。然而，倘若要追问："比生命还要长的书"从何而来？如何做成一本"比生命还要长的书"？以我的经验和能力，还不敢回答。事情就是这样，发明一种发明的方法，比发明本身来得要困难得多，当然也重要得多。

问到"比生命还要长的书"从何而来，很有点像探讨传世名篇的来源，势必各师各法、莫衷一是。古往今来，文源之说多矣："诗言志"，"发愤以抒情"，"圣贤发愤之所作"，"感悟吟志"，"文章者，原出五经"，"登高之旨，睹物兴情"，"文生于情，情生于境"，"政之感人，犹气之感物"，"不得其平则鸣"，"愤怒出诗人"，"模仿说"，"再现说"，"表现说"，"结构说"，"解构说"，"社会需求论"，"生活源泉论"，"主体论"，"主客体统一论"……如此等等，学说已成百家，理论蔚为大观，却仍有大量例外存在，让评论家大跌眼镜的意外屡屡发生，让无数后学"入歧途泣之而返"的故事未能穷已。文源之说既然如此，就不必说附丽于其上的编辑出版之事了。简言之，无数的好书产生了无数的经验，而无数的经验却产生不了相应的好书。有编辑靠执著做成了好书，有编辑执著一生，却只做成了一个好人，书却乏善可陈，还有人不时演出"饿鸟自有飞来食"的童话；有编辑才高八斗，做成好书传世，有编辑学富五车，却终生与平庸书结缘，还有那以平常才学撞上高格之书的编辑，顿时就成了江湖名士。事物的伪因果关系害得好为人师的我们屡屡受挫，多因果关系又使得"有一分耕耘就有一分收获"的教诲大受质疑，求因欲始终让诚实者心有不平。

　　既然"比生命还要长的书"从何而来如此难以说清，那么，如何做成一本"比生命还要长的书"就更其复杂了。经验告诉我们，复杂的事情或许用简单的方法能够解决。唐朝大诗人白居易，唐穆宗时，在杭州做刺史。一次，他去拜访著名的鸟窠禅师，请教佛法的精要。鸟窠禅师对他只说了八个字："诸恶莫作，众善奉行。"大诗人不满意，说："三岁儿童都懂得。"禅师答道："八十老翁行不得。"大诗人当时便有顿悟。鸟窠禅师说的是佛家起码的要求，起码的要求三岁儿童都知道，可是到了八十岁也未必做得到，这就是佛法的精要。那么，要做成一本"比生命还要长的书"，似乎也可以先看看有哪些起码的要求。

078　　一个编辑，一个出版社，要做出好书来，依我的浅见，起码要做到以下几点。

　　起码要爱国。我们的出版，首先是中华民族的出版，体现的是中国人的精神，承载着中国的文化，服务于中国的读者，有利于中国的发展，同时也是人类文化的进步。一个中国编辑，爱国势必忧国忧民，爱国便会追求真理，爱国方能庄重自强，爱国自会服务社会，爱国才可能更多地重视"国产书稿"，爱国才可能努力推动"国产图书"走向世界。

　　起码要把社会效益放在首位。社会效益的内涵应当包括图书在思想、政治、经济、文化、学科专业以及社会各个方面近期和长期的价值，这是一个不断实现的过程。把社会效益放在首位，不应当只把它当成是社会对我们的规范，还应当成为我们出版人的职业精神和价值诉求。高度重视社会效益，我们的出版物才可能重视导向，才可能重视文化价值，才可能注重专业贡献，才可能有益于世道人心，才可能不被盲目的市场所裹挟。

　　起码要有责任心。起码要有社会责任心——作者、学者可以文责自负，出版者却要为社会、为读者把关，因为这是公众传播行为。起码要有专业责任心——"知之为知之，不知为不知"，凡有不知者，既不要轻判他人文稿的生死，也不要好为人师，指导作者走入歧途；既不要追星炒作、大言欺世，也不要成为一个个"绣花枕头"图书的绣花枕套。起码要有道德责任心——遇上污言秽事要有排异反应而不会生出嗜痂之癖，面对有悖道德伦理的书稿，无论多么畅销多么一夜暴富，也不会为之所动。起码要有职业责任心——订正文稿，疏通文句，这是编辑最基本的工作，我们不能视而不见，无所用心，更不能以讹传讹，让谬误流传，误人子弟。

起码要讲诚信。如今提到诚信，不少正派的编辑可能有"每个人被迫发出最后的吼声"的感受。社会诚信缺失，有识之士正在奋起拯救，然而，作为承载社会良心的编辑，有的竟然也去做欺诈之事，出伪书，造假货，报假信息，挂羊头而卖狗肉，挂名牌而卖思想垃圾，实在让同行汗颜，令世人侧目！

起码要有奉献精神。一部佳作问世，作者可能是在编辑的精心指导下才得以成功，也可能是编辑在中间立有点铁成金之功，还可能就是编辑沙里淘金，直接帮助作者完成或完善了书稿，那主角总是作者本人。往往是，作者一朝成名天下知，编辑的贡献却往往鲜为人知。更有一类编辑，满腹经纶，字字珠玑，却终日忙于成人之美，以助作者出书为乐，没有奉献精神何至于此。一个编辑没有奉献精神，再好的书稿也可能被弃若蔽履，更不必期望他能为别人的书稿奉献智慧和心血了。

起码要尊重作者。尊重作者，爱惜文稿，作者是出版社的衣食父母，文稿是出版社的雨露甘霖，这些话如今是很少说了，但并不说明它们不再是真理。"君子务本，本立而道生"，从出版之本末来看，作者与文稿就是出版之本。但是，我们不少时候却弄得本末倒置，或轻贱作者，或捧杀作者，不时还会驱使作者草草完稿，大行破坏他人精心写作之能事，眼中唯有利润，心中岂有他哉！

起码要尊重读者。有的编辑把读者看成就是市场，这话只对了一半。当掏钱买书时，可以把读者看成是市场，可是，当他读书时，那读者才显现出全部的"读者价值"。所谓"读者价值"，即指：读者从图书和服务中所能获得的总利益与所付出的代价的性价比。编辑理应让读者更多地

079

感受到出版物带给他们的价值。读者将使得人类的知识传承，使得出版业继续存在和发展，有读者在就有编辑在，广大读者也是我们的衣食父母。

起码要有一点创新精神。重复出版没有创新精神，拾人牙慧没有创新精神，东拼西凑没有创新精神，"贵远而贱近者"没有创新精神。内容产业，内容产品，总以内容创新为王，持续改进创新为荣。而徒有其表却无其实者不是创新，徒有豪言壮语而无实际行动者不是创新，趋炎附势不是创新，花里胡哨不是创新，故为艰深托于古奥不是创新，刻意求大动辄规模不是创新，肆意求变标榜创新也不是创新。

起码还要有一点学习精神。一部书稿，意欲出版，最危险的事就是遇上无知的编辑，而最致命的则是编辑不仅无知而又自以为是。"以其昏昏，使人昭昭"，如此编辑，怎么得了！为了避免我们的无知，只有学习；为了避免我们不仅无知而又自以为是，只有学习学习再学习。干脆这么说，一个编辑要做"比生命还要长的书"，却不打算持续地学习，一个出版书的人却不爱读书，没有比这样的事情更滑稽的了。

上述种种编辑起码，说到底也还只是起码，决不是说一旦做到，传世之作便在生产流水线上制作而成，一本"比生命还要长的书"就真的长命百岁了。事情肯定没有那么简单。但是，有一点也是肯定的，如果连这些起码的要求都达不到，那么，一切都将是空话，事情也就是这么简单。这是出版业的 ABC，这是出版业的最高机密，不知道各位编辑同行以为然否？

写于 2005 年 10 月

编 辑 初 步

一

出版社采用的书稿可以不是经过编辑的策划而来，但必定是经过编辑的审读得以确认，甚至是披沙拣金得以发现而来，必定要经过编辑的案头加工以及书籍整体形态设计方可成其为出版物。无论那书稿是怎样的稀世之珍，稀世之珍离不开抱璞之人，审读的编辑便要随时准备立抱璞之功；无论那作者是何等的智者，"智者千虑，必有一失"，加工的编辑便要随时准备做好智者的一字之师。作者写作时的表述激情不免会造成文字的某些疏漏，作者学识功底总有参差，有的作者在表达上为了追求创新而矫枉过正，于是书稿在总体质量被认可的前提之下，某些必不可少的细节性纠错工作就要由编辑来承担了。

一个编辑，由于先天和后天的原因，可以不善于通过捕捉图书市场的信息来提出选题，可以不善于通过把握社会和专业的格局来设计选题，可以不善于交际而拙笨于组稿，可以不善于创作而无力指导作者，但他必须学会审读以取舍书稿，必须学会编辑加工以完善书稿，此为编辑之初步，人们常说的编辑基本功，首先是指这方面的功底。

081

二

已经不止一次地听到书稿无一人通读便已付印成书的故事，也不止一次地听到一本书由于一点疏漏（或曰错误）引发一次社会动乱的消息，前车之辙，难道在某些编辑那里竟然不足为鉴？国务院总理 1997 年签署的第一个"国务院令"就是《出版管理条例》，其中对出版物内容的一系列规定，难道在某些编辑那里竟然事不关己？即使是一部非常纯专业学术内容的书稿，不读何以见得必定无误？不读何以判断其出版价值？以某些编辑之昏昏，而不怕天下人之昭昭，实在是咄咄怪事。

三

想起了恩格斯。

恩格斯批评斐·拉萨尔的剧本《济金根》。他仔细阅读了剧本原作，并且是不止一遍，而是看了四遍，还表示了"很想读一读舞台脚本"的愿望。读过四遍之后，他还不匆忙地把对《济金根》的评价告诉作者，而是非常谨慎、非常谦逊地说："我的判断能力，由于这样久没有运用，已经变得迟钝了，所以需要比较长的时间，我才能发表自己的意见。"

也许我们的编辑的判断力都出奇地不迟钝，那么，对一部作品，伟大的恩格斯需要看过四遍才能发表自己的意见，"不迟钝的"我们是不是也要看上两遍？或者，起码一遍？

起码，认真读稿，是编辑的初步。

四

想起了周振甫。

1942 年，钱锺书《谈艺录》书稿写成。由于时局动乱，图书材料难以寻觅，钱氏只能凭记忆和平时所做的札记，以及前贤、时人为他"录文相邮"提供一些材料。开明书店决定出版此书，由年轻的周振甫先生担任责任编辑。周编辑一一核校原文，并给每篇标定目次，以便读者翻检，其严谨认真的态度使钱锺书深为感动。钱氏于该书后来的补订本《引言》中记道："审定全稿者，为周君振甫。当时原书付印，君实理董之，余始得有定交。"

1975 年，钱锺书《管锥编》书稿写成，送给因出版《谈艺录》而结成莫逆之交的周振甫审读。周编辑照例把书中引文逐一与原文核对，对全书提出了一些补充材料和修改建议。钱氏充分吸收了周氏的意见，于此书的序言中感激道："命笔之时，数请益于周君振甫，小叩辄发大鸣，实归不负虚往，良朋嘉惠，并志简端。"

这，就是编辑。这就是值得学者、作家尊敬的编辑，这就是与教授、研究员比肩而丝毫不惭愧的编审。

可惜而今这样的编辑太少太少。以至于我们常常想起周振甫，寻找周振甫。

至少，从认真编稿做起，"君实理董之"——这是编辑的初步。

五

还想起了美国著名的文学编辑珀金斯。

1910 年，年轻人珀金斯只是美国查尔斯·斯克里布纳之子出版社广告部的一位雇员。这家出版社拥有文学顾问布劳内尔，是一位被美国艺术与文学院选入 50 位杰出文化名人行列的文学权威。在出版社里，他是许多作家十分敬畏而又无奈的文学判官，其所作所为，似乎就是要让作家感到进入出版社如同进入教堂一般，而他则要成为这座教堂里的"教主"。后来，当珀金斯不耐烦做广告业务员而成为一名年轻编辑之后，他们之间的冲突开始了。珀金斯认为编辑工作最有意义的是发现，要尽一切可能来挖掘、塑造作者的才华，"不让作者在绝望中轻易放弃"（托马斯·沃尔夫语）。而布劳内尔要做的只是固执己见和挑剔，如教主一般地对作者进行训诫。后来，珀金斯的满怀热情终于有了回报，他坚持买下了刚出道的菲茨杰拉德的处女作版权，展开了与海明威、托马斯·沃尔夫、拉德纳等知名作家的合作，这种合作对于他们后来成为大作家是至关重要的。珀金斯为此至今还被美国文学界、出版界称为"英雄式的编辑"（阿伦森语）和编辑史一个时代的开始，达到了谈编辑史不可不谈珀金斯的地步，如同谈航空简史不谈莱特兄弟则荒谬一样。而吓人的、不可一世的"教主"布劳内尔而今安在哉！

发现与选择——这是编辑的初步。

六

上述几个故事都过于高蹈，有神话之感，非常人可以企及。众多的编辑不可能都如此幸运地遇上这样的作者。现实是，我们看到的通常是粗制滥造的作品，它们常常成为出版社的鸡肋，迫使我们在痛苦之后仍然要为它们的出版付出巨大的劳动。很少听到作家反复修改作品的故事了，托尔斯泰为《复活》的开头数易其稿看来已经不足为训，倒是时常听到一个作家年产几部长篇的神话。语言垃圾随处抛洒，文风粗痞而俗不可耐，叙述毫无节制。有些人写作时只有一个目标：畅销；写作后只有一件事要做：催促出版社炒作；听说编辑要谈修改意见，第一反应则是疑惑："现在还有这么麻烦的出版社?"可是，当编辑、作者都有了求完美的愿望，愿意再改一遍时，出版社的营销人员的反应又往往是遗憾："千万别错过销售良机!"总之是世风浮躁，业内风气自然也浮躁。而文字工作，偏偏又是最浮躁不得的。

日本企业内人分四种：第一种人是"全人"，领导人是也；第二种人是"怪人"，奇思妙想战略设计人员是也；第三种人是"活人"，营销、策划、公关人员要的就是一个"活"字；第四种人竟被称为"死人"，很难听，但企业家们认为是企业成功的最终保证，那就是大批勤勤恳恳、一丝不苟工作的普通员工。有研究者指出，中国过去缺的是一二三种人，现在最缺乏的就是第四种人。

编辑初步，就是首先得把"死人"做好。

编辑初步，便是不能浮躁。

七

编辑的职业道德无时不在经受拷问。

且不说那些违反国家政策、法规以及不利于国家利益、社会安定、民族团结的出版物会受到批评、处理，且不说那些八股盛行、空话连篇、欺瞒人民的出版物最终要被人民和历史所抛弃，且不说那些内容荒唐无聊、格调庸俗低下的出版物会被世人所唾弃，且不说那些错漏百出的出版物误人子弟令人恶心，也且不说出版物有一分好却被膨化成十分佳绩，搞虚假宣传会招致耻笑，这些行为违反了编辑的职业道德。而身为编辑，不去发现好作品，不去选择佳作，草菅作品甚至是作家的命运，同样也是违反编辑职业道德的。可是，在一些出版社里，此类行为大家似乎熟视无睹。

编辑的初步，是坚守编辑的职业道德。

八

自然，编辑自有编辑一法。编辑的恪尽职守，从另一个方面来说，还必须恪守界限，否则过犹不及。现代社会，一切人的责任都必须有限。

对一部书稿，为了尊重作者独立见解，尽量不改，为了尊重事实与共识，却又不能不改；为了尊重作者风格，尽量不改，为了有利读者理解，却又不能不改；文法在好与不好之间，尽量不改，而在通与不通、对与不对之时，不能不改。一切应以知识为依据，以著作权法为准绳。倘若书稿有违碍国家宪法和政策法令之处，窃以为也不可越俎代庖强加修改，可以不出，指出问题退还作者处理之后再议。编辑还要学会退稿，学会退名家、大家的稿件。要退得有理有据，退得有独到见地，退得入情入理，退得十分礼貌，退得让人服气——即便当时脸上挂不住，多少年后自有中肯评价。

编辑的初步是要有所坚持，而又坚持有度。

九

编辑的初步，是要改正错字——似乎无须为此再费唇舌，这是那种"饭是可以吃"一样的道理。

然而，基本的道理却经常被忘记。譬如，遵守交通规则，也是基本的道理，可是，中国每一座城市的交通违规罚款收入数目都很可观。

现在，文字差错也是到了触目惊心的地步。1996 年新闻出版署抽查全国 35 家地方出版社的 35 种图书的编校质量，结果是，只有一种图书为优秀品(漓江版《少年维特之烦恼》)，有 18 种图书因质量不合格分别被处以返工，有 10 种图书因质量严重不合格被处以罚没利润和销毁存书。近日报载，长沙市发生购书者因图书差错率超过国家标准而向书店、出版社索赔的诉讼案。一些内容质量相当优秀的图书，因为编校质量不合格，参评国家图书奖"出师未捷身先死"。图书评不上奖也就罢了，可是误人子弟实在是昧了良心，编辑者道德何在！就此一端，我就曾经想过，像 1996 年那样的抽查和处理，实在应当形成制度，经常执行才是。政府主管部门不管此事谁管！

十

国家语言研究专家撰文指出，现在是建国以来的第三个汉语言混乱时期。第一个时期是建国之初，那是新旧社会语言的改造期；第二个是"文革"时期，帮气十足的语言泛滥，让专家们目瞪口呆；而眼下则是改革开放，语言也就符合逻辑地改革开放，兼之媒体猛增，发稿量加大，信息泛滥，外来语增多，故此规范的难度更大。

自然，当此情势之下，编辑的责任愈发重大。

首先是语言的常识性错误太多。譬如，"黄埔军校"办成了"黄浦军校"，"铤而走险"走到了"挺而走险"，"狙击手"变成"阻击手"，"床笫之欢"竟成"床第之欢"，"株洲"而为"株州"，"兖州"又成"衮州"，等等。

再就是语言修辞的粗糙混乱。譬如，"宁馨儿"乃"赞美孩子的话"，却被作家写成"一种芬芳、宁馨的呼吸"、"闪动着宁馨的光"；只知有"白发苍苍"，今日却见"白发鬈鬈"；至于"待到理想化宏图"，难道宏图不就是理想吗？"向母亲举案齐眉地捧上茶碗"，是不是表错情了？

至于连篇错字，只像是一只只苍蝇趴在书叶上，令人恶心。"周总理"成了"周经理"，"包公"居然是"色公"，"碰头会"变成了"砸头会"，"暧昧"成"暖昧"，"宝贝"成"宝具"，直让人哭笑不得；而"乌鲁木齐"加了一点印成了"鸟鲁木齐"，结果日本企业定制的面粉袋作废，中方厂家损失 16 万元，直叫经理心疼不已。

十一

然而，语言总是处于流变状态之中的。语言附着于人类社会生活之上，是生活内容的一部分，而人类社会生活的发展变化是必然的，语言也就不可能不有所变化。所谓代有时文，不仅指内容，也包括语言文字在内。一个开放的、具有包容性的社会尤其如此。编辑者对待书稿决不可食古不化，在语言文字上也就不能作茧自缚。譬如，按照我们所遵循的文法，名词不可用副词修饰，现在却有了"很青春"、"很港台""太专业"、"太欧美"等等，也就约定俗成了。至于新词语就更多，先有了"策划"，已经觉得有点别扭，现在又来了"企划"，更别扭；大陆人刚掌握了"软件"，台湾人却说那是"软体"；"克隆"、"光盘"、"受众"这些新词渐渐也就不需要加引号了。

与社会生活同步，为民族语言文字的丰富和创新作贡献，也是编辑的初步。

十二

一部图书，可能出问题的地方还不只是书稿。

图书附件出错。某大社一本好书，目录上有前言，书中却找不到前言，我翻查了两遍，两处茫茫皆不见，看着这个名社大社赫然在目的社名，我也只能欲说还休。又有一大社一本好书，作者文笔很好，后记也值得一读，结果也读出错来，作者诚挚感谢的出版社竟然是另一家，张冠李戴，其中自有曲折原委，遗憾的是编辑竟然未能发现。至于图随文走，忽然某图又随了别文；注释为脚注，却又跑到下一页的脚下，此类"移情别恋"的故事时有发生。更有甚者，作者姓名弄错，麻烦可就太大了。想作者青灯黄卷十载、皓首穷经半生，及至终于刻下一部传世大作，著作者竟成了他人，不亦苦乎！出版社不亦愧悔乎、不亦赔偿乎！

图书附件残缺。本书简介、内容介绍、出版说明、出版前言、本书提要，均属图书提要一类，应当是十分讲究的，原则上是不可少的，作用是帮助读者"即类求书，因书究学"，其重要性并不亚于图书广告促销。不知道为什么，近来忽然注意读图书所附提要，得出一个印象，写得好的不多，缺少此一附件的图书也不少。不知道为什么一些编辑同人为何如此轻视此一大事！

将图书所有文字附件完备地处理好，也是编辑的初步。

十三

有专家提出编辑的五点要求，所谓"有识有度，又博又专，能入能出，不卑不亢，边干边学"。五点要求虽然简单，我颇有内涵，在此试作一点理解和升华：

有识有度——"世事洞明皆学问，人情练达即文章"，见识不能没有，凡事更不能无度，因为编辑是一种社会性的文化职业，社会永远是要讲究有识有度的。

又博又专——学识既要广博，还要学有专长，方可能于编稿时"非如观世音之具千手千眼不可"（钱锺书赞周振甫语），完成好这种共时性的智力劳动。

能入能出——入则理解作者，出则关照读者，时为假想作者，时为假想读者，时而领会书稿，时而挑剔杰作。

不卑不亢——既不匍匐于作者脚下，也不朱笔乱批他人文章，中国编辑十多年前最喜欢改人文章，十多年后的今天似乎又太不注意编改文章，一切过犹不及。

边干边学——学也无涯，知也无涯。不能等到学好了才去实践，无涯者什么时候能说学好了呢？自然要不断学习，边干边学，编学相长。

以上数点倘能做到，一个优秀编辑也就几近修养成熟了。

十四

编辑者，倘要做好编辑初步，自然要加强自身修养。思想政治修养上要做一个明白人，职业道德修养上要做一个正直人，专业学识修养上要做一个博古通今的人，语言文字修养上要做一个谨小慎微的人。

编辑者，当从编辑初步做起；编辑者，永远不能放弃编辑的初步。如此，方能成为出版社信誉的基本保证，出版社的良心所在，好作者的最佳配角，优秀作品的助产士，广大读者利益的捍卫者，民族文字的守护神，优秀文化的建设者。

写于 1997 年 1 月

出版"走出去"步伐再快些

近几年来，出版"走出去"步伐正在加快。版权引进与输出比 2002 年前的 15∶1 缩小至 2007 年的 4∶1，这就是最有说服力的例证。但是，还有一组很惊人很说明问题的数据，2007 年，输出到美英德法等国的版权数量之和仅占我国版权输出总量的 18％，而从这四国引进的版权数量却占我国全年引进总量的 79％，分别为：中美引进 3 878、输出 196、中英引进 1 635、输出 109，中德引进 585、输出 14，中法引进 393，输出 50。而且，我国版权输出还存在着语种不够多、受众不够广、信息量不够大、影响力不够强等问题。这种状况与我国国际地位不相适应，与我国五千年文明积淀的丰厚文化资源不相适应，更是与世界范围内各种思想文化交流、交融、交锋更加频繁的形势不相适应。党的十七大明确提出要提高国家文化软实力。这就迫切要求出版"走出去"，步伐再快些！

要加快出版"走出去"步伐，提高出版产业的国际化水平是根本。国家要制订一整套有利于产业海外发展的政策和评价标准，产业要打造若干具有较强国际出版市场经营能力的文化传媒企业，海外要形成一批传播快捷的国际传播渠道，企业要不断推出能产生国际影响力的具有自主知识产权的出版产品，我国的行业组织在国际出版产业界要有一定的活动能力和话语权。产业的国际化水平是一个综合评价的结果，其形成和提高需要国家统一的规划和政策推动。国家应当尽快就提高出版产业国际化水平进行研究，制定发展规划并实施。

要加快出版"走出去"步伐，构建系统高效的国际传播体系是基础。出版"走出去"主要是版权"走出去"、产品"走出去"和实体"走出去"等三条途径。过去我们比较重视版权输出，对产品"走出去"也还重视，而对实体"走出去"重视不够。这一方面是因为我们的出版传媒企业实力太弱，另一方面则是我们的思想还不够解放。欧美国家一些大型出版传媒企业的国际化发展主要是采取本土化战略。近几年来，我国一些出版传媒企业在这方面正在进行积极的探索。在实体"走出去"方面，中国出版集团公司先后在法国、澳大利亚、加拿大、美国等地开设多家海外合资出版单位和新华书店，2008 年出版外文图书 61 种，进入国际主流市场。三种国际传播途径相比较，窃以为，版权输出相对被动，成品输出见效较快，而实体"走出去"这一途径则更能加快文化"走出去"步伐，它既能更好地贴近国际社会的实际和受众，又能为我所用、为我所控，更好地进入国际主流市场。

要加快出版"走出去"步伐，努力打造国际一流出版传媒企业是关键。美国前 8 家大型图书出版公司占据了全美 50％以上的市场份额，而 2008 年我国前 10 家出版集团公司的市场份额仅为 25.92％，且业务都比较单一。打造国际一流出版传媒企业已经成为文化体制改革的重要战略任务。通过打造国际一流出版传媒企业，形成海外实体投资发展的主体，这是一条必由之路。要在不长的时间里打造成功，除了通过股改上市融资，实现低成本扩张，就是通过国有资产无偿划转以及联合重组等方式，进行优势文化资源和资本重组。国资委正在采取这种方式组建 30～50 家具有国际竞争力的工业大公司大企业集团。这是增强产业集中度、培育大型骨干企业国际竞争力的有效方式。我国的国际一流出版传媒企业，只能这样来打造，方可能来得更快一些。

上述所谈主要是关于体制改革、产业结构调整促进出版"走出去"的浅见，还有若干不可或缺的条件不能不提及。例如：提高文化产品创新水平，目前我国还没有生产出国际性畅销书；加强国际文化市场营销能力，目前基本上是隔山买羊；建设外向型人才队伍，目前优秀翻译人才难求，等等。这些主要还是要依靠出版传媒企业自身的改革创新去加紧解决。

写于 2009 年 3 月

WTO：与狼共舞

一

近几年来，中国出版人一谈加入 WTO，必谈中国出版业将要迎接外资挑战，仿佛大战在即，颇有些兴奋，紧张的兴奋。我也不甘人后，两年前囫囵谈过。全世界都在欢呼千禧年，我们也欢呼，这不会错，这是关于人类特殊时间的一次庆典，时间老人是公平的，谁也不会吃亏。全世界是不是都在欢呼 WTO 呢？当然不是。无论如何，世贸组织至今仍然主要是发达国家的俱乐部。世界贸易可不会像时间老人那么天然的公平可亲。世贸组织成员的欢呼至多是有保留的欢呼，是一边握手一边念拳经的欢呼。

可是，我们出版人是怎样欢呼的呢？我们是不是有些过于诚心诚意过于缺少保留过于像欢呼千禧年之将至呢？

二

也许很多出版同人的激动乃是临战前的意气风发。摩拳擦掌，枕戈待旦，及早进入临战状态，固然是好的。然而，我们不能就此承认对方的参赛资格。如果一谈加入 WTO 就以为应当很快开放出版市场，那可真是一个很大的误解。如果这个误解弥漫开去，形成某种政策误导，可就堪称巨大的历史误会了。

迄今为止，WTO 的 134 个成员，承诺开放"出版与印刷"服务的也只有 27 个，不到总数的 20％，而且其中不少还是发达国家。即便是承诺开放的成员，还可以在承诺后以未能预见的变化而遭受严重损害或威胁为由，全部或部分地中止已达成的承诺。

这是有游戏规则的。WTO 的《服务贸易总协定》(WATS)中就有"不对称原则"，其意为"更多参与"——成员通过协商获取帮助，从而"逐步自由化"——适度延长缓冲期。再有，成员还可以运用"保障条款"和"例外条款"，寻求给予自己某些行业以尽可能大的保护。出版业便是很多成员竭力保护的行业。

三

我这里还有一个国际性攀比。

我们不是说到 21 世纪才能把我国建设成为中等发达国家吗？那么请允许我们攀比一下现在的发达国家，看看人家是怎样保护本国出版业的。

归纳起来，他们主要有三种自我保护手段：一是利用关税调节，法国、德国、荷兰等国便对进口图书征税；二是制定硬性规定，限制外国出版企业进入，法国有限制美国包括出版业在内的文化产业进入的"文化例外"政策，加拿大竟然严禁外国资本收购它的出版企业，这恐怕是很多人没想到的；三是政府在投资、税收、组织联盟和基金支持等方面保护本国的出版业，日本即如此，尽管开放，美国和西欧出版人曾一度蜂拥而至，无奈日本政府和出版业早已众志成城，大鼻子的硬拳敌不过东洋鬼子的柔道，所得市场份额至今仍不抵 10％。

最以鼓励竞争自诩的发达国家尚且如此胳膊肘往里拐，欠发达的我们何以就如此急迫地以为我们这里乖乖地开放在即呢？

四

有人看我如此牢骚太盛，必定以为我是在担心自己所从事的行业遭受外企冲击，担心出版物市场被外企挤占，担心自己下岗失业。这话说对了一些，然而仅此并不尽然。

稍作认识提升，这个问题其实关系到中华民族文化的前途命运。一

093

个民族文化的健康发展，既要传承也要创新，而常常是需要保护的。我们承认经济全球化是一个趋势，并不能顺着就承认文化全球化也是一个趋势。文化问题远比经济问题要复杂得多，正如一位大作家说的，比天空更宽阔的是人的心灵。而所谓文化全球化这个概念是大可置疑的。作为产生于一定地域、种族、历史以及物质生产基础之上的文化，其发展方向是否就是全球趋同，是否存在着某一天全球趋同为一种文化的可能性，学术界尚在激烈争论，要形成共识，恐怕遥遥无期。我想，在所谓文化全球化的共识形成之前，我们还得好好地发展和保护我们的中华民族文化。而出版物既是文化的一部分，也是文化的一种极重要的载体，应当给我们的出版业以必要的保护。

法国人为了保护法兰西文化，制定了毫不客气的"文化例外"政策，也不怕人家谴责它封闭保守。至于我们，更是有一千条理由要大力保护自己的出版业，无论是为了社会效益还是经济效益，决不能不问明白就开门揖竞争者。

五

毫无疑问，我衷心拥护我国加快加入 WTO 的进程。

入世肯定于我们大有益处，要不然政府不会那么积极地去争取。具体到对我们出版业的影响，入世的益处也是显而易见的。随便想想，就有以下几点：一是国家的法制环境必将有大的改善，出版业身处其中受益匪浅，这是正派的出版人最盼望的；二是我国的市场竞争必将逐步有序化，出版物市场建设亦将被带动，我国出版业的竞争已经很激烈，现在是要使之尽快良性化；三是发达国家企业的先进经营管理经验更为便利地成为我们用以攻玉的他山之石，这是我们最欠缺的；四是入世后人们现实生活的五彩斑斓和思想文化的活跃碰撞是新作品不竭的源泉；五是国际版权贸易势必愈加盛旺。等等等等。

六

想起了一个故事。

　　说的是美国有一座自然养鹿场，放养的驯鹿体质较弱，管理者采用常规疗救手段，效果终不明显。为此，他们邀约许多专家学者前来会诊，获得治疗方案不计其数，其中一个方案至为语惊四座，那就是：引进狼。此方案立刻被采纳。于是，一群狼被引进了鹿的乐园，把鹿们追逐得满山遍野逃奔。鹿群优胜而劣汰，胜者而愈优，驯鹿的体质大为增强。当然，狼太多了也是不行的，数量必须有所控制，管理者随时还要宰杀一些狼，因为人们的最终目的是为了饲养出更多更好的鹿来。

　　这个故事对我们是不是有所启发呢？引进狼看来是好事，而狼的数量不适当控制，鹿群不予以精心的保护也不行，或许这就是我们加入WTO时应有的态度和对策？

　　也许这个故事对远方的来客有些不敬。在'99财富全球论坛·上海年会上，有一位在中国已经很成功的美商就说过这样的话："我们不是狼，国企不是羊，跨国公司和国有企业应当是两匹骏马，并驾齐驱。"看来关于引进狼的故事也已为他们所熟知。但他更愿意和我们说关于两匹骏马并驾齐驱的童话。

　　我愿意相信他是真诚善良的。可是，市场竞争本质上是残酷的，市场竞争不相信童话。我宁可相信我们正在并将长久地与狼共舞，直到把我们自己变成强健的狼。

095

　　而在此之前，还有一些事，一些关于生存还是死亡的事，需要我们小心翼翼地去完成。

写于 2000 年 1 月

构建"国际版权营销"新概念

一

"国际版权贸易"这个大概念，我们说了许多年，并将继续这样说下去。然而似乎仅此是不够的。作为一种出版经济活动，在国际版权贸易的实施过程当中，还需要建立一些基本概念，以概括、反映并且指导这种活动的有效进行。譬如，我们可以建立"国际版权营销"这一概念。

二

贸易，即商业活动。这是一个关于"类"的概念，其含义显然过于综合，因而不免有些笼统。市场经济是贸易，计划经济也是贸易，人们需要进而知道的是哪一种贸易，以及是怎样进行的贸易。在"类"概念的基础上，人们更需要了解关于"种"的概念，细分的概念，具体的概念，亦即反映事物本身的性质、特点的概念。譬如，同样称之为国际版权贸易，同样符合发展先进生产力、建设先进文化和为最广大的人民服务的要求，却可以有生产观念指导下的版权贸易，那就是"以我为主"，"我生产什么，你就只能买什么"；可以有推销观念指导下的贸易，较之前者有所进步，是以推销为导向，但依然是"以产定销"，以生产为中心的贸易；还可以是营销观念指导下的版权贸易，亦即"以销定产"，生产在国际版权市场上可以销售的版权，销售实现是版权经营者的出发点和终点。营销观念无疑是属于市场经济的范畴，国际版权贸易就其本质而言，当然是属于市场行为，因此我们应当建立"国际版权营销"这一概念。

三

倘若我们建立了"国际版权营销"这一概念，那么，我们就必须研究国际版权市场，研究经济、政治、文化对市场的影响，关注市场的需求趋势和潜在要求，判断我们的出版资源在国际市场上销售的优势和弱势，等等。尤其需要注意的是，我们首先要选准自己的目标市场。以往一说到国际版权市场，我们常常失之于空泛，或者往往以欧美市场之偏概五大洲之全。我们很少注意对目标市场的选择，以及通过对自身出版资源状况的把握来确定自己的目标市场，进而组织版权的生产和销售。

目标市场当然因出版机构而异。对我国大多数出版机构来说，目前主要的版权目标市场应当是亚洲的汉文化圈国家和地区，其次则是广大亚太地区以及欧美国家中正日益发展的华人社区，再者则可以考虑向广大发展中国家和地区开展科技医学普及类版权营销，而向欧美国家可以加大销售艺术类、传统文化类以及一些长篇小说和纪实文学版权的力度。我们大可不必因为对欧美国家的版权输出量较少而过于惭愧，加大对上述其他目标市场的销售同样是有效益、有意义的。就市场营销的策略而言，必须是以市场实现为出发点和追求目标，必须从市场的实际出发。海尔冰箱能够打入欧美市场固然令国人感到欣慰，TCL 选择发展中国家开展营销攻势则无疑是务实之举，同样值得我们骄傲。当然，从长远来看，作为文化大国的版权输出，我们不能放弃欧美市场，正如人家始终不肯放弃我们一样，文化的交流和竞争无处不在，但文化产业的较量则只能遵循市场营销的法则相机行事，决不在朝朝暮暮，不囿于一城一池之得失，不争一日之短长，不可作非非之想。

097

四

倘若我们建立了"国际版权营销"这一概念，那么，我们就必须在坚持中国出版业主体意识的前提之下，根据对目标市场状况的研究和判断，做好可用于国际版权贸易的产品设计、促销方式等生产经营的决策和实施。这一决策与实施的过程当然会有无数多的具体细节需要把握，这里不去一一细数。单说一点感觉。每当看到我们那些参加国际书展的许多版权实物上居然没有一点儿外语介绍文字，每当想到我们的国际版权促销人员呈送到大鼻子蓝眼睛们跟前的总是一册册中文书目，让人家如看天书一般，哪里有一点儿进行国际版权贸易的模样！回过头来我们自己又一味地埋怨版权输出量太少，义愤填膺地诅咒发达国家的文化沙文主义。长此以往，是不是感觉着我们有点儿像那只老鼠哼哼，它总是既想找到奶酪又不能走出固有的领域，怨天尤人只能是它永远的功课！

倘若我们建立了"国际版权营销"这一概念，那么，我们还必须组织起营销的专业化人才队伍，从版权产品的设计到制作，以及促销宣传、交易实务，都应当有他们的智慧融入其中。

倘若我们建立了"国际版权营销"这一概念，那么，我们还必须建立起出版机构内部的国际版权营销管理体系，从数据库的建立到决策程序的设置，从岗位职责预设到奖惩办法的制定，形成良性经营的保障系统。

谁都明白，还极少有哪一家出版机构是专门营销国际版权的，谁也不大可能组织版权只为了出口。一家出版机构，经营版权实物总是第一位的。然而，在我们经营版权实物的同时，如果同时融入"国际版权营销"这个经济增长点，使得出版机构和作者的收入具有更为多元的可能性，又何乐而不为呢？

五

在知识经济时代，出版机构营销的资源主要就是版权。出版活动的过程就是获得或创造版权资源，将其制作成出版物，尽可能多地销售出去，使之产生良好的社会效益和经济效益的过程，同时，包括国际版权营销在内的版权分销也是出版机构营销活动的重要组成部分。人尽其才，物尽其用，对出版资源，我们负有不断开发利用、使之产生的效益最大化的责任，既不应当浅尝辄止，不经意而为之，更没有放弃的理由。为此，我们必须建立"国际版权营销"这一概念，去争取我国出版业更大更全面的发展。

写于 2002 年 4 月

国 际 组 稿

一

书稿是出版社的第一资源，书稿是图书质量与效益的第一保证，因而把策划选题、组织书稿诸事看成是出版业务的第一件大事，这是当今出版人的共识。众多出版社，决策机制向策划组稿编辑多有倾斜，激励机制对策划组稿编辑厚爱有加，人才成长机制对策划组稿编辑关怀备至。这是出版社适应社会主义市场经济的需要，是出版社经营管理趋于成熟的标志之一。

然而，倘若现在提出，版权贸易亦属于出版业务的第一件大事，出版社内版权贸易编辑应当得到与策划组稿编辑同等的地位和待遇，则可能让一些社长总编陡然间颇为犹疑。

099

二

如果说，版权贸易中的专有出版权转让出口，还主要是使图书价值延伸的后续性工作，它的性质更多地在于推销而非创意，那么，版权引进工作则显然是为出版业务确定方向、设定价值的基础性工作，它的性质更多地在于创意，因而与策划选题、组织书稿并无本质上的不同。

因此，就业务性质和工作范围而言，我们可以称版权引进业务为国际组稿。

三

国际组稿与国内组稿，一样需要策划者对书稿内容有透彻的了解，对书稿的思想价值和导向有辨析力，对书稿的写作质量有鉴别力，对书稿的市场效益有预测力，尤其需要独具慧眼，同时还要眼明手快、捷足先登。所不同的是，国内组稿大都为原生稿，尚未得到社会的一定程度的认同，而国际组稿(当然专指版权引进)业已经过编辑出版，成熟程度自不待说，质量大体也在彼国彼地得到过社会一定程度的认同，效益也有别国市场实现程度可资借鉴。就这一点而言，前者似乎难于后者。然而，引进境外的作品，我们不能不顾及政治的规定和思想的导向，不能不顾及价值观念、文化背景的差异，不能不顾及受众的阅读兴趣和习惯，不能不顾及国内的市场效应，等等。就此而言，自有它特别的难度，对于组稿者"高层的非程序化管理"的能力要求更高。或许正因为如此，至今国内出版社引进版权的成功例证尤为引人注目。

四

100

近几年来，版权引进工作最为成功的出版社当数清华大学出版社。1993年至1996年，他们从美国、德国、荷兰、日本等地引进以计算机技术为主要内容的图书版权已逾200种，同美国合作出版3种。就品种而言，也许国内组稿还是多于国际组稿，可是就效益特别是经济效益而言，后者也许已经成为该社一个时期里的主干。据说，他们现已实现与国外协作出版单位就某些品种联手同步出版的计划，其前景之远大可以想见。

1996年版权引进一个成功的例子是北京大学出版社《未来之路》中文版的出版，他们用5万美金赢得了两个5万美金以上的利润，给中国读者提供了现代企业经营发展的诸多思考，同时开拓了一大片市场，我们看到又一本《微软的秘密》在1997年的春天面世。

1996年的作家出版社赢了几把满贯，几乎都是版权引进的业绩，《马语者》(顺带提一句，书名译得不太得当)、《大预测》、《回顾——越战的悲剧与教训》一本本都在图书市场上活蹦乱跳，让我们看到了作家出版社总编辑张胜友朝气蓬勃、咄咄逼人的形象。漓江出版社挟《牛虻》版权交易成功的势头，1996年成功引进挪威著名作家米克勒的长篇小说双璧《月亮姑娘之歌》和《红宝石之歌》。接力出版社从与香港万里机构合作出版《新一代妈妈宝宝护理大全》中尝到甜头，1996年又成功引进了《漫画世界文学名著》一套，成为深圳全国书市上的一个热点。

五

当今世界，信息资源国际共享，已成潮流。既然共享，为什么我们不去共享这出版业第一资源——所有的好书稿呢？市场经济，立足国内，国际接轨，这是趋势。既然接轨，我们就应当把能够为我们所用的东西接受过来，发展出去。如果说，图书市场不断开放是个规律，那么，版权贸易市场的国际化业已形成，这也是开放进程中的中国图书市场和出版业最好的自我保护的措施。

为了最大限度地吸收、利用全人类的优秀文明成果，建设中华民族的精神文明和物质文明，我们应当去国际上组稿。

为了满足广大人民群众日益增长的多层次、多方面的精神文化生活需求，我们应当去国际上组稿。

为了丰富我们的图书内容，壮大我们的精品阵容，我们应当去国际上组稿。

于是，1994年，漓江出版社及时成立了版权部，而接力出版社更为到位，将版权机构命名为国际部。据悉，广西各家出版社的版权贸易工作均落实了领导、机构和人员，将以更为进取的姿态出现在国际组稿的征途上。

六

固然，先国内，后国际，立足中国，走向世界，从来都是我们工作的基点。国际组稿实行的是拿来，国内组稿实行的则是自我发展，甚至是培育。任何时候，国内组稿都是我们工作的重点、基点，是建设"两个文明"的重要任务之一，这是不言而喻的。但是，在世界大潮流、大趋势

101

之下，国际组稿应当提到我们出版业发展壮大的计划中来，这是断然不可忽视的大事。诚如邓小平同志多次强调的，不对外开放不行，搞闭关自守是没有出路的。许多出版社正是以改革开放的精神为指导，以国内组稿和国际组稿两条腿，坚实地走向成熟、壮大。

写于 1997 年 3 月

102

国 际 投 稿

　　我曾经在一篇短文里称国外版权的引进为"国际组稿"。"国际组稿"曾经对中华文化的形成和发展产生过重要的影响。中国古代著名的"国际组稿"第一人当为唐代和尚玄奘，他历时 19 年，行程 5 万里，带回 520 夹、657 部佛经的业绩，成了不朽的传奇。近代以来，"国际组稿"者甚众，严复引进《天演论》，张元济主持南洋公学译书院翻译东西各国教科书，"五四"前后许多学者大量译介的马列著作以及西方科学著作，建国初期全面介绍前苏联的各类重要书籍，改革开放以来出版业空前繁荣，国际版权引进蔚为大观。中华民族敞开宽阔的胸怀，显示出既勇于"授"又勇于"受"的旺盛生命力，中华文化由此不断地丰富、壮大。"国际组稿"功莫大焉。

　　第八届北京国际图书博览会开幕在即。中国出版人不仅要抓住大好时机一如既往地进行"国际组稿"，更要向各国同行充分展示中国出版的实力、风貌以及本版图书的魅力。而且尤为重要并应当全力去做好的还是后者。展示的目的一方面是为了更多地输出我们的版权，实现中国出版走向世界的宏愿，另一方面则是为了提升我国出版业在国际版权交易市场上的地位，达到吸引世界各国出版人踊跃向中国出版机构进行"国际投稿"的目的。

　　组稿和投稿，是出版人组织稿源的两种主要手段。组稿能力的大小往往取决于出版人进取心、信息反应的灵敏度以及公共关系状况等要素。而出版人对投稿者吸引力的大小，则要取决于出版人的全面表现和综合实力。出版社可以通过投稿状况的曲线得出自己综合状况的多种指数。

103

出版社能否吸引投稿，投稿者多寡，可以用桃李下自成蹊的古训、凤凰择木而栖的典故、马太效应的原理来理解，甚至还可以运用物理学的万有引力定律来求证。我们的出版社从国外版权代理商及出版社那里获取版权的手段，目前几乎还主要是"国际组稿"而非"国际投稿"，这一方面是由于对方对我国情况知之甚少，另一方面则是因为我们的出版业在国际上的比较实力不强和知名度不够高，一句话，引力之大小与物体的质量成正比。要吸引"国际投稿"，必须强化我们自身，壮大我们的实力。版权市场也有激烈的竞争，最后的竞争还是实力的竞争。

从整个出版行业来看，中国出版业对"国际投稿"的吸引力大小，在一定意义上也体现着中国出版业在国际上影响的强弱，标志着我们与国际出版业接轨进程的快慢。英国畅销小说《哈利·波特》被众多国家引进版权，热销 3 500 万册之后，中文简体字版才得以作为第 36 种语种文本由我国出版社出版，而且成交的过程依然是以"国际组稿"为主。英国的版权代理商何以就没有主动向我国的版权代理商以及出版社主动荐书，英国版权商何以就置偌大的中国市场于尾水，个中属于我们自己的原因值得深思。应当承认，改革开放以来，特别是在我国成为《世界版权公约》和《伯尔尼公约》的签约国之后，中国出版在国际出版业的地位极大提高。近几年来，到我国"投稿"的外国版权代理商时有出没，在法兰克福国际书展上，庞大的中国代表团是很受外国同行欢迎的大买家，北京国际图书博览会参会者逐年增多，这些都在表明我们对"国际投稿"者的吸引力正不断加大。我以为，几乎可以把到北京来参展的外国同行们看作是我们的"国际投稿"者，来参展的越多，越能证明我国出版业在日益强大，在国际出版业的地位不断提升。

平心而论，我们与世界出版业的先进水平确实还存在着差距。我总希望有那么一天，一部畅销书，如果要宣称为世界性畅销书，就必须在最先出版的五大或者七大语种版本里包括有中文简体字版，许多国家的作者和出版人将以自己在中国出版过图书为专业水平的标志和业绩的资本。如能是，我们在国际上的组稿和接受投稿都将是激动人心的，而中国出版业对于中华文化的发展和强盛所作的贡献也将是巨大的。

写于 2000 年 8 月

再谈国际投稿

　　2000 年 8 月，第八届北京国际图书博览会开幕前夕，我曾应邀写过一篇短文《国际投稿》，认为应当重视国际参展者，如同一个有责任心的出版人应当认真对待上门投稿者一样，不可错失组稿良机。短文显然存在着片面性，只说其一，未说其二，没有论及我们也应当成为国际出版业成功的投稿者。时隔两年，第九届展会又将开幕，据悉此后展会将发展成每年一届，看来还应当再谈国际投稿，版权输出应当成为被关注的话题。

　　我国入世，经济全球化的机遇与挑战已非牧童佯呼狼来，文化的交流与竞争虽在纸上却大可谈兵。在如此天下大势之下，出版业决计"走出去"，既是主动出击、开拓进取、做大做强的战略抉择，更是适应弘扬中华民族先进文化，提高综合国力和国际竞争力的需要。20 年来，当我国出版物越来越频繁地出现在各种国际书展上时，而且是从少到多、从小到大、从简陋到精致，时而以一道独特、别致的风景作为某些书展的主题国闪亮登场，国家的形象无疑得到提升。当我国输出的版权演绎成别国的出版物出现在大洋彼岸、欧亚诸国的出版物市场上时，尽管品种与发行量都还不足以与大国地位相称，然而版权交易从友好赠予到市场供需交易的演变，需求者从猎奇到实用、从尚古到厚今的变化，出版产业在文化的交流与竞争中不断有所收益和发展。此外，作为祖国大陆与港、澳、台地区间的行业合作，出版业内大量的版权贸易，为祖国的统一和文化的沟通交融作出了贡献。

　　"走出去"无疑十分重要。可更重要的是怎样才能"走出去"。我们说

105

了多年"走出去",真正具有产业价值的"走出去"却委实不多。迄今为止,我们出版业的输出基本上是以版权贸易为主,兼以少量的版权实物出口。从多年的版权贸易统计数字来看,我国的版权输出量与引进量还很不成比例。是否一定要实现顺差姑且不论,不能幻想我们的版权输出以一国而盖全球,我们的版权输出效率不高却是事实。市场经济是效率经济。在市场经济条件下经营的出版社不能不考虑在版权贸易上的投入和产出的效率比。近来因为入世,别人将逐步进入我们的出版物分销业务领域,于是业内人士也有"走出去"到境外同人家比着做书和做销售的打算,其意无疑可嘉,长远追求无疑要志存高远。然而,目前相比较而言,版权输出还是要来得安全、便捷、有效一些,而且基础要好得多,也就是说,做一个国际投稿者目前要比做一个出版物的投资者多快好省一些。

既然要投稿,那么就要研究并适应书稿市场的需求。在有益于全人类进步和国家民族利益的大前提下,首要的是要努力使得别人对我们的书稿内容能够理解和接受。理解和接受是出版合作的基础,如果彼此不带偏见的话,应当在这个基础上去寻求共同感兴趣的话题。进而,我们还要努力使别人对我们的书稿的艺术形式倍感兴味。为此,党八股必须废止,洋八股同样必须废止,而"越是民族的就越是世界的"论断还应当建立在艺术本体论和发展史的基础之上,否则艺术就没有了高下、文野、雅俗之分。此外,我们还应当开展对国际出版市场需求状况的信息调研,在此基础上去做国际投稿的准备工作。经营版权同经营其他产品一样,我们应当精心生产能够销售的东西而不是被动地销售已有一切。过去许多时候,我们把版权实物带上国际书展,大体上并不了解买主的需求以及自己面临的是一个怎样的版权市场。倘若纯粹是为了展示而去,并不准备给谁投稿,那么不去说它也罢,倘若真是为了国际投稿而去,那么,实在是离营销法则的要求远了一些。

作为一个出版人,我能够理解,眼下国内任何一家出版机构,面对偌大的国内出版物市场,有做不完的营销空间,如果仅仅为了经济效益,完全可以不去考虑什么国际投稿之类的麻烦问题。我们一再如此提倡,着实是从国际影响这个更广阔的层面来追求更大的社会效益,恪尽一个中国出版人为国家为民族应尽的职守。可是,我们既然去从事这项经营活动了,自然就希望有所成功;既然希望有所成功,就自然应当认真对待，按照经济规律办事。否则所谓社会效益又成了一句空话。一个有责任心、有自尊心的投稿者，不可能只问投稿不问收获，何况我们这些国际投稿者心之所系并非一己的虚荣，我们的责任、自尊和成功将属于国家和民族。

写于 2002 年 4 月

国际出版交流

一

出版资源的开放是根本性的开放。国际出版界有一种说法："走进别国作家的书房，打开他们的抽屉，把他们的书稿拿到本国来出版。"这也是一种国际出版合作。这句话包含两层意思：一是主动出版，像"星探"、"球探"一样，要以尽可能快的速度知道哪个国家的哪一位作家正在写作怎样一部重要的书；二是以尽可能快的速度与该国的出版机构同步出版。即在母语国家出版的同时，迅速地引进到别国出版。相比较之下，我们国际合作出版的路数比较单一，主要是版权贸易，而且往往滞后很长时间。比如《哈利·波特》引进到中国，已是第 36 个语种。自然，必要的谨慎是对的，但在此基础上有所进取，才是更好的态度。中国加入世贸组织后，我们的国际合作出版可以在原有版权贸易的基础上向国际组稿、国际投稿加大拓展的力度。

二

全球版权市场的开放应当是双向的。当中国出版人正在为引进外来优秀版权而兴高采烈的时候，我们已经面临着一个更为紧迫的任务，那就是：输出中国版权，向世界推介、传播中华文化的精华，为中华文化的创新和再生作出建设性的贡献。这是中国出版人的历史使命。

三

经济全球化未必就能导致文化全球化。文化形态的内涵要远比经济形态丰富得多。我不知道如此各各不同的人类文化能否全球化。但我相信，经济全球化会给全球文化交流带来便利，从而使得每一种文化都能得到传播、借鉴和不断丰富的机会，还会使得各种异质文化出现某些相似性，当然，也会有某些文化被弱化以至于消亡。但全球化的文化形态不可想象。在这个问题上我是文化非全球化派。

中华文化渊远而精深，有着深厚的底蕴与吸摄力，又有着包容同化的博大胸襟。我们要有自信力，相信国际出版交流的一个好处是打开了更为畅通、便捷的中华文化的传播渠道，扩大并培养更多中华文化的现在与潜在的读者群，并使得中华文化不断自新强盛。可以预见，不论是国内还是海外，中文出版物的双语版市场前景乐观。

四

市场经济条件下的国际出版交流意味着出版生产营销的业务对接。中国出版物要走向海外，在海外市场直接开展营销活动，需要我们的出版机构借鉴国外先进的经营理念，了解营销渠道，掌握"游戏规则"，建立符合国际出版物市场要求的营销机制。比如，引进欧美国家的版权，出版商要求我们每三周向他们报告一项图书销售实数，我们能做到吗？又比如，我们要输出出版物，选题是否适销对路，书稿的组织和装帧设计是否符合国外读者的审美趣味，等等。这方面具体的操作更为复杂。这些问题不仅仅是技术层面上的问题，更多的时候是体制、机制、环境以及文化等深层次的问题。

109

五

中国加入世贸组织后，给中华文化的继承和发展带来的冲击与震荡，几乎是又一次"新文化运动"。当然，与 20 世纪初那一次"新文化运动"很大的不同是，这是具有更为广泛内涵的文化创新运动。我们有了更成熟的承受力和鉴别力，我们有了更强劲的吸纳力和反哺力。作为现代化文化形态的中华文化，在与时俱进、开拓创新的旗帜下，必将通过包括出版在内的全球文化交流与合作，不断地丰富壮大起来。

写于 2000 年 12 月

文学图书：走出去的责任与自觉

文学图书需要走出去，因为国际出版交流频繁，文学图书不能缺席——岂止是不能缺席，而是应当成为主打品种。据报载，即将开幕的第十三届北京国际图书博览会（BIBF），作为主宾国的俄罗斯出版界，将携一大批当代俄罗斯文学图书以及一批俄罗斯作家，与我国出版界、文学界人士见面，想必那情景将十分热闹。我们记得，2004 年 3 月，在法国，中国文学图书与一批中国作家亮相巴黎国际图书沙龙，很是吸引塞纳河两岸众多蓝色的眼球；翌年 9 月，法国文学图书和法国作家现身金秋北京，那十分纯粹的法兰西风格，给 2005 年的 BIBF 增添了一抹亮丽的风景。文学是人学，文学必将与人类同在。文学总是一个民族覆盖面最大的文化样式，因而文学图书在国际文化的交流与竞争中，总是那么引人瞩目，那么激动人心。

文学图书需要走出去，因为文学是一个民族的精神图景。巴尔扎克以《人间喜剧》做成了 19 世纪法国社会的"书记官"，列夫·托尔斯泰获得了"俄国革命的一面镜子"的评价，而"民族魂"三个大字覆盖在鲁迅先生的棺椁之上，因为他们都以各自的艺术风格和道德良知，表达了改造民族、变革社会的彷徨与呐喊。凡堪称一代文学巨匠的作家，往往与民族的精神内涵有着某种隐秘的联系。他们提供给人们的决不只是故事和传奇。把普遍的精神、独创的视角与人们的日常生活融合起来，乃是文学的真义。巴金书写旧式家庭的腐朽与新生，茅盾分析社会的政治经济争斗，沈从文描绘边地忧郁而纯美的风情画，老舍勾勒社会幽默而苦涩的众生相，以及新时期涌现的若干优秀作品，都做成了我们民族精神家园

111

的生命之树，在世界文学之林常青。

　　文学图书需要走出去，因为文学是人类沟通的桥梁。优秀的文学作品，不仅能成为一个社会、一种文化形象可靠的注脚，更能揭示人类的共性，使得不同地域的人们互相理解、尊重与亲近，让重洋关山与文化阻隔的世界得以联结。充满张力的希腊神话让中国读者很早就领略到欧罗巴人的精神，唐诗宋词的奇妙意象使得五大洲的人们向往神奇美妙的东方，莎士比亚让世界各个国度的人们都永远记住英伦三岛，安徒生的美人鱼在哥本哈根接受着地球各种肤色人种络绎不绝的瞻望，20世纪80年代的"拉丁美洲文学爆炸"，使得远在天边的我们至今还不曾忘记马孔多镇。可是，应当承认，中国当代文学让域外人士记住的东西并不多，对此我们应该有所反省。不必简单地埋怨翻译障碍，有道是："好翻译常有，而好作品不常有"。除却文化的隔膜和他人的偏见，我们的作品是不是还不能打动更广大的人群呢？或者，是不是我们的出版人还没有下力气走到更广阔的世界？总之，文化交流兴亡，文学图书有责！有识之士要有这样的文化责任感。

　　文学图书需要走出去，尤其需要让更多的新作品走出去，因为文学从来是以创新为美的。多少年来，我们展示给世界的，最为朗朗上口也最为自信的总是先秦诸子和古代诗文。文学出版喜新而不厌旧，经典无疑永在。然而，新作迭出，乃是文学的自觉，是一个创新型国家的重要文化标志。前面提到的俄、法等国文学出版界，他们并不沉湎于列夫·托尔斯泰和巴尔扎克们昔日的辉煌，而是更为热切地把本国当代文学作品介绍给当今世界，体现的正是这种精神。日本作家村上春树近来被国际文坛看好，看来经过近二十年的努力，他终于从日本走向世界。日本《每日新闻》载文指出：春树的成功在于其作品揭示了"战后日本的精神和生活具有的普遍性"，成为日本文化向世界展示的一个重要部分。我无意在此评价春树作品的价值。但"春树热"这一现象值得我们思考。中国的文学图书走出去，不能只依靠先秦诸子和唐诗宋词元曲明清小说，而是有待于更多植根当下中国生活土壤里的鲜活作品。自强不息的中国文学需要产生新的标志性作品，与时俱进的中国需要通过与时俱进的文学作品与当今世界进行对话。

　　物质产品全球化正在全面展开，多样性文化的接触面、摩擦面正在日益加大，文学图书需要更多更快地走出去。在文化多样性的语境下，文学图书可以呈现"以文会友"的脉脉温情；而面对文化霸权的冲击，文学图书便应当显露"汉魏风骨"的雄健挺拔。在多重意义的文化交流与竞争过程中，中国当代文学的收获必将丰饶，中国出版业的壮大必将加快，灿烂的中华文化必将继往开来——这既是我们的文化责任，也是事业发展应有的自觉。

写于 2006 年 8 月

致俄罗斯读者

中国图书商报是中国出版界最重要的报刊之一。在俄罗斯中国年活动中，中国图书商报在俄罗斯图书评论报的协助下，出版俄文专刊，很有意义。出版物是传播经济、政治、文化、社会信息的重要载体。正如对现代中国产生过影响的 19 世纪俄罗斯作家赫尔岑所指出的："书籍是和人类一起成长起来的，一切震撼智慧世界的学说，一切打动心灵的热情都在书籍里结晶形成。"中俄两国之间的战略合作，两国关系的健康发展，两国 300 余年文化交流史的延续，两国人民友好情感的交流，需要通过多种途径和载体，出版物就是其中重要的一种。出版交流与合作甚至是两国交流与合作中比较稳定、恒长、深入、全面的一种形式。中国图书商报出版一份以介绍中国出版业的俄文专刊，可以为两国出版业的交流与合作提供一个窗口和一座桥梁。有兴趣了解中国图书的俄罗斯读者，可以借助这个窗口欣赏到中国图书斑斓的魅力一角；有兴趣与中国同行合作的俄罗斯出版人，可以通过这座美丽的彩虹般大桥找到满意的合作伙伴。

中国图书商报是中国出版集团旗下标志性的报刊。中国出版集团是中国出版业历史最悠久、品牌最响亮、出版物品种最丰富的国家级出版发行机构。中国出版集团旗下的出版社翻译出版过大量的俄罗斯作品，同时，也输送过许多中国作品到俄罗斯翻译出版。这种友好双向的合作，提升了国际出版合作的意义，亦即是两种文化相互了解、相互辉映、相互交流、相互营养而又独立自主、发展壮大的意义。中国的先哲孔子在两千多年前曾经提出过一个著名的观点，即对事物看法不同的人也可以和谐地相处。这一观点至今仍很有意义。世界各种文化既和谐相处，又相互辉映，这应该成为人类文明发展的谐美之境。中俄两国出版业应当在这样的境界里发展双方的合作。

"身无彩凤双飞翼，心有灵犀一点通。"这是中国唐代诗歌的名句，大意是：人与人尽管被地理所阻隔，美好的心灵却是可以感应相通的。中俄两国文化虽然不同，可具有悠久传统友谊的两国读者心灵却是相通的，两国出版人也是心有灵犀的。开放在美好心灵之上的出版物之花必定艳丽芳香。值此俄罗斯莫斯科书展开幕之际，请接受我——一个中国出版人和作家的美好祝愿，祝愿中俄两国人民的友谊源远流长，两国出版业的合作不断结出丰硕的果实！

写于 2007 年 6 月

脚踏实地走出去

做好版权贸易，对于发展我国出版事业和出版产业，壮大我国文化的综合实力，增进国际文化交流，提高我国的国际竞争力和影响力，重要意义自不待言。近十年来，我国的版权贸易取得了一定的成绩。但是，在贸易过程中，我国版权输出量过少的问题，一直没有得到解决，"走出去"基本上停留在一般号召上，而大批国外版权却切切实实在"走进来"。据有关部门统计，我国的图书版权贸易，1999 年引进 6 459 种，输出 418 种；2000 年引进 7 343 种，输出 638 种；2001 年引进 8 090 种，输出 677 种。其中，主要是输出到香港、台湾地区，其次是东南亚国家，少量进入日本，销到欧美国家的可以说是凤毛麟角。在这些凤毛麟角的输出到欧美国家的版权中，基本上是一些中医中药、老子孔子、文物旅游图书的版权，极少有关于我国当代科学、文化、艺术创新成果的版权输出。

中国共产党第十六次代表大会和第十届全国人民代表大会第一次会议上的《政府工作报告》都提出，要坚持"引进来"与"走出去"相结合，全面提高对外开放水平；积极发展文化事业和文化产业；加强国际文化交流。为此，应当制定政策、确定策略、集中力量推动我国的版权输出。为了做好这项工作，我们建议：

一、制定版权输出项目经费补贴政策，即：在国家财政预算中建立一项版权输出补贴经费，适当补贴输出到国外的版权项目，鼓励和帮助国外出版机构使用我国的版权。

二、补贴对象：主要补贴输出到国外并需要通过翻译才能出版的版权项目，输出到香港、澳门、台湾地区的版权原则上不补，输出到国外

116

华文地区并以华文直接出版的版权原则上少补。补贴对象是引进我版权的外国出版机构，鼓励和帮助他们出版我国的版权产品并积极进行市场推广。据我们所知，法国、西班牙、挪威、瑞典、以色列以及阿拉伯诸国，都是采取这样的办法来鼓励和帮助我国的出版机构引进他们国家的版权。尤其是法国，鼓励并补贴我国出版机构引进法国版权，几乎成了法国驻华大使馆文化专员的一项主要工作，近十年来法国版权大量输入我国，与此有着很大的关系。

三、补贴办理程序：外国出版机构与我国出版机构签订版权转让合同后，外国出版机构即可提出补贴申请，由我驻外使领馆有关人员接受并审查申请，最后递交我国外宣部门或版权管理部门予以审定并发出补贴款额通知，待图书出版见到样书后，即可将补贴款如数交付对方。

四、期刊版权以及音像制品版权的输出也可以列入补贴范围。

五、经费来源：主要是从对外宣传经费中划出一部分专款专用，国家财政再适当增加一些经费。补贴款专款限额使用，如当年度款额用完，可于次年拨付。长期以来，我国的外宣经费在出版方面主要是用于编印宣传书刊，交由我驻外机构免费发放，基本上未能进入欧美国家的主流文化市场，效果不甚明显。倘若能在此基础上，较多地用于激励国外出版机构引进我国版权，由他们在当地出版并进行市场营销，所产生的社会效益和经济效益必定会有较大的提高。

六、补贴审查程序：有关管理部门对于申请补贴的版权输出项目应当进行审查，但原则上只要是在我国能够正常出版、内容健康的，都可以成为补贴对象。现在我们的版权不是输出去太多太滥，而是太少太少，要加大鼓励的力度。

总之，我国版权输出量太少的现象亟待有所改变。多年来的实践表明，在当前情况下，版权输出作为对外文化交流事业，尚不能完全放到国际版权市场上去竞争，需要政府在政策上予以支持。当然，同时也需要我国出版机构努力开发优秀选题，积极进行国际版权营销，通过出版产业的运作来拉动。我们相信，只要政策到位，经过各方面的共同努力，"走出去"才可能脚踏实地地"走出去"。

写于 2003 年 3 月

117

读者：你是谁？

一

"我有六个忠诚的仆人，

（他们教我所有知道的东西）；

他们的名字是 What（什么）、Why（为什么）、When（什么时候）、How（怎么样）、Where（哪里）、Who（谁）。"

这是鲁迪亚德·基普林（Rudyard Kipling）的名言。

现在我最需要这六个忠诚的仆人帮助我去寻找读者。

我想知道我们的读者：

他是谁？

他在哪里？

他什么时候需要什么出版物？

为什么？

然后，我们怎么办？

二

我们和读者曾经很愉快地邂逅过。

在书市，我不止一次见到过这样的情景：在出版社的销售柜台后边，倘若站着一位编辑人员，无论他的气质高傲还是通达，无论他的风度儒雅还是平易，亦无论他性格外向还是内向，以及自我感觉良好或者无所谓，只要有一位读者选择了他编辑的图书，这时候，他总会有亲切的目光闪现。尤其是他那些印数不大、销路不广而又是自己极愿意出版的图书，又尤其是被出版社发行部门怠慢的那种图书，有人看中了，为它慷慨解囊了，顿时便有得韩荆州一识之悦，有同怀视之之情。这样的邂逅暗含着某种默契，暗示着心气相通。他甚至急于想知道，读者仁兄为什么认同自己的识见和劳动，他是谁，他最终对自己的选择是否满意。一位编辑的责任感在这样的时候愈发显出了它的高洁和沉重。

曾经多次读到出版人自述此类邂逅故事。故事如有发展，也可以演绎成出版人关心读者和读者支持出版人的名士故事，还可以藉此完成一次出版物行销过程中的市场调查。

然而，这还不是我们要讨论的完全意义上的寻找读者。

三

企业大凡要上新项目，必有可行性论证于前，论证必以市场需求调查结论为权衡。倘若不是因为其他非经济因素所掣肘，论证必定会告诉企业决策者，用户是什么样的人，他们需要什么，为什么要用这个产品，他们在什么时候在什么地方用什么方式来获得这个产品。那么，就此种种情况，上不上新项目才是企业自身的事。海尔公司调查到四川农民需要能洗红薯的洗衣机，于是大排量洗衣机投入生产；海尔公司又调查到广州市民暑天需要能洗内衣内裤汗袜子的洗衣机，于是多级排量以至很小排量的洗衣机适时而生。便携式电脑从何而来？掌上电脑何以又成旅行者掌上明珠？手提电话为什么一小再小？住宅的客厅为什么一大再大？无一不是因为企业直探用户洞察先机从而引领了潮流。

这正是我们要讨论的寻找。

四

可是我们的出版企业缺乏这样的寻找。

有需求的读者是谁？答案最可笑的是"初中以上文化程度者"，最可怕的是"广大读者"。

假设中的读者在哪里？答案最有把握的是"城市、农村"，最没有把

119

握的是"全国各地"。

读者几时要买？一年四季，一日四时，想买即买，实在不买，长销等待。

读者读不读？作者写什么，出版者说"必读"，于是他们就必读。

为什么？因为"老少咸宜、雅俗共赏"，因为是"精品"，"学子必读，家庭必备，图书馆必藏"——然而，是理工农医学子还是文史哲经学子？家庭者是陕北窑洞桂西的竹楼还是深圳的豪宅北京的别墅？图书馆又还有大中小学、省地市县、公共与专业之分。

如何出版？万事俱备，只欠社长拍板。

应当承认，以上种种，大都是十年前的老照片，说来聊作谈资。今天的书业，已非昔比，读者有所锁定，作者有所分派，编辑有所谋划，然而，毋庸讳言，一切仍然在估计之中。

五

我经常在想，什么时候我们的出版社也能够像一家成熟的企业那样，为了每一个即将投产的产品的社会效益和经济效益，进行严格的项目论证。那时，读者情况将由一连串的调查数字构成，而不要再像过去那样，把脑袋拍遍，无人会读者意。什么时候我们的出版企业能够像海尔电器那样准确地捕捉市场信息，像日本讲谈社那样每一种书投产都有会议议定的方案，像麦当劳快餐店那样为一只汉堡包的制作程序及标准制定十数页的文字材料，而不再像过去那样，随心所欲而又常逾矩。

六

要指望我们的出版人像发达国家先进出版公司那样用笨功夫去调查市场、读者和专业领域，一本本书来做一番论证、结论，看来现在是不大可能的了。那毕竟是网络化之前的做法。我们实在是长于思而不屑于行，否则中国的古代哲学为什么如此之玄奥呢？好在终于有了网络，远甚于"坐地日行八万里"，信息搜集空前便捷，寻找读者的工作应无大碍。然而，找到了又怎么样呢？我们是不是就很能重视科学数据呢？有时又不免要打个问号。毕竟在五个 W 之后，紧接着的是一个最重要的 How——如何去做。

写于 2000 年 5 月

全民阅读漫议

一

今年两会期间，我和 30 位新闻出版界政协委员联名提出推动全民阅读的提案。提案受到广泛的赞同。我作为此提案的第一提案人，也受到了媒体较多的关注。然而，在许多赞扬声中，网上、报上，却也出现了一些微词，对提倡全民阅读一说竟时有讥讽，有的言论还来自于那种写书的人。写书的人告诉大众读书无趣，真正让人看不懂！如果对提倡全民阅读都发生如许问题，我国的阅读环境也就着实堪忧了。

中华民族自古以来就提倡阅读甚至崇尚阅读，"开卷有益"、"读万卷书，行万里路"、"耕读立家"这些中国人耳熟能详的名言从古说到今，当今我国又有建设学习型社会和创新性国家的号召，提倡阅读自然是社会推进学习与创新的必由之路。世界上很多发达国家也都在积极提倡阅读。美国每位总统在上任之后几乎都会推出全民性的阅读计划。1996 年克林顿提出"美国阅读挑战"计划。布什上任后则提出的教育改革方案，将"阅读优先"作为政策主轴，拨款 50 亿美元，还特别补助阅读环境较差的弱势学生，希望在 5 年内，让美国所有学童在小学三年级以前具备基本阅读能力。英国政府则把 1998 年 9 月到 1999 年 8 月定为阅读年。英国政府为了"打造一个举国皆是读书人的国度"，预算外拨出了 1.15 亿英镑的购书经费，平均到一个学校有 4 000 英镑，全国中小学图书馆总共增加了 2 300 万册书，同时增加了小学阅读课程。英国还把"世界读书日"的庆典提早到 3 月举行，2006 年的 3 月 2 日，首相布莱尔还参加了"世界读书

121

日"在伦敦的现场活动，大力倡导阅读。

可以说，提倡阅读已经成为一个世界性的文化潮流。不能想象，一个国民很少读书、甚至不爱读书的现代国家会拥有强盛的文化创造力。我们国家要实现包括文化软实力在内的综合国力的提高，要成为文明、民主、繁荣、富强的国家，要自立于世界民族之林，理所当然要开展全民阅读活动。

二

有人认为现在已经进入读"网"时代，可以逐步告别传统的纸质图书，因而不必提倡读书。其实，尽管当代读"网"盛行，传统阅读却仍然具有其不可替代性。虽然网络阅读在资料检索、海量信息等方面具有一定的便捷性，但图书的准确性、权威性、系统性以及深入程度都是目前一般的网络阅读不可比拟的。网上阅读片段性强而体系性弱，浅阅读是其很明显的特点，我们不可能指望完全凭借这种浅阅读来提高国民素质。迄今为止，人类的主要文化和知识，特别是成系统、有深度的文化和知识，图书仍是其主要载体，还需要通过对优秀图书的深度阅读来传承优秀文化、建设先进文化、陶冶人们心灵。现代国民素质的养成，既需要文化的普及，还需要文化的不断提升和深化；既需要浅的阅读、广泛的阅读，更需要深度的、完整的阅读，甚至是深入的研究性阅读。倘若读者是青少年，则尤其希望他们更多地进入后一种状态，因为他们还需要养成更好的能力，成为创新型人才。目前的网络阅读大体是信手拈来，流行的表达习惯通常是只言片语，造成阅读者的注意力常常飘忽走位，并不利于青少年对系统知识的掌握，尤其不利于他们的认知能力、思维能力、表达能力的培养。

自然，上面所说的读"网"时代阅读的一些弊端，是对当下的网络技术和网络文化所作的判断。我们并没有断定今后网络阅读会如何发展。今后的网络阅读肯定会有不断的改善，但至今我们还没有看到。为此，现在还不能得出网络阅读能够取代图书阅读从而不必提倡读书的结论。发达国家的网络建设远比我们先进和普及，但他们的读书总量仍然远远超越我们。一组数字可以说明问题：以色列人均每年消费图书 60 本，美国人将近 50 本，而我国却只有 4.5 本，而且主要是中小学教材。就阅读而言，在以网络为主要载体的时代到来之前，图书还是文化和知识的主要载体，我们还是先谈谈读书的事情吧。

或许可以这么说，正因为是今天这样的读"网"状况，我们才越发要提倡全民阅读。至于以后如何，那是以后人的事情，且留待后人来处理。今天权且不必讨论。

三

又有一幽默。有名士曰：现代人有那么多乐趣，旅游、运动、娱乐，为什么非要读书呢！又云：天下人喜欢的多是有趣的活动，很少有人喜欢读书。这是对读书的很大误解。其实读书也是人生一大乐事。中国古人说"读书之乐乐何如，绿满窗前草不除"，"读未见书，如遇良友；读已见书，如逢故人"，陶渊明读书时"每有会意，便欣然忘食"。西方哲人培根曾言："读史使人明智，读诗使人灵秀，数学使人周密，物理使人深刻。"读书之乐，乐在其中，且堪称人生真乐之事。

提倡全民阅读，决非蛊惑人们"一心只读圣贤书"，或者是误人子弟，把人养成"四体不勤"的废物，也不是"万般皆下品，唯有读书高"的意思，而是希望人们能建立一种健康饱满、积极向上、关注现实、快乐学习、和谐生活的状态。"读万卷书，行万里路"可能是当代人引用率很高的古话之一。这句话说的是两件人生大事，一是学习、一是实践；一是传承，一是现实，犹如鸟之两翼、人之双足，不可偏废。如果将人生比作一场盛筵，那么，读万卷书是一道大菜，行万里路也是一道大菜，单吃一道菜，那菜再大再硬，也不是科学的人生态度，那人生也不是真正意义上的快乐人生。当然，读书确实也苦，否则没有苦读一说。但那指的是功利性的读书，是为赶考、研究所用的读书，并不是我们所说的全民阅读。全民阅读是修养性阅读、自由自在的阅读，是快乐阅读，与那种功利性阅读并不完全是一回事情。读书求知，乃是人们生命的需求、精神的需求。全民阅读应该是一种全民自由选择、自我把握的阅读活动。这样自由的、来源于精神需求的阅读才能够体现出现代人文精神，才能形成社会的人文素养。真正的阅读不仅是知识性的读书，更多的是一个人素养

123

的需要。

四

有人对设立国家读书节的建议大不以为然。窃以为，大家需要从事情的本质上去理解这一建议。

提倡一项全民性的活动，往往需要借助一定的载体形式。推广阅读需要有一个推广的载体。全国读书节只是载体形式之一，并非唯一的形式。我们希望通过这样的载体形式，使得全民阅读活动的倡议引起国民的关注，并成为全民性的经常性活动。现在世界上连睡眠日都有了，为什么就不能有读书日呢？睡眠日的提出是为了人类的身体健康，建立国家读书节，则是为了让人们的精神世界丰富多彩。作为一种倡导的形式和读书活动集中开展的时间，我看不出设立国家读书节有什么不好的地方。无非到了这一时间，喜爱读书的人们聚集起来，交流一下读书的快乐或不快乐，讨论一下读书中理解或不理解的问题，这并不妨碍其他不读书或不主张读书的人的自由。

124　　据了解，部分网民不支持设立国家读书节的原因是担心这一节日会流于形式。于是记者问我怎样才能避免于形式，让国家读书节发挥实质性的作用。我的看法很简单。首先，设立国家读书节是为了营造一种全民阅读的氛围。虽然其效果不会立竿见影，要发挥其实质性作用还需要多方的长期努力，但是，现在就开始以节日的形式表达我们提倡阅读、建设书香社会这一愿望，总胜于那种无所作为、熟视无睹的态度吧。其次，是否会流于形式，关键在于我们的具体做法，而不在于节日的设立。如果成立国家读书节以后，出版业与相关机构、读者不去积极响应，大家仍然不去读书，或者只是乘机聚会，那就是流于形式。相反，如果大家积极参与，努力形成一种阅读氛围并影响他人，尤其是影响青年一代，那么读书节的作用就会日渐突出。

读书本质上是一种个人行为。我们之所以要通过设立读书节将它变成一种全民性的活动，是因为人具有极强的社会性，每个人都属于特定的社会群体并受其影响，同时又会对社会群体产生影响，形成一种风气，进而影响更多的人。我们经常听到"环境影响人，环境塑造人"的说法。

生活中人们会不由自主地受到环境的影响。例如：我们走进安静的阅览室里就会很自觉地避免大声喧哗，会自然而然地坐下读书；如果身处闹市，我们就很难有静下心去读书的兴致。这就是环境的影响力。我们倡导设立读书节就是为了给全民营造一个良好的阅读环境，建造一个会产生更多读书人的读书环境。从这个角度讲，设立国家读书节肯定对推动全民读书有好处。

要使国家读书节发挥实效，需要多方面的共同努力。首先，组织者要安排更好、更丰富的读书活动。其次，参与者应该领悟到读书的必要性，并产生读书的冲动。再者，社会和舆论导向应该推崇读书，引导大家树立良好的读书价值观。此外，对阅读的提倡和鼓励要全面、广泛而持久地进行，特别是在价值取向上要很好地去引导，要让我们社会更多的人以读书为荣，以不读书为愧。

五

有人笑问：你作为出版人，是不是为了多出书、多卖书、多赚钱，于是吆喝多读书！这自然是一句玩笑话。可出版人与全民阅读的关系倒也不能不谈。

我国全民阅读的状况不佳，出版业负有不可推卸的责任。有人说，有什么样的剧场就能培养什么样的观众，反言之，有什么样的观众就会选择什么样的剧团。同理可证，有什么样的出版业就会培养什么样的读者，有什么样的读者就会选择什么样的图书，这些都是相辅相成的，就像"鸡"和"蛋"的关系一样。有人将中国出版批评为教育出版，这是因为出版对教育服务的功利性过强。同样，读者的阅读需求具有很强的功利性这一传统，也促使了出版人向这一功利性的需求有所迎合。从此角度来看，出版社有着不可推卸的责任。现在出版业有了很大的发展，好书不断出现，同时也不断出现问题。出版能不能保证让读者开卷有益，已经成为疑问。出版业的跟风出版、随意炒作、重复出版、拼凑出版、伪书、虚假宣传等不良行为使得读者对阅读的兴趣、阅读的虔诚度受到了极大影响。这是一个好书和伪书混杂的时代，是迷信和新知并行的时代，是奸商与教授混杂的时代。出版业的复杂对阅读产生了极大的负面影响。

　　出版业人士必须直面问题并认真解决问题。出版从业人员必须树立高尚的文化精神，应当肩负起神圣的文化责任和使命。文化产业必须将文化责任放在首位，将其作为产业的终极追求，在这追求的过程中，获得良好的社会效益和经济效益。这看起来像是老生常谈，但我并不认为很容易做到。它既是这个行业的常识，也是行业的最高境界。一个人的职业态度将决定他的职业成就，一个行业的价值观、道德观决定行业的社会贡献力。检验出版业整体社会贡献力的主要标准之一就是全民阅读的状况。可以说，出版业强，则全民阅读兴，全民阅读衰落，则出版业一定出了问题。现在是出版业为开展全民阅读活动切实作出贡献的时候了。为了民族振兴，为了国家发展，为了国民素质提高，也为了出版业的发展繁荣，提倡并服务于全民阅读——这就是我作为一个普通出版人愿意为改善我国全民阅读状况尽一份绵薄之力的全部原因。

写于 2006 年 4 月

全民阅读与出版人的责任

　　国民阅读率下降，责任既在社会，在读者与不读者，也在出版者，总之是责有攸归。有道是："剧院培养观众，观众选择剧团"，同理可证："出版业培养读者，读者选择图书"。读书与出版，对立而统一，相互联系，相辅相成，乃至生死与共。食客不进餐馆，餐馆有责任，因为人总是要吃饭的；观众不看戏，剧团有责任，因为事实证明好戏总有大量观众；同理可证，读者不读书，出版人当然有责任。不可轻言人心不古、世人好读不再。事实上，总有一些优秀畅销书，甫一问世，读者便蜂拥而至，常常令我们喜出望外。即便是一本普通常销书，只要出版人服务得好一些，读者往往也会渐次增多。读者天然公正，可爱而可敬。人类总归要读书，读书是人类生命的需要。可是，为读者出书，为读者服务，出版人做得还很不够，读者离我们而去自有他的道理。正如检验真理的唯一标准是实践一样，检验出版业绩的最终标准是社会和历史的接受程度。

　　开展全民阅读，第一位的还是要有好书。所谓好书，一句话：开卷有益的书。如果读者一次次开卷无益，一次次被"低俗化"、"拼凑化"以及"伪书"搞坏胃口，一次次连呼上当，国民阅读率又如何提升起来？全国出版业年出书量20多万种，几乎是改革开放前的总和。这是文化生产力发展的重要标志。虽然其中有大量的好书，却也充斥着相当数量的平庸书，更还有一些"问题图书"。事情的起因也许是为了铺品种、上规模，原属于正常的经营手段，然而，这些"问题图书"和平庸书搞坏了多少无辜读者的口味，损坏了行业的尊严和声誉，是显而易见的。在倡导全民阅读的今天，我们还要倡导出版业处理好文化责任、主业发展与经济利益、产业实力矛盾和统一的关系，出版业要始终坚持多出好书的终极目标。

开展全民阅读，出版人要做好出版和推广两个方面的事情，包括内容创造，服务读者，帮助读者认识、理解、接受我们的出版物，是出版业题中应有之义。改革开放近 30 年来，出版业有了很大的繁荣和发展。出版社为了内容创新和服务创新，做了大量的努力和尝试，也有很多感人的事迹。金盾出版社不仅出版了大量适合"三农"需要的图书，还采用低定价、深度促销方式"贴身服务"。中国农业出版社则为了出版物贴近"三农"，把图书的质量越做越精、越做越细，确保实用到位。重庆出版集团正在实施图书进社区的综合工程，他们的创意十分精致，令人钦佩。中国出版集团实施"畅销书推广计划"和"常销书推荐计划"，下了很大力气向读者推荐好书。中国出版集团所属商务印书馆今年以读者见面会的形式拉开 110 周年馆庆活动的序幕，中华书局前不久与于丹教授为签售《于丹〈论语〉心得》奔走于多个城市，在北京中关村图书大厦一签就是十个小时，真正是不辞辛劳，不遗余力。但是，这只是万分之几品种的图书在行动，还有万分之数千品种的图书躺在哪里呢？出版业内人士每每念及，心疼不已，感慨不已。看来，现在出版业确实存在着原创不力、挖掘不力、推广不力问题，一句话，就是创新不力。创新永远是出版和阅读的基本精神。唐代著名诗人白居易有一个著名的文学主张，即"文章合为时而著"。历史上凡取得大成就的作者和出版者，无不是"为时而著"。所谓"时"，主要是指：时代、时尚、时下、时机。时代即指时代的精神，时尚即为时代的风尚，时下即为当下的生活，时机即为形势与机遇。当然，出版人也有责任做好"四时"的营造和引导，但首先还是学会适应并服务于"四时"的阅读需要，如此，出版人也就基本上尽到了责任。

写于 2007 年 4 月

本文系《出版参考》杂志编辑将本人演讲录《全民阅读与我们》缩写而成，作为该刊 2007 年第 13 期刊首语发表。

青年日新从晨读做起

去年，我和30位十届全国政协委员提出开展全民阅读活动的提案，一时引起媒体舆论热议。出版界、读书界也有程度不同的热烈反响。

在今年的十一届一次全国政协会议上，我和若干委员又出提案，建议由团中央、全国青年联合会等部门组织，力倡高校青年开展晨读活动。提案一出，又有不少记者前来采访。

全民阅读，当从青年做起。青年最能体现代表了民族的精神和时代的风貌。高校青年更是肩负着民族的未来和希望。而目前我们高校一些青年的状况却是：全国人民都能早起，只有一些青年人很难早起，晚睡晚起、生活作息无规律是普遍的；生活态度上缺少刚健振作、积极有为，相反，还存在有一些消极的和无作为的颓靡情绪；时代担当和社会责任的现实感、使命感还不十分清晰；对本民族优秀文化理解少，中文水准普遍比较低；群体生活的氛围和校园人文精神有待加强。

我们迫切需要这样一种振作精神的有效形式，一方面可以在长期的生活、学习和工作中实行，从而培养有激情、有力量、求进步的人格，另一方面，把生活养成和母语学习、文化传承、青年建设等结合起来，实现青年人的为学与为人、个人追求与社会价值、生活实践与文化创新的统一。继而发挥高校青年的先锋作用，增强社会信心，为国民生活注入朝气与活力。

晨读就是这样的一种形式。在任何一个文明社会里，大家都把早起读书理解为一种寄寓了"勤俭、刻苦、自强、进取"等等对于美德、健康与智慧美好期望的一系列具体展示。历史上没有哪一个民族、哪一种文

129

化是反对或者不喜欢早起读书学习的。从 2002 年起，青年文化公益事业团队一耽学堂在全国各大专院校中组织和推动开展题为"人文日新从青年起，青年日新从晨读起"的早起早读书活动。至今已有北京、广东、湖北、湖南、河北、河南、江苏、甘肃、四川、陕西、吉林等省市的六十余所高校先后加入晨读。

有理由相信，通过晨读，高校青年的生活习惯、品格、母语语感、人生修养和境界等将得到明显的进步和提升，有利于高校青年振作民族精神、加强道德修养和提高文化自觉，从而形成高校乃至全社会清新健康和谐的人文环境，促进国民素质的不断提高，真正实现中华民族的伟大复兴。

写于 2008 年 3 月

读 书 往 事

　　1963 年的秋天，我从县小考进县中。与几乎所有从小学升入初中的同学一样，由于陌生进而好奇、向往的缘故，心里涌动着莫名的激动。那时我看中学里的许多东西都有新鲜的感觉，其中人手一本的学校图书馆借书证，便很是让我激动了好几天。

　　在一个阖家难得有余钱来买书的贫民少年的眼睛里，学校图书馆不啻是一份免费的午餐；而在一个阖家难得有余钱来买书却又做着作家梦的贫民少年的心目中，学校图书馆简直就是遍地金银的太阳山了。我那时就是这样一个贫民少年。原先的小学没有图书馆。县城的公共图书馆借书部只有大人们才能问津，我只能远远地看着它垂涎。当时我唯一可以免费阅读的地方就是县图书馆的报刊阅览室，终于比不得借书回家那么自在。曾经见到间或有一两个年纪同我相仿的少年，在图书馆借书部里帮忙，我心里的羡慕之情难以言表。我猜度他们肯定享有借书的特权。于是我生出一个念头：暑假、星期天为图书馆义务做工，换取借书权利。然而，显然这是痴心妄想。我家大人在县城无权无势，无什么关系，无比庄重的图书馆干部，哪里可能信得过我！及至长大后，读晋代抱朴子葛洪的《西京杂记》，卷二里记叙"凿壁偷光"的匡衡曾经为人做义工而"愿得主人书遍读之"，竟有认同感，不禁唏嘘。

　　终于，我也能到图书馆免费(多么重要的免费!)借书看书了，真是快乐莫名！这标志着我的长大，我是中学生而不再是小学生了，证明我的人生又获得了一种权利。还有，能够免费借书看书是多么合算，能够想借什么书就借什么书又是多么好玩，而图书馆的书是如此之多又是多么

131

令我大开眼界。很重要的是，那时我正做着作家梦，万千图书愈发让我这个做梦的少年热血沸腾、想入非非。

学期开学的最初几天，图书馆未曾开门。在期盼中，我偶尔路过图书馆的窗前，踮起脚窥探窗里那些密密匝匝、齐齐整整的书籍，油然生出肃穆、景仰的感觉。尽管所谓的学校图书馆，只不过是校园里两间相当偏僻简陋的平房教室，让现在的人来看，无论如何也不会产生出我当时那种感觉的。可是没办法，我当时就是觉得它妙不可言，大有顶礼膜拜之意。

我非常快乐地等待着开馆借书的时刻。记不得等了几天，终于等到了开馆。我跟着高年级同学，亦步亦趋，学着检索书卡，填写借书证。有些熟悉的书目是自己想看的书，然而寻思全然不必着急，日后自然可以慢慢消受，一一翻了过去，颇有些如入芝兰之室的满足感。煞有介事地翻了一遍，踌躇之中，忽然就选中了中国青年出版社出版的英国女作家伏尼契的长篇小说《牛虻》。在平生头一回借书的全过程中，我的意兴极浓。直到办妥借书手续，从说客家话的图书管理员李老师，那位胖胖的老先生胖胖的手上接过一本沉甸甸的书，这才稍稍平静下来，有浮出水面的感觉。

132

从那以后，我开始了借书的生涯。五年多的中学生活，以及近7年的插队知青岁月，借图书馆的书，借同学的书，借同学家里的书，借朋友的书，借禁书深夜偷着看，借尚未成书的手抄本，譬如《第二次握手》、《梅花党》之类，就是那个时期偷着读的。因为家贫而好读书，何以解忧，唯有借书。借书之事于我是乐此不疲。有人说书非借不读，在我而言，实在是非借就没有书读，完全是另一回事。

记得第一回从图书馆借来的书，还给我带来过一点麻烦。《牛虻》确实好看，玛志尼党人的革命斗志回肠荡气，男女主人公的爱情凄婉孤绝，于是上课偷看是自然的了，而被老师发现并且没收也很自然。没收书的是教俄语的女老师。她姓廖，年轻而漂亮，白皙的脸上，写着清纯。廖老师一遍又一遍地让全班同学发俄语的浊辅音、清辅音和弹舌音，我觉得我不成问题，又觉着枯燥，便低头看《牛虻》。忽然就有一只手从我的身后把书抄走了。是廖老师。当时我吓了一跳，满脸发烧。不过，吓我一跳的不仅是她的突然袭击，还在于，她作为堂堂正正的执法者，不知为什么也涨红了脸。她拿着书就走开了。她什么也没说，我也没什么好说。现在想来，那时廖老师也就二十二三岁，大学刚毕业，做老师还没满月，已经够紧张的了，又遇上首次课堂执法，大概更是紧张无比。

　　课后，我自然十分忐忑，整天惶惶如无助的羔羊，既担心来自老师疾言厉色的教训，更怕此事交到十分严肃的班主任手上，还担心书被没收，我可是绝对没钱赔图书馆，而且借书证要不回来也是十分糟糕的。还算好，事没过夜，晚上自习课，廖老师把我叫出教室。她手里拿着我的书，和颜悦色地问我："聂震宁，喜欢《牛虻》吗？"我低着头轻声应了。她依然和颜悦色地问我："这是一本好书。能不能上课时不要看？"我赶紧又轻声应了。书便递到我的手上。当时我真是既感动又感激。自那以后，我没有再在廖老师的课堂上作乱过。至于在别的老师的课堂上，课外书还是少不了要偷看的。大多数同学都爱偷看课外书，这几乎是一个十分普遍的现象。但是，面对廖老师，我就是可以抵御住长篇小说故事对我的吸引。因为，我始终觉得有责任不要让她难过。

　　多少年后，我在出版社主持过《牛虻》另一译本的出版。书出版后，忽然就想起离校后三十年来没再见到过的廖老师。她给我留下的是永远年轻、漂亮、清纯的形象。我想，能不能送一本书给她呢？但我不知道她身在何处。我们中学毕业后，不久就听说她也离开了那所中学。后来又似乎有同学说她早已随丈夫移民去了印度尼西亚。既然如此，送书的念头只好放下。

133

写于 2001 年 6 月

催我者　助我者　教我者

——写在《出版广角》创刊十年之际

　　我之关于出版专业方面的写作，首先是《出版广角》催逼出来的。十年前，刘硕良先生从漓江出版社调到广西新闻出版局，受命创办《出版广角》。他之于我，亦师亦友亦同事。更重要的，是前辈。他要我给刊物写文章。我才稍一犹疑，他就用那种毋庸置疑却也毫不夸张的口吻，急急地说：写吧写吧，不难的。他重复地说着同一个意思。我素来在写作面前莫名其妙地有点心高气傲，又素来在前辈面前自然而然地很是谦恭从命，这样就给拽上了他的战车。先写了一篇专题文章《推行系统性改革，实行整体化经营》。后来他又催，又写了一篇随笔《图书热点断想》。他说，蛮好的咧，像这样的，新年首期再来一篇嘛。到了发稿时间，他两次催逼，说刘心武的稿子已经来了，你不写不好办呢。刘心武的稿子是我替他约来的，我还能说什么呢？于是又给他写了一篇《创造总是最美好的》。跟着，他又来了，说像这种断想式的写法，开一个专栏吧。又说，刘杲开了一个专栏，沈仁干也开了一个专栏，都是新闻出版署那边的，广西也得有一个，不然人家说难道我们广西就没人了吗？还是你来开专栏吧。那时候我已经做到了副局长，是刊物的上级领导，好像应当表示"关怀和支持"的。他依旧说道：写吧写吧，不难的。我的天，什么叫不难的！从答应下来的那一刻起，我就成了杨白劳，而他则当上了黄世仁。我欠他稿债而"怕因羞见"，他催稿则催得"晚来风急"。我的本职工作是分管经营的副局长，上任之初忙得正欢，他却在那里寻寻觅觅、不依不饶而又完全不伤和气地催稿。好一个"催"字了得！直催得我一佛涅槃、二佛出世。14 篇"聂震宁断想"就是在他的催逼声中写出来的。而且不才如此，竟然也得到了一点赞扬声。在《出版广角》诸君数年来的战鼓催春之下，我在那刊物上，加起来竟也发表了20多篇各种大小文章。

催我者，《出版广角》！

2003年的冬天，河北教育出版社计划出我的第一本出版文集《我的出版思维》。整理旧稿，有如回首崎岖来路，感慨良多。这些年来，辗转数地，先漓江社，后广西区局，再人文社，又中版集团，业务不曾懈怠，《出版广角》诸君索稿也不曾懈怠，因而我的笔底终不曾停歇，在工作最繁忙、最艰难的十多年里，青灯黄卷，竟然也凑成了数十万字，质量暂且不论，敝帚当可自珍，文章知在寸心。倘如有人要问我为何如此苦吟？回答是，无非是为了践诺守信，为了表达一点学习的心得，更是为了回应一位白发老编辑的敬业精神和新锐出版人的热情邀约。试想，如果没有他们的催和逼，我能有这样的一点成绩吗？也许，我会写的，那是我已经养成的写作习惯，然而，可以肯定的是，决不会写得现在这么多。

写到这里，有一点必须说明。诸君切勿以为《出版广角》催稿可怕如此，颇有看人定稿或坐享其成的嫌疑。放心，他们从不曾如此省心。2000年我从北京去云南人民出版社演讲，刘硕良老人家已在昆明候着，说好演讲稿整理后一定给他。回到南宁，编辑小姑娘就马上电话催问稿子。原本我并没有整理发表的计划，只是打算讲完便了。既然有了允诺，后来当然还是写了寄去。就凭他们的一番热情、一番建议、一番情谊，文章还能不写吗？不仅得写，还得写好才是。原先在广西工作，会议讲话讨论是常事，不意刘硕良有时候就会有所发现，会后就提出建议，说是某次谈到的一个问题，见解不错，可以写出来的。于是就写出来。有人说一个好作者后面往往有一个好出版社、好刊物，特别是好编辑。诚哉斯言！当然，可以肯定，我远不是一个好作者，但可以肯定地说，在我的文字收成的后面，有一个好刊物是《出版广角》。她的编辑是我前进的助推器，是我写作的助力器，是我学习与思考的助燃剂。

助我者，《出版广角》！

我还要从一个读者的角度说一句话：教我者是《出版广角》。

《出版广角》一直秉持着追求一流品质的办刊理念。自上个世纪90年代中期以来，我在《出版广角》上读到了许多一流的东西。坦率地说，当时，那上面可供出版人提高修养的文章，数量质量都胜过许多同时期的

135

出版业内的刊物。我在那上面仔细研读刘杲先生的专栏和沈仁干先生说法，欣赏王建辉兄为老出版人的画像，还为何满子、钟叔河老前辈的精干短文所倾倒。此外，出版理论与实务方面许多专论和文章，也是十分创新十分精彩。不少著名作家、翻译家、画家还参与进来写稿。不用说，那也一定是《出版广角》诸君催逼的结果。毕竟他们写了，而且都是不错的文章。一个出版方面的刊物，倘能不囿于出版者，而能邀约较多的创作者参与进来，一定会办得生动、丰富起来，而且，一定会更加言之有物、言之有文、言之有意境。我从《出版广角》所获教益的确多多。

如今，《出版广角》诸君一如既往地追求刘硕良先生奠定下来的一流品质，这是值得赞许的。然而，他们也有所变化，执著地朝着出版业理论性、论辩性、专题性的方面去作努力，体现着理性和张力。对出版业的改革、发展，对出版业内的焦点问题、热点问题，刊物敢于直面，多有排炮式的覆盖。尽管如此也许不免有所过激，然而生气盎然、登高眺远、八面临风、胸臆直抒，不少文章发人深省、启迪心智，我获得的教益仍然多多。

催我者，《出版广角》；助我者，《出版广角》；教我者，《出版广角》！《出版广角》，祝你继续办好，越办越好！

写于 2005 年 3 月

1999，一位新社长的几点感想

1999 年，就任人民文学出版社社长之职。任职前后，有三句话，我听得很多，很受震动，深以为诚哉斯言，不能须臾忘记。特命笔以记之。

其一为："人民文学出版社是建国后首批成立的国家出版社。"神圣感由此生成，血流为此加快。近 50 年来，出版社坚持以国家的文化建设和文学事业繁荣为己任，50 年后自当一如既往，继续为国家的发达兴旺竭尽绵薄。功不可以虚成。每一个出版行动都应当是一件实事，每一本图书的出版都要想到人民的利益、国家的需要和社会的进步。我们当追随共和国前进的步伐脚踏实地前行。

其二为："你是第七任社长。"使命感顿时在胸，心情为之肃穆。仿佛有人猛然将一副重担置于我的肩头，有不能承受之重的紧张感，又有迎接挑战的跃跃欲试之感。出版社不仅万勿在自己手里中落，更期望事业有所中兴发展。名不可以虚设。当知前有诸任社长成绩斐然，更有当今知识经济、文化建设以及出版产业化战鼓催春。事业必须继往开来。我将何以担当之？

其三为："你的前任可是冯雪峰、巴人呵！"说话者往往声调提高。在我者每每意气风发，历史感弥漫心头。藐予小子，如何同前贤相比！我必须以自己的渺小与他们的巨大作比较，从而必须接受我与前辈不成比例的结论。不知我者以为我必惭愧，知我者明白我愿发愤。我有幸运之感——我可以站在巨人的肩膀上为事业的大厦添砖加瓦，我有振奋之感——我或许能够做出 21 世纪一位中国出版人力所能及的奉献。

写于 1999 年 4 月

137

与巴尔扎克、斯坦因一起喝咖啡

——新千年断想录

　　新的千年，新的世纪，理应有新的精神状态，新的开拓，新的作为，新的进取。为此我发表了过多的关于出版社改革、改造、重建、发展、经营、管理从而进一步现代企业化的思考，也没少谈对于 WTO 与我们、信息技术与出版之类问题的理解，更是一如既往地奢谈了一回诸如选题策划、选题优化、版权贸易、编校质量、整体设计之类的理论与实务。现在，该谈谈与巴尔扎克、斯坦因一起喝咖啡之类的话题了。

　　巴尔扎克喝咖啡是十分有名气的。这位自告奋勇地表示"法国社会将要作历史家，我只能当他的书记"的现实主义文学大师，是一位名闻世界的多产作家，仅收入《人间喜剧》的长、中、短篇小说就有九十多部。他从 1829 年发表《朱安党人》迈出走向现实主义的第一步开始，二十余年夜以继日地创作出一部又一部的作品。然而他债台高筑，终生不得解脱，直至 1850 年 8 月 18 日病逝于贫困之中。巴尔扎克依赖苦涩的咖啡的刺激，得以保持亢奋的写作状态，却严重地损害了自己的身体。有人做过计算，巴尔扎克的《人间喜剧》是近五万杯苦涩的咖啡换来的。仿照"吃的是草，挤出来的是牛奶"的说法，巴尔扎克喝进去的是苦咖啡，流出来的是传世佳作，消耗的则是他的心血。

　　斯坦因喝咖啡却是另一种意味。对于旅居巴黎的美国女作家葛曲露德·斯坦因，中国读者可能不太熟悉，即便在欧美她也只有少量的读者。她却是因为舍伍德·安德森、海明威等名作家的存在而存在，是因为她对舍伍德·安德森、海明威等名作家的影响而存在，是因为她喝咖啡的巴黎左岸后来成为文学、艺术的胜地而享誉文坛。20 世纪 20 年代，斯坦因在巴黎左岸福勒斯街 27 号的住所成了当时的文艺沙龙，她在那儿接待过毕加索、马蒂斯等艺术家，接待过美国作家庞德、舍伍德·安德森、海明威、菲茨杰拉德。当时海明威、菲茨杰拉德尚未成名，她和他们在左岸的咖啡馆流连，无拘无束地探讨文学艺术。她在文学上无保留地指点他们，帮助他们认识自己的才能，为他们命名"迷惘的一代"。她的后现代主义简约的叙事风格对海明威影响颇深。后来海明威请她做了自己长子的教母。巴黎左岸，特别是左岸的咖啡馆，至今仍是具有文学情趣的旅游观光者重要游览目标。从一定意义上说，斯坦因的咖啡浇灌了文学的园地，滋润了一代大师级作家。

不用说，我在巴尔扎克近五万杯苦咖啡里品尝到了作家的艰辛，品尝到了作为文学出版的第一生产者的可敬之处。同时，作为一个文学出版人，我还意识到一种责任，那就是，我们应当与巴尔扎克们一起喝咖啡，喝深夜苦涩的咖啡。且不去说出版利润如何更合理地分配，也暂不说如何更好地推广作品，这些都是自不待言的。文学出版人不应当是文学圈子以外的师爷、贵族或者商人。我们必须走进作家写作的斗室，伴随并且帮助他们进行每一部作品的创造。这种伴随并且帮助是精神的、思想的、人生的、文学本体的，是荣辱与共的。我始终不能满足被动式的出版工作。我希望，在新的世纪，人民文学出版社的文学主张仍能被真诚的作家们认同，希望人民文学出版社在新的世纪能得到最广大的作家们真诚的合作，共同去创造中国的《人间喜剧》。

我以为，还应当与斯坦因一起喝巴黎左岸的咖啡。那是别一样滋味的咖啡。那是以文会友的豪饮，那是相濡以沫的赠予，是诗人唱和时的互励，是点评天下才子书时的不亦快哉。文学出版人的职责不仅在于发现好作品，还在于发现并帮助文学人才，从可持续发展的战略来看，也许更有价值的是后者。诸如此类的事例并不在少数，譬如《新青年》对于鲁迅的识见，鲁迅对于萧红的扶掖，大学生曹禺通过巴金的编辑之手一鸣惊人，郁达夫将文学青年沈从文引领出困顿，等等，造成了文学事业的奇伟瑰怪非常之观。我提倡我们的编辑像斯坦因那样把咖啡喝出文学意味来。我始终不能满足见书不见人式的出版工作。我希望，在新的世纪，人民文学出版社能不断地发现文学新人，并能帮助他们发出黄钟大吕的绝响，希望人民文学出版社能够在新的世纪被最广大的作家当成自

139

己的文学家园。

在新世纪的第一个元月里，我自然要去北京图书大厦的四楼咖啡座，与读者们喝喝咖啡，交流阅读的快感，这是近年来常常要做的。然而也还要去作家们的书房、生活基地或者沙龙，与他们沏上一壶酽酽的咖啡，一起品尝文学创作的苦涩与香浓，共同谋划新的创造。这是近年来做得不太够而在新的世纪我们必须去做的。

写于 1999 年 12 月

140

在雪地里稳健前行

——2003 年新年寄语

再过七天就是又一个新年的元日。新千年肇始之前那一派满世界的热闹还余音绕梁，新世纪开元之初那一通前瞻远眺似乎意犹未尽。2002年又要过去。雪落京城静无声，人们在雪地里必须稳健前行。

2003 年正以稳健的气质朝我们走来。聚精会神搞建设，一心一意谋发展——好一派稳健的气质！广大人民为此而感动。对于一个处在转型时期的大国，稳健将关乎国运盛衰。而对于一个处在激烈竞争的市场环境中的出版企业，稳健则更是性命攸关。

新的一年，出版产业的建设和发展将在落实出版社企业化管理的基石上加快速度，稳健进取而苦练内功者终将长盛不衰。

新的一年，出版物市场必将竞争加剧，稳健地向读者打出全项质量牌者将进一步占取上风——内容质量依然称王，制作手段赏心悦目，版本更新常能出奇制胜，读者服务将有深入拓展之势。

新的一年，各家出版机构必将高唱优化结构主调，稳健地打造和经营品牌者将身心两健——中国出版集团参展 2003 年图书订货会打出主题广告词"书业无限，品牌为王"，与其说是自誉，不如说是自勉自励。

新的一年，各家出版发行集团必将加大资源整合、结构调整的力度，稳健地统一思想、与时俱进者方能有所成功，而遵循集团化经营规律实行化学反应者将是集团建设的拓荒英雄。

新的一年，无论出版发行企业如何创意求新，稳健地抓住两个效益不放的领导者才是真正与时俱进、开拓创新的出版人，而坚定不移地朝着建设现代出版企业的目标努力者将在每一部社史上留名。

141

　　瑞雪喜人，却也愁人，为此古人有诗曰："雪拥蓝关马不前。"然而，毕竟大雪未拥蓝关，我们终须前行。但是，新的一年，尤其需要记取的是：在市场经济中进取，必须要像在雪地里前行，既要稳健，又要向前，唯有这样方可能成功。有道是：狭路相逢勇者胜，勇者相逢强者胜，强者相逢稳健者胜。

写于 2002 年 12 月

142

以中国 2008 精神，前进

　　2009 年是新中国成立 60 周年，作为出版业的"国家队"，向国庆隆重敬献厚礼，是中国出版集团公司的使命和责任所在，新的一年我们打算在原创性出版物方面投入更大的力量。2009 年是国内外经济形势非常复杂多变的一年，作为全国图书零售市场份额一直居于首位的出版集团，贴近实际、贴近生活、贴近群众做好出版工作，是中国出版集团公司的使命和责任所在。新的一年我们打算在文化普及、理论普及等大众类出版方面投入更大力量。2009 年是新一轮文化体制改革的第二个年头，中国出版集团公司将以战略重组为改革发展的突破口，深化内部体制机制创新和结构优化，进而加快"走出去"的步伐。同时，我们还要抓住机遇，通过多种途径寻求资产总量和经营规模的扩张。2009 年，我们还将制订"1216"计划，即"创建国际一流出版传媒企业计划"并将切实付诸实施。

　　我们将以中国 2008 精神，前进在 2009 年。2008 年的中国经历了太多的大事难事，但终于豪情满怀地走过。中国 2008 精神是同心同德、顽强拼搏的精神，是抗震救灾精神、奥运精神、"神七"载人航天精神，是在隆重纪念改革开放 30 年、科学总结经验基础上继续推进改革开放的精神。2008 年，中国出版集团公司参与了国家许多大事难事，努力发挥了应有的积极作用，同时也锻炼了队伍，以中国 2008 精神武装了队伍。可以相信，深入贯彻落实科学发展观，无论在前进的道路上还会遇到怎样的艰难险阻，只要我们继续发扬中国 2008 精神，胜利终将属于我们。

写于 2009 年 1 月

143

积极投身出版产业的"中国式奋斗"

在全国上下隆重纪念改革开放 30 年的热烈气氛中，我们跨进了 2009 年。在回顾改革开放历程、展望科学发展前景时，有一个提法，即"中国式奋斗"，我觉得很有特点。我也借来表达自己对中国出版产业改革发展的一点感想，那就是：中国出版产业也要进行"中国式奋斗"。

什么是中国出版产业的"中国式奋斗"？首先，中国出版产业的奋斗方向应当是为人民服务、为社会主义服务，为社会主义先进文化建设，发展面向现代化、面向世界、面向未来的、民族的科学的大众的社会主义文化作出贡献，为推动社会主义文化大发展大繁荣，提升我国文化软实力，不断增强中华文化的国际影响力作出贡献。这是中国出版产业的性质、地位和任务所决定的。坚持正确的奋斗方向，将保证整个出版产业的健康发展，成为中国特色社会主义事业总体布局的重要组成部分。在 2009 年这个重要而特殊的年份里，牢记方向，坚持导向，显得特别的重要。我们要把建设社会主义核心价值体系作为基础工程和灵魂工程，摆在出版工作的首要位置，在新的一年大力推动文化普及、理论普及的出版工作。

中国出版产业的奋斗目标应当是构建有利于出版产业科学发展的体制机制，重塑富有活力和竞争力的市场主体，不断提升对内能满足人民群众日益增长的精神文化需求，对外能参与国际竞争的产业能力，形成实力雄厚、布局合理、开放多元、效益丰厚的出版产业格局和统一开放竞争有序的出版市场体系。出版产业的意识形态属性和商品属性相应地带来了"两个效益"的关系问题，我们一定要坚持社会效益第一、社会效益和经济效益有机统一的原则，争取更大的"两个效益"。要实现中国出版产业奋斗方向就必须树立具体的奋斗目标。唯此出版产业才可能在社会主义市场经济体制条件下实现又好又快地发展，在国际出版市场上形成应有的竞争力。2009 年，是形成中国出版产业格局和市场体系关键的一年。作为文化体制改革试点单位，中国出版集团公司将坚持按照中央文化体制改革的整体部署，大力推进体制机制创新，打造新型市场主体，朝着创建国际一流出版传媒企业的目标而奋斗。

中国出版产业的奋斗途径必须是坚持以邓小平理论和"三个代表"重要思想为指导，深入贯彻落实科学发展观，按照"高举旗帜、围绕大局、服务人民、改革创新"的总体要求，走科学发展之路。要坚持围绕中心、服务大局，在过去的一年，我们产业在这方面经受了一次考验。要坚持"三贴近"，坚持"三贴近"就是贴近市场，是为人民服务，过去的一年，我们产业在这方面进一步提高了自觉性和主动性。要坚持以人为本，以高素质的人才队伍为产业发展的根本保证，新的一年，我们还是要继续广纳贤才精英，壮大产业实力。要坚持改革创新，要实现内容形式、体制机制和传播手段的改革创新。

大力推动中华文化"走出去"，是中国出版产业的"中国式奋斗"一项特殊而光荣的任务。新的一年，出版产业"走出去"的步伐肯定还会加快。中国是 2009 年法兰克福国际图书博览会的主宾国，中国出版集团公司正在积极准备，整装待发。为祖国，为中国出版产业的发展和国际文化的交流，在法兰克福，我们将做出中国出版产业的"中国式奋斗"。

写于 2009 年 1 月

第 二 辑

前言·后记

忧患者的心迹

——中篇小说集《命祭》序

　　让朋友视为知己，通常被我们引以为人生的一件幸事。其实，认真想一想，未必尽然。倘若懂得珍惜知己的可贵，或许会为此感到惶恐。我们要问自己：这知己，是感情的融洽还是权宜之计？是真诚率直的交心还是宽容苟且的互相吹捧？是利益的考虑还是人生的追求？这些都是人生大意义的问题，真正弄明白谈何容易。可见，当朋友的知己是很费麻烦的。海峡文艺出版社要出版陈肖人的中篇小说集《命祭》，肖人兄邀我写序，他信中写道："我不在乎名家之言。我需要的是知己之论。你是知我之人。"当即我便感到既愉快且惶恐，惶恐的愉快，预感到要很费一番心思的了。但我还是乐意有这么一个机会，藉以检验我们之间相知的程度。

　　对于陈肖人其人的评价，喜欢他的人说是真诚率直，真诚率直经常跟大胆妄为连在一起，于是不喜欢他的人便说他胆大妄为。但无论前者后者，都会承认他是一个易激动的人，一个心中有话便如鲠在喉不吐不快的人。与他初交，我亦有同感。暗想：以这样的气质做人，自然痛快；以这样的气质做文章，自然舒畅；我便以为这是一个痛快舒畅的人。时间长了，又发觉，他不仅是一个痛快舒畅的人，也还是一个不痛快舒畅的人。人真是一个多层次的复杂体。他那痛快舒畅的后面，还隐藏着许多忧患，底层人的忧患。他为自己幼年丧父唯与寡母相依为命而伤悲。他为在农村度过的贫寒的少年时代而心酸。他苦笑着谈起上大学时饿极而与同学去偷挖木薯充饥的往事。谈起十年前拮据的家庭生活，有一次他下乡回来，正碰上孩子病重，一时间家里竟找不出一角钱挂号费，他

149

会眼眶湿润起来。他爱母爱妻爱子。孩子被妻子责打，他跟我谈起竟痛苦至极。回想起女儿小时候因碰碎饭碗被他打过，他竟至落下泪来。我惊讶他竟有一颗如此善良柔弱的心。以这样一颗心，在社会生活和工作中，在人事纷争里，他更多的是唉声叹气，常有"躲进小楼成一统"之慨。对于社会的种种弊端，他那气愤往往是无可奈何的气愤。同他交谈，会感到沉重而忧郁。这种沉重和忧郁，有时也许源于自身的遭际，表现为一己的得失，有时也许具有社会意义的历史使命感，有时也许二者兼而有之，不能断然分割。然而，这毕竟是一个好作家应有的心理素质。不能想象，一个从事塑造人的灵魂、揭示人生意义的事业的人，一个用真诚的感情和灵透的悟性去影响他人生活的人，竟然会缺少一颗多愁善感的心灵，缺乏对社会对历史的忧患意识，一经是那么愉快地给生活披红挂绿，把适应现存的生活状况作为最高道德意义而沾沾自喜，最后还能够写出具有深刻的历史意义和人生意义的好作品来。《老残游记》的作者刘鹗说："灵性生感情，感情生哭泣。"他还说："《离骚》为屈大夫之哭泣；《庄子》为蒙叟之哭泣；《史记》为太史公之哭泣；《草堂诗集》为杜工部之哭泣；李后主以词哭；八大山人以画哭；王实甫寄哭泣于《西厢》；曹雪芹寄哭泣于《红楼梦》。"他把这些赫赫杰作都归为作家的哭泣，认为哭泣（忧患意识）乃是他们的创作的出发点和最高境界，这对我们是很有启发的。肖人也是会哭泣的。他的作品，便是一个会哭泣的忧患者的心迹。

自然，"忧患与生俱来"，凡人皆有忧患。然而，有人知觉，有人不知觉；有人忧重，有人忧轻；有人好忧，有人好喜；有人积忧，有人忘忧；到了作品里，也就各有情状。倘若那忧患者还是一个谨小慎微的君子呢，为了生存的利益和安全，或者不敢写忧，或者强颜作笑，那么他的忧患便成了无文学意义的忧患。倘若是一个真诚的人呢？那么，很显然，他的忧患意识便很可能沉郁在他的作品里，写悲剧则作伤悲愤懑的哭，作喜剧则发辛酸含泪的笑，即便歌功颂德，也能写出历史进程的艰难。陈肖人恰又是一个真诚率直的，或曰大胆妄为的人，于是，一本中篇小说集，《命祭》是对当代中国人民在政治大劫难中的命运的忧患；《举步》是对改革之举步维艰的忧患；《黑蕉林皇后》是"千林风雨鸟求友"的忧患；《斜阳脉脉水悠悠》是对社会阶层之升降、世态人情之炎凉的社会忧患。这里有外部力量造成的忧患，有灵魂挣扎形成的忧患，有由忧患而

150

忧患(《命祭》)、(《举步》),有虽抒情而忧患(《黑蕉林皇后》),有为忧患而造理想(《斜阳脉脉水悠悠》)。一旦我们被带进了这些作品里,或哭,或笑,或沉思,或舒心,或愤慨,或希冀,无论有多少种感受,那内中总有忧郁存在。我们为《命祭》中的老根叔一家在政治大劫难中不能自拔的命运而痛心,但这痛心不是号啕大哭的痛心,而是欲哭无泪的痛心,是痛定思痛的痛心。我们为《举步》中的李翔在改革中所遭遇的无端攻讦而愤慨,但这愤慨不是居高临下的英雄式的愤慨。而是压抑甚重以至无可奈何的愤慨。我们为宗相嫂这位"黑蕉林皇后"的心灵追求而庆幸,但这庆幸不是皆大欢喜的庆幸,而是引人掩卷嗟叹,体味了人生与爱情真谛之后的庆幸。虽然《斜阳脉脉水悠悠》不免有大团圆结局的俗套,然而我们仍能在整部作品里感到一颗如焚之忧心。由文而看人,肖人的忧患是压抑着的,沉郁着的,抑或说是很有点无可奈何的。易激动恐怕也只是他性格的一面,表层的一面;而善良、柔弱、抑郁,则是他性格的另一面,深层的一面。

不记得是哪一位哲人说过这样一段话,大意是:我们应当教孩子懂得哭,不仅在自己摔倒时哭,更重要的是当别人摔倒时,他也会哭。我想,读了这段话,对于我们的作家,要求他们为谁哭,就明白得多了。我们的忧患意识覆盖面越大,就越能包容人类意义,就越能具有历史感和超越感。肖人的《命祭》不局限在一人一家的生离死别的苦难里,更不把一个人的不幸简单地道德化地推到另一个的头上,而是对那场席卷当代中国的政治大劫难进行深刻的反思。他不发牢骚。他为人民的命运作祭。他告诉我们,历史的大难当头,几乎所有人都无法控制自己的命运,都是悲剧人物。较之大量的甚至是在全国风靡一时的反映"文革"劫难的作品,《命祭》是要来得深刻而博大一些的,这是具有历史使命感的忧患意识的成功。而相形之下,《举步》则要见绌了。李翔的怨艾,更多的由于他人对自己人格的伤害。在这里,某类人对改革的不满情绪已经消隐得几乎看不清了。故事宣讲着人格。人物忧患于道德。与同时期里的不少反映改革的作品一样,将这场严峻的历史斗争道德化了。历史是残酷的,道德是温情的,它们之间常常是二律背反的。尽管作品写了举步维艰的忧患,我们感到的却不是历史的"举步",而是人生的(甚至是李翔的)"举步",那维艰的忧患终不免有就事写事的狭小之嫌。肖人写作《举

151

步》之前，《命祭》于后，对照一读，我不禁为肖人的思想深广程度的迅速
拓展而惊喜。

肖人懂得忧患，却又不是一个悲观的人。他热爱生活，追求自然的
美。因为热爱生活，追求自然的美，所以当并非美好的生活引起他的忧
患时，他一方面写出那忧患来，一方面又以自己善良的心灵来弥补生活
的遗憾，安慰别人也安慰自己。《斜阳脉脉水悠悠》是他的第一部中篇（此
之前有长篇和大量的短篇）。市委书记的儿子凌波演了一出"始爱终弃"的
戏剧。这"终弃"乃是社会阶层的"终弃"。也许在大多数读者看来是无可
挽回了。这不是读者们冷酷，而是社会的现实经验冷酷。即便事有例外，
进入作品则要有例外的理由。肖人太善良了，诚恳地劝他们和好如初，
使弱小的泉妹不致毁灭，使得意的凌波不致堕落，让现实生活不致令人
失望。他创造了一段佳话，一段底气不足而一厢情愿的佳话。他想补天，
只是他这块炼石与苍穹似乎未能合缝。他又一反前态，写了《举步》。《举
步》的步子是踏在实地的，写的是真实的感受。然而，只觉得那步子不够
飘逸，也不够有力，那感受就不免沉闷，甚至流露出遁世的空虚消沉的
情绪。这样，肖人那善良的心又不忍了。他那充满了激情的胸廓憋得难
受了。其后他没有再采用这种写法，而是来了个否定之否定，在较高的
层次上回复了《斜阳脉脉水悠悠》的风格，写出了《黑蕉林皇后》和《命祭》。
所谓较高的层次，那就是注意到了生活的严峻性和思想的深刻性。他把
《举步》的优点也综合进来，加强了他们抒情风格的写实基础，那美的黑
蕉林，以及黑蕉林里美妙的故事，令人一咏三叹，回味不尽，然而却不
会让人感到不着边际。那潜逃的杀人犯韦吉的故事足以压得人喘不过气
来，可是那最后慨然投案救"我"一笔，既震撼人心又使人感到可信。肖
人已经能熟练地创造美了。他的心迹，不再是飘游在虚无缥缈一厢情愿
的幻想的云端之上，也不再是淹没于纷争的市俗的尘土里面，他的心迹
蜿蜒伸展在坚实而崇高的人生和历史的大山之巅，然后一直伸向人们的
心灵。

一个作家要走进读者的心灵，采取的办法依然是心灵，他的心灵。
读肖人的作品，每一篇或多或少总有动人之处，那便是他的心灵的颤抖。
《命祭》的人物故事已成历史，但是，即便不从历史意义和社会意义方面
去认识它的价值，我们仍能为人物的命运遭遇和心灵的痛苦所震撼。《斜

阳脉脉水悠悠》其基本点就建立在心灵与人格基础之上。《黑蕉林皇后》简直就是一部心灵化的作品。即便如写得较实的《举步》，李翔夫妇间相濡以沫的感情，同样是动人的，这一描写使得我们对于李翔在改革中的遭遇产生出一种道德人格方面的愤怒。肖人的忧患意识、人生理想，都是通过那心灵的感动传导给读者的。依此他形成了以抒发人格之情为主要抒情内容的作品风格。他实现了我们民族传统对叙事文学的基本要求，那就是：以人情的感动达到事理的传导，"人情事理"。肖人的作品是具有民族气派的，是能为我们民族普遍的审美心理所容纳的。他找到了一条可以延伸拓宽的通道。他尚有潜力，潜能就在他那颗多愁善感的心灵里；他还会发展，动力来自他所处的现实生活的激流。

作为评介文章，我已经不宜再絮叨下去。肖人作品里的许多东西，尤其是那些不温不火的语言，情景交融的描写，情致细腻的细节，温和善感的人物，顺畅善变的情节(他学过戏剧编导，写小说时似有异峰突起的习惯，但从不滥用)，都需要读者们自己去欣赏，我不能多谈，否则便是剥夺了读者们作为欣赏主体去感知的权利。我只是尽力把一位忧患者的心迹告诉给大家，或许大家会沿着这条心迹去读他的作品。如果有更多的人成为肖人作品的知己者，我将十分地高兴。

153

写于 1986 年

陈肖人著《忧患者的心迹》系海峡出版社 1987 年 5 月出版。

怎 么 办

——大型文学季刊《漓江》发刊词

我们希望成功。

也许我们很有点儿不识时务，不自量力。我们存在于文学期刊其多如鲫、读者反应却渐趋平静的今天，存在于当代文坛各种沙龙之外以及一个又一个自然的与自诩的文学高度之下，却要创办一个大型文学丛刊，并希图引起众多读者寻索和阅读的兴趣，成为作家们一次乃至多次的话题，甚而希图获得在当代文学史上留下哪怕只言片语的荣耀。存在与希望在这里产生了显然的矛盾。

然而，我们决计与存在作一回抗衡。这是生命的最辉煌的意义，人类发展的力之激荡，文学事业创新的唯一出路。于是，1986 年新春伊始，我们创办了这个刊物，并保持着如上种种希望。

问题在于怎么办。

我们当然愿意承受改革这个大时代赋予一个文学刊物的使命。我们当然不会因为身处边地而自惭形秽，漓江之滨的独秀峰给了我们突破存在之困围的艺术昭示和勇气。更为重要的是，我们窥见了密集的文学期刊之林尚有一块隙地可供开垦，我们自觉遥遥听到了一种文学大潮之涛声且隐约看见了跳腾的潮头，为此而憧憬而兴奋而跃跃欲试。

那就是：长篇小说创作的大潮正在到来。

长篇小说创作必将成为新时期文学第二个十年的主攻目标。这是我们所处的改革的大时代必然造成，是一个伟大民族的文学的必然趋向，是当代文学高频率、高更迭的无序状态的必然归宿。当代中国文坛，鸿篇巨制的文学界碑正在远处云端之上犹抱琵琶，雄心勃勃的中国作家正

154

倾其心力千呼万唤。时机是可贵的，能把握住时机则尤其可贵。于是，我们决定新创办的刊物以发表长篇小说为主。我们将为各种优秀的鸿篇巨制无偿奉献发表园地，将努力让《漓江》汇入这浩浩荡荡的长篇小说大潮中去。

当然，希望绝不会轻易地成为现实。我们只是画定了一块地盘，一块一无所有的地盘，耕耘刚刚开始。我们当然更倾心于紧扣时代的史诗性的鸿篇巨制，倾心于具有强烈现代意识和宏大的人类感的佳作，然而也以同样的热情迎接各种风格流派的作品，只要它们真正具有艺术价值。我们需要一切真诚而高尚的作品。我们诚挚地期待作家们和广大读者同我们一起耕耘这块文学新垦地。

至此，我们还不能说刊物怎么办的问题业已解决。事实上，每一期的设置每一篇作品的取舍都将面临一次选择。但是，我们毕竟进行了一次总体预测。未来学家们指出，预测一个实际需要的、有说服力的未来形象，对于提高信心、发挥能动性是至关重要的，必不可少的。我们的预测增强了我们的信心。

我们应当成功。

写于 1986 年

155

致 作 者

——大型文学季刊《漓江》1986 年夏季号刊首语

本刊热忱欢迎中、长篇小说来稿。

实话说，敝刊并非缺稿，恰恰相反，敝刊积稿甚多，还真有些"积重难返"——时常要为退稿邮资的昂贵而发愁。

敝刊缺少好稿。

那么，怎样才算是好稿呢？文学创作发展到今天这"多元化"、"多层次"的地步，就是大文豪似乎也不敢硬说小说非怎样不行。倒是编刊物的偏偏要跑出来说几句，因为时常有人写信来问，因为各位的大作要经我们的手推给广大读者。

其实，敝刊收到的大量稿件，也大体上都符合当今文学作品评判的大前提，对于这，各位心里明白，笔下也拿捏得很准，不赘。我们要说的是，许多不晓得算不算得上是纯文学的非通俗性小说却俗不可耐，而通俗性小说又死活不肯通俗起来。

雅俗既不"共"又不"赏"，这是敝刊的困惑，也是中国当代文学由来已久的尴尬和困惑。看来，中国当代文学要上去，先得出现纯文学和通俗文学的二元发展。敝刊也就趁机把话说得明白一点：目前，不是耐看的纯文学作品，就得是好看的通俗小说，别的暂勿寄来。

立志于"走向世界"的纯文学作家们，愿你们"心灵的体操"优雅一点，"昼梦"做得超拔一些，深邃不让老庄，济世不落孔孟，激情不输李杜。尤其重要的是，多来点有意味的形式，造一套你自己的语言，在文学本体上多下点工夫。不必担心敝刊因为发表你们曲高和寡却真正有文学价值的大作而亏了本钱，我们当在所不惜。

　　有志于"走向大众"的通俗小说作家们，我们还真喜欢读到各位好看的小说。各位切莫眼睛只盯住武侠、言情、侦破。其实，社会纪实、政治变革、历史变迁同样也能写成很好看的通俗小说，只是长期以来有人自命清高贬通俗为庸俗而不愿和不敢承认罢了。文学发展到如今，我们反正是认了，各位就潇潇洒洒把小说写得真正好看一点，为更多的中国老百姓所喜闻乐见。一个作家能拥有大量的如痴如醉的读者，实在不是什么坏事情。

写于 1986 年

致 读 者

——大型文学季刊《漓江》1986 年秋季号刊首语

宗教中有一句训诫，看似普通，实则不易做到，那就是："爱你的邻居。"《漓江》创刊之初，我们也想模仿着给自己定下一条类似的训诫："爱我们的读者。"在文学刊物不甚景气的今天，强化文学刊物与读者之间的合作精神已成当务之急。

办刊物而忽视读者，这就有如做生意的人不理睬顾客，甚或讨厌顾客问津，当然十分可笑。问题还在于，办刊物不是做生意，不是逢迎顾客做成买卖便能完事的，这里面还包含着高尚的精神活动。于是便有"爱我们的读者"的训诫提出。

人生的经验告诉我们，你一旦真诚地爱上了一个人，便会努力了解他的好恶，理解他的忧乐。倘若我们能如爱我们的亲人一般去爱我们的读者，我们便有可能迅捷、深切而准确地感触到读者们的真情，体味到读者们高尚的艺术情趣，《漓江》的涛声便有可能与广大读者的心声形成共鸣。我们讨厌那种漠视读者的面孔。用虚无的表情以示清高只能归于自身的虚无。当然，爱我们的读者，我们还要奉献最好的作品来培养大家的鉴赏力。曲高和寡，是规律；随着时光迁延，曲高也能知音渐众，这也是规律。因此，我们想在文学本体上追求一些真正高明的哪怕暂时和者盖寡的艺术珍品。阳春白雪与故弄玄虚以至于不知所云完全是两回事。《皇帝的新衣》的笑话在自命不凡的先锋派艺术的沙龙里已经屡见不鲜。爱我们的读者，我们就要老老实实地杜绝此类笑话在刊物上重演。

当然，媚俗也是艺术的大敌。我们盼望有更多的读者喜爱《漓江》。当看到读者掏出二元人民币购买《漓江》，我们会感到这纸币沉甸甸的。

这会警策我们增强职业道德感，加倍地爱我们的读者。如果某一天，当赚钱成了我们唯一或最高的目标，那就说明我们已经不爱我们的读者，社会责任感与文学兴趣也将付之阙如，那时，我们的脸上——我们的刊物上将浮荡着一种不洁的神情，也许我们会对读者加倍地热乎，但那不是爱，而是奸商的诈取、禄蠹的诱惑，我们也就成了无聊文人。

　　爱，不是一件轻松的事，爱我们的读者，真正做好则尤其不会轻松。但是，无论如何我们得努力去做。办好一个刊物，编辑——作家——读者三者同样举足轻重。审美对象的创造到审美主体的参予，这是创办一个刊物的全部过程。因此，我们爱读者，也盼望读者爱我们，盼望读者把《漓江》当做亲朋好友来关心，中意就叫一声好，不满就骂一声丑，而无论说好说丑，我们都会有被关心的感动，都会激励我们把刊物办得好一些，更好一些。

写于 1986 年

岁 末 自 省

——大型文学季刊《漓江》1986 年冬季号刊首语

　　《漓江》创刊，生长将足一岁。编者作者，通力合作，勤勉之意可察，拳拳之心可鉴。读者论者，褒贬不一，既可引作诤谏，更可视为关心。然而，春夏秋冬四期刊物，寒来暑往二百万言，未能惊世，未能骇俗，未能造成争相传阅、"洛阳纸贵"之美谈，不免令我们惶恐、怅惘、忧虑而为之深省。如此情势，自然不能用我行我素的清高、纯文学不与通俗趣味苟合的倨傲可以对付过去。同情者与宽厚之人对此多有"生不逢时"之论：通俗文学近年其势如潮，《漓江》既为纯文学为主的刊物，不便随波逐流，自然不能于当时讨好。乍一听来，这话中听且甚感宽慰，审时度势，乃成就事业之必须；时势造英雄，系今古天演之规律。然而，时势与英雄，绝非仅为春风与禾苗幼芽的依存关系，倘若仅限于此，大体要落入猪圈哲学中去。英雄当有强壮之体魄，方可能凭借时势提供的天地拼搏，做成事业成就。有报载：阿拉斯加自然养鹿场，原为鹿群安逸栖息的乐园，不久，发觉鹿群体质渐见衰弱，无以药救，后有专家提供良策，引进适量恶狼，恶狼逐鹿，鹿群拼搏，汰劣留良，鹿群反而生机勃勃。通俗文学非狼，纯文学却也不应再作乐园中安逸之鹿群。相互竞争，各自强壮起来才好。可见，《漓江》亦非生不逢时，既为纯文学为主的刊物，值此通俗文学势如潮涌之时，更应强化文学性，兼以借助于通俗性。过去一岁，因为幼稚，因为地僻，因为种种缘由，未能在文学本体上多所追求，未能在人类精神上多所贡献，未能在作品选择上多有新意，雅而未能真雅、高雅，严肃而未能深刻、深厚，实在办得不够漂亮，断不能推卸责任于时势。恰恰相反，而今竞争之时势，提供了强壮之可能，我们应当引以为幸事。今年不行，明年再来，雄心不减，事业便有希望。

以上为岁末自省。诸位明年再见！

写于 1986 年

高扬一面爱的旗帜

——中篇小说集《黑牡丹和她的丈夫》序

我们处在一个纷乱的时代——当然，我指的是我们所处的文学时代。这是一个无序而又高频更迭的时代，一个躁动而又自以为是的时代，一个胜王败寇、占山为王，而又各领风骚三两天的时代。置身于这样的文学乱世，我们不但经常遭受着别朋弃亲的苦痛，更要时时冒着失却自己的危险。对于作家，没有比失却自己更危险的了。顺昌逆亡，在文学的历史上，必须以作家的不可替代性作为前提，否则，无论是昌还是亡，都是于文学本体无意义的。这是文学的 Ａ Ｂ Ｃ，这是文学的最高机密，乱世使我们常常昏头昏脑地忘掉它们。

我与王蓬当属乱世邂逅，同学于鲁迅文学院第八期和北京大学首届作家班。不知怎样的一种缘故，数十位青年作家聚集近五年之久，既无同化的喜剧，亦无胜王败寇的悲剧。我行我素，自行其是，是每一个同学保护自我而又尊重别人的公约。虽在京畿之地，邓刚依旧游泳于《迷人的海》，赵本夫依旧考察着《祖先的坟》，朱苏进的《第三只眼》总也冷峻深邃，而刘兆林的《雪国热闹镇》还是那般温情脉脉。陈源斌的灵气，姜天民的英气(天民学兄英年早逝，愿他的在天之灵安息)、聂鑫森的古气，蔡测海的巫气，张石山的豪气，李叔德的怪气，简嘉的兵气，孙少山的土气，储福金的秀气，甘铁生的爽气，乔良的才气，查舜的正气……竟然也能气味相投。大家也乐于相投，目的是润泽各自的灵性。同窗共读，启迪的却是各异的创作。偏激是必要的，无偏激难有个性。求同则未免可笑，求同则取消了创造。我得说这是一个幸运的集体。于文学的乱世之中，大家都能互敬互重地开着各自的奇葩。

162

　　不用说，王蓬也开出了属于他的奇葩。

　　我先得承认，对于王蓬的小说成就，我曾一度不是很有信心。原因很有意思，就在于他对所有同学的创作都说好，都著文介绍。不仅同学，言及陕西，则必称贾平凹如何，路遥如何，陈忠实如何，京夫、邹志安如何，一派溢美。我也是得了他笔墨好处的，却不曾领情。我以为他把此类文章做得过于认真，过于友善和宽容，缺少一个作家应有的孤绝和爱憎。我从这些文章中看出他似乎不甘于孤寂，因此疑心他也染上了我们这个时代的流派沙龙病。那么，他的创作也就大概难有独创且行之不远。

　　事实上，我对王蓬的担心乃是一次杞忧。四年多过去，王蓬既不曾泯灭他的个性，迟钝他的感觉，散漫他的追求，放弃他赖以生存的鲜活土壤，却又藉着他对文学世界里种种现象的扫描，开阔了视野，拓宽了思路，丰富了表现力，强化了自己的素质，进而成就了新的创作。他的短篇小说《沉浮》震动了同窗们，长篇小说《山祭》引起了文坛的关注，一部部中篇小说又凸现于我们的眼前。这些又恰是非耐得住孤寂而不可能做得出来的。

　　随着与他相知渐深，我才理解，他的那些替同学评功摆好的文章，乃是他交友的亲和举动，并不能证明他的文学态度。他来自陕南山地，秦岭和大巴山的孤寂养成了他好客好结交的热肠，刺激了他进入更广大人群的欲望。山里人的热肠与欲望造就了他的一颗爱心。也正是这样一颗爱心成就了他的为人和创作。

　　爱心不谈久矣！没有比今天的文学更缺少爱的了。多时以来，每论作家，或谈忧患或谈灾难，或谈文化意蕴或谈历史视野，或谈灵性或谈才气，或谈玩文学或谈老庄禅境，就是无人愿谈爱心。仿佛为了爱的文学必是浅薄庸俗之作。这是一种时代病。呻吟痛苦标榜深刻不是一个人一个时代健康的表现。事实上，文学大厦有无数通道可入，一切人生的深切体验都可能成为作家的出发点和归宿。为恨而写为思想而写与为爱而写，谁也不比谁浅薄和庸俗。

　　沈从文先生的创作便高扬着一面爱的旗帜，并不影响他在国内外享有盛誉。以至于无论持何种文学观念的人都不能否定他是学者、文学家兼文体家的一代宗师，一个站立在世界面前的大写的人。王蓬于此深有感悟。他在北京求学期间，并不曾叩过哪位文学界评奖权威的门庭，却专程拜访了一生甘于孤寂的沈从文先生。听王蓬讲过他还专程拜访过另

163

一位善写情谊友善的大作家艾芜先生。那么，我认为这是一位有爱心的后生作家在向大师的爱心趋同和致敬。

王蓬近几年来的中篇小说主人公都是女性，也可以说，女性主人公大都是他倾注爱心的对象。她们都生长在陕南。陕南是王蓬的第二故乡，是他从十岁之后就倾注过梦幻、希冀、汗水和爱情的热土。于是那些女主人公们便也成了他的姐妹。王蓬告诉我，陕南素来是出美女的地方，譬如"烽火戏诸侯"、"一笑倾国"的褒姒女便出自陕南，汉水便有一支脉流称褒河，蜿蜒于陕南的青山秀峰之间。他还告诉我，陕南的女子十分多情，那是因为地理的封闭使得她们的春情不易浪费，一旦宣泄，便势如出闸之春水；陕南的女子十分柔弱，这并非她们天生一分西施之病，而是因为单纯的生活养不出现代都市女子的狡黠和强悍。于是王蓬便也十分多情十分柔弱地对我叹息，陕南女子太多情太柔弱，造成了她们的易轻信，易痴情，易迷惘，易忍耐，易缄默，一句话，易受伤害。王蓬爱他的陕南女子，不独因为她们是褒姒女姿色相因的后代，更主要的还是因为这是一群易受伤害的多情而柔弱的孤独姐妹。牛牛姐姐在《第九段邮路》上缄默地忍受，痴情地守盼。丫丫的激情岂止是《涓涓细流归何处》，简直就像汉水春泛一般，以至于现代社会的儒生们没有那一分真诚那一分勇气去承受。《黑牡丹和她的丈夫》在世俗的婚姻替代不了这女子对于生命的追求之后，爱的饥渴驱使她从一位奇丑无比的豁嘴男人那里掘出了生命之泉。玉凤和宝凤的《姐妹轶事》乃是山地女子的纯情在现实尘世的遭遇故事。杨晓帆的《小城情话》叙说的则是一位现代痴情女子的企望、抑郁和焦虑。无论是古代的传说还是现实的故事，这些陕南女子都仿佛一母所生，贯通古今，无一不多情，又无一不孱弱，无一不曾受过伤害，又无一不善忍耐。她们缄默。她们默默地舔着身上伤口的鲜血。她们无一不是绝望的孤独者。

由此，我们也就应当悟识并相信王蓬的一片爱心了。他爱得痴情，以至于不曾言及他的陕南女子们的微瑕。他爱得深切，以至于能把笔锋透进那一个个纯净无邪的女性灵魂。他爱得决绝，以至于把全部的同情只倾注于他陕南的姐妹。他自觉不自觉地充当了陕南女子的守望者。我为此曾和同学们开过玩笑，说是要当一回风雅的窃贼，切勿到陕南去，当心王蓬与你们拼命。大家便都哄笑起来。王蓬就红了脸讷讷地说些不忍心伤害那些多情孱弱女子的话，完了，小心翼翼地看看四周的面孔。

但生活终究是在变化，尤其在京华之地的几年学习中，王蓬诚然也发生着变化。这样也就在他的小说中显出了复杂与矛盾。他早先固守的阵地分明地发生着动摇，另有一些本不属于他却又在强化他的东西滋生了出来。在他的小说里，企图在陕南演出始乱终弃的男人们，一方面受到他的谴责，另一方面他又分明在肯定其中合理的成分。即便如画家老苏之于丫丫（《涓涓细流归何处》），完全出于一个现代儒生的迂阔和一个山野女子近乎鲁莽的率真而造成的悲剧，王蓬既谴责着老苏的迂阔，又对因为老苏而给丫丫生活注入的新鲜东西不无赞赏。至于《姐妹轶事》中，这种矛盾就更为明显。离异的最初责任尽管在于被政治蒙骗的女子，一旦她幡然醒悟，王蓬便对她充满同情，尽管他也十分清楚，未来的生活绝对地属于石海明和玉凤，她们的结合才真正体现乡村发展的前景，由于作家本身过于眷恋宁静得有如中世纪田园的氛围，给人的感觉是他从情感深处抗御着一切破坏这种田园静趣的外部力量，无论它们有益于人类社会的进步与否。也许我们可以认为他笔下的一些男性对于封闭生活的纷扰是合理的，轻易便能从现代意识中替这种合理性找到依据。然而，意识的标准在这里不能产生真正的文学评价。一般来说，对于情感型作家，我们不能与他纠缠于形而上，人与人心灵的交流并没有清晰的线路准确的接点。对于王蓬，我宁可更多地谈论情感，而不是（至少不主要是）谈论观念和意识之类。因为王蓬可称为一个标本式的情感型作家。

165

王蓬的情感体验是细腻真切的。读他的作品，尤其是读这六部中篇小说，我时常惊讶他的敏感，他的善解人意。对那些陕南女子，他称得上是体察入微了。即便在他的那部尝试性的作品《蓝衣少女》中，对那位远在欧洲的金发碧眼的外国女子，也可以纳入以上范畴。黑牡丹对她的丈夫，对豁嘴的那些感觉，丫丫与画家老苏的缱绻之情，玉凤宝凤姐妹性格的微妙差异，杨晓帆的温文尔雅，乃至于作品中几位男性在接触异性时的种种心绪，绝不是一个情感粗疏的作家所能体察得到的，也绝不是一个性情浮躁、耐不住孤寂的作家所能表现出来的。我想王蓬写作这些小说时，他的内心一定十分宁静，他的情感一定完全进入，所谓物我两忘之境，大体他是获得过的。尤其令人叫绝的是《第九段邮路》里许多微妙真切的感觉。大热天，穷苦的牛牛姐还穿着棉袄去背柴，她在山路上解了衣扣歇息，裸露着白生生的胸脯，恰巧被年轻的乡邮员"我"碰上，这时候，"她本能地用双手紧紧按住掩合的棉袄，羞愧万分地望了我一眼，就赶紧深深地低下头去。啊，那是怎样的一眼啊，那一眼包含了多少复杂的内容：有少女被陌生男子突然窥见了某种秘密时羞愧怨恨的神气，有对穷愁艰辛却又无可奈何的处境沉郁怅惘的尤怨；甚而还有像被屠杀的羊子临死前，可怜的、满含乞求的一瞥……"多么微妙而丰富，多么细致而真切！好像王蓬观察和再现的不是别人的心灵而是自己。或许正因为如此，他的笔下才有了许多细腻真切的细节，有了行云流水一般的意态。经验在他的笔下自然熟到，感觉在他纸上左右逢源。

王蓬的情感内涵却又是宏大的。他的爱心不仅在于陕西女子和男人，养育了纯情男女们的陕南山水。应该说，这二者原本是一体的。他表现的是一个个具体的生命。生命的准则全在于自然。因而，他不曾忘记表现自然。他竭力描述小说人物所处的种种自然景观，一种人格化的自然景观，一种有目的的自然景观。人格便是陕南女子的人格，目的则是王蓬的全部情感。

他的秦岭与秦岭深处的女子是一致的色彩斑斓，温柔敦厚；他的汉水与汉水边的女子是一致的舒缓明净，催红生绿。于是也就有了他舒缓明净、温柔敦厚的文章。他不愧是秦岭汉水的赤子，堪称自然的精灵。

166

否则，他怎么能在大山里感受到"一种捉摸不定的声息，说不清是风在吹，水在流，树枝在摇曳，还是大山在呼吸……"他怎么能从"树叶、花瓣、草尖和长在沟边的野向日葵全沾满了晶莹的露珠"的景致中觉出"分外惹人怜爱"！他画女子的肖像，便说："黑白分明的眸子睁得很大，水汪汪的，简直像一汪刚从石崖上渗出的清泉，无一丝尘埃，无一丝杂染，与这青青的山峦，绿绿的丛林保持着一种和谐。"即便男女做爱，他也不曾忘记让他们与自然融合，竭力去显示这一自然过程的辉煌。画家老苏与黄丫丫在"蒸发一种暖洋洋的气体"的山野里，嗅着"野草野花吐放着熏人的芳香"，在"一阵山风掠过，所有的树木叶子都发出沙沙的颤栗"的时刻，掀起了"一场感情的暴风骤雨"。腼腆拘谨的牛牛姐姐同年轻的乡邮员"我"，在躲避山地的骤雨时生出了骤然而来的云雨之情。尽管这里不幸地雷同于他的另一部作品《玉姑山下的传说》，却也看出王蓬追求人与自然的和谐是何等的不顾一切。及到黑牡丹和她的丈夫第一次交媾，王蓬索性明白地写道："仿佛与斑斓的山野溶为一体。"

一体！人与自然的一体性，正是王蓬逐渐达到的文学境界。他的情感的宏大由此造成。这也正是他区别于一般的俗文学的情感型作家的重要标志。文学界老前辈、短篇小说巨匠王汶石曾在《文艺报》著文称王蓬为"描写山区风景风俗画与山村女子的能手"，应该说他当之无愧。而又恰是这二者成为他最好的移情对象，成就了他作为一个情感型作家的丰富性。

王蓬的情感意蕴还呈现为一种动态。求变是我们这个时代崇高的精神。崇高又往往容易趋向庸俗，求变便同时是我们这个时代庸俗的风气。王蓬在鲁迅文学院时曾有《变化中的生活与变化着的我》为题的创作谈发表，也曾不时有新时髦的服饰在同学中发表；他曾以丰富流动的心理描写的《沉浮》在《小说选刊》很好地浮了一阵；也曾有过诸如《雨后，阳光格外灿烂》一类矫揉造作的洋里洋气的标题灿烂于刊物。因此我对他有过羡慕也有过怀疑，怀疑他将在时尚的求变风气中由浑身土气变成浑身俗气。我曾笑他"引导服装新潮流"，语藏讥讽。他只是红着脸回笑。我们并没有因此而交恶，这是他心地善良宽容的结果。

于是，我又暗暗羡慕他勇于求变的锐气。因为我是一个畏首畏尾的人。数年过去，那些时装与他已浑然一体，而文学创作上因为求变而出现的矫揉造作也渐渐地被不乏新意的自然熟到所代替。王蓬作品的变化尽管平缓，尽管温吞，尽管全然不像他在时装上那样具有革命精神。然而他不造作，不虚妄，不哗众取宠，不曾迫使鲜活的生活向抽象的观念奴颜婢膝，无论这些观念如何新鲜，如何高深。

当我们为《第九段邮路》和《小城情话》未脱他人窠臼而稍感遗憾的时候，《涓涓细流归何处》和《黑牡丹和她的丈夫》立刻就让我们感受到了颇具新意的丰美情景。这里似乎没有了传统意义上的好人坏人，没有了"饭是可以吃的"道理，恶善浑然于文化形态之中，美丑之间难以做泾渭式的界定，世俗的道理在这里只能休息，人类的自我认识和情感体验是他们主要的价值所在。这一变化使得王蓬的小说更具备了现代小说的品格。他并没有损失掉自己小说素有的原生之美，这是许多传统型作家在向现代型演变时通常要遭受的不幸。总体来说王蓬是幸运的。他没有放弃引人入胜的故事，只是更任其自然，隐蔽了作家的期待视野。他的人物一径如现人前，只是更为多面具体，弱化了单一的因果关系。他不曾避免强烈充沛的人性特质。他的笔触益发浸渍于人性之中。他敛起求变之初的浮光，不论它多么令人眩目。他壮大了自在的自己，使得自己日渐成

167

熟。自在的王蓬大体是一位不平则鸣的农民，成熟的王蓬则是一位替农民鸣不平的现代作家。关联这二者的是理解，一种被百千溪流浇灌着的理解，一种大智若愚者的理解，一种视万年乃宇宙一瞬的理解。

如此，爱心也许有所消解，但消解的只是稚嫩。敏感也许有所阻滞，但阻滞的只是自艾自怨。消解了稚嫩的爱心会更宏大。阻滞了自怨自艾的敏感会更有意味。一个情感型作家的成熟正是由此而获得。

王蓬约我替他的这部中篇小说集作序，我是犹豫着应承的，也是犹豫着写到了这里。我所犹豫的是，他到底出于怎样的考虑选拔了我。莫不是因为我俩的家庭都曾为了不公正的政治待遇而遭受过迁徙，他家于西安而陕南，我家由南京而桂西。莫不是因为我们俩都曾在农村吃过苦？我曾奄奄一息让农民用牛车送往医院，他曾被石头压伤至今腿脚仍有隐患。莫不是因为我们俩每当同学间发生抵牾乃至于以老拳啤酒瓶相向时，必定都去维护弱小者、怯懦者，无论他们理亏与否。或者是因为他挺喜欢向我描述往昔的艰辛，也颇喜欢听我倾诉我所有的不幸，而每当如此这般，我们都会觉得不亦快哉。

也许还有诸多的原因。但我相信，所有的原因都会与情感有关。因为他在信中说了是纪念同学一场。纪念当以情感为主，祛除了情感的纪念就会枯萎成历史的记载和理念的演绎。因为他的作品大体是关于情感的故事，高扬着一面爱的旗织，并不是关于宇宙大道理的演述，也不是那种扯着自己的头发离开地球的梦幻。对于这些，我自以为我也无能为力的。而关于爱，关于情感，尤其是那种需得用心灵去体验的爱，那种符号化程度还不太高的情感，我相信要与王蓬取得一定程度的相通是完全可能的。有了这个必备的情感同构作基础，我想我的灵魂便不会在王蓬的作品里冒太大的风险，而当很多关于宇宙关于魔幻关于本体关于意识层次关于弗洛伊德的大道理已经被人狠狠地说尽之后，我还可以从他的作品里生发出一些话，一些有感而发的话真诚的话来说说。正是出于这样的考虑，我才有信心，做完了这篇小序。

愿真情与我们同在。

写于 1990 年 5 月

王蓬著《黑牡丹和她的丈夫》系漓江出版社 1990 年 10 月出版。

致 读 者

——《文科知识百万个为什么》前言

　　以趣味性知识导引青少年的求知欲望，以广博的知识拓展青少年的求知视野，并以此配合中小学文科课程的教学，弥补青少年读物"理盛文衰"的缺陷——这是我们编撰、出版这套《文科知识百万个为什么》的宗旨。

　　选材力求新颖丰富，设问务必通俗有趣，知识注意深浅适度，语言尽量生动活泼——这是我们编撰者和出版者的共同主张。

　　冠之以"文科知识"，目的是区别于理科读物，当然不能说是一种严格的科学划分。有些学科(如心理学、军事、体育、生活知识等)既包含文科知识，又有许多理科知识，那么，介绍其中的文科知识则是我们的主要任务。而在文科知识中，有些问题可以同属几个门类，我们则以其主要的归属和通常的划分方式将它们划归其中一类。这是我们基于客观需要大致确定的编撰体例。

　　本套丛书 22 种 26 册，号称"百万个为什么"。从确定选题到编撰成稿，只有不到 5 个月的白天黑夜；从开始筹划到成书上市，也只有 10 个月的短暂光阴。我们深切感谢众多学者、专家、作家、艺术家的通力合作，他们以满腔热情为文科知识的普及倾注了大量的心血。我们同样也要感谢印刷厂和新华书店的大力协作，他们为这套丛书的印制和发行付出了辛勤的劳动。

　　最后，还要感谢广大读者，你们强烈的求知欲望和殷切期待，给予我们以信心和力量。愿大家能喜爱上这套丛书。望所有喜爱和关心这套丛书的朋友提出宝贵的意见。

　　　　　　　　　《文科知识百万个为什么》1990 年 12 月出版。

169

长篇历史小说《大对抗》序

　　黄继树先生不矫情。写小说犹如做人，他要的是质感与本色。他不安排虚境，不事光的渲染，色的点缀。他不耽于抒情，不迷恋咏叹调和华彩乐章。然而，如果以为他是一位冷静的历史学者，并且深信他关于桂系军阀史小说写作的成功乃是因为以历史学者的观察替代了小说家的虚构和文人的抒情，那就不免要犯缘木求鱼的错误。巴尔扎克自称为法国历史的书记，并不能从根本上说明他作为小说家成功的原因。文学作品的成功，从本质上看必须首先是文学本体上的成功，然后才可能是政治学的、哲学的、历史学的、经济学的、社会学的、伦理学的等等非文学因素的某些贡献。这决不是什么独得之秘。这是人所共知的文学原理。面对黄继树先生的长篇历史小说《桂系演义》，以及这部从《桂系演义》截取、衍生出来的《大对抗》，在我们发现其中摒弃了浮光丽色、浅吟低唱、当哭长歌、皇皇大论之类浪漫情调之后，仍然会认为是文学的胜利。它属于别一种文学追求的胜利。这种追求我称之为对质感与本色的追求。在众多评论考据了这些作品史实的准确性，阐释了这些作品历史和政治的意义之后，我愿意从文学的意义上发表一些观感。

　　黄继树笔下的历史人物不矫情，李宗仁不矫情，白崇禧不矫情，蒋介石也不矫情。这不是对历史上人物的评判，遍观正史野史，哪个一代枭雄不曾以矫情骗取人心和天下！作者对李宗仁有所偏袒，历史上的李宗仁难道就不曾诚朴与矫情兼具？请看书中李宗仁竞选副总统时的表演，丝毫不亚于演技派明星的天才杰作。我要说的是作者对这些人物的刻画不矫情。虽然人物的言语行止有史实作依据，但依据之上的描写刻画则是天降于作家的大任。作家的笔触有自然与矫情之分，有真切与虚饰之别，有粗陋与精细的比较，有深入与浮浅的差距，这是作家纵横驰骋的一块无际无涯的原野。黄继树笔下的主要人物，言行恰如其分，心理准确可信，思想随时势有所变迁，性格随情节有所发展。作者难免有所喜恶，有所褒贬，有所向背，有所取舍，然而一切来得适时，去得正好。褒诚者不隐其诡谲，贬奸佞欲扬其微善，以生活为依据，以准确为准绳，以取信于读者为目的。这是一切优秀的历史小说不可或缺的基石，远在明代的《三国演义》和远在大洋彼岸的《战争风云》(美国赫尔曼·沃克著)可以做成这一观点的注脚，近在眼前的《大对抗》也可以加深我们对这一观点的理解。

　　黄继树对笔下的历史故事注入了几缕情感，这情感不矫情。蒋桂之争，权力对抗，从政治本质上看，是一个政治集团内部的厮杀，四周是罪恶，作者情注何方？然而抽象的本质分析不能代替具体的人物关系的理解，更不能解释读者在欣赏文学作品时的感受和领悟，对《三国演义》拥刘反曹倾向的褒贬，可以做成考据文章，帮助读者了解作品与历史的关系，却不能形成对作品本身实际的鉴赏。不知道黄继树是否愿意承认，他显然地情系桂系。这不独是因为他是广西人氏，乡情造成他对家乡的子弟家乡的兵马有所挂牵，作品中此等情感无处而不浸润，也不仅是同情弱者的平民心态，支持犯上作乱者的逆反心理所能解释得尽的，这也是作者写作时和读者阅读时自然会持有的一种审美常态。这里用得上本质论的认识方法。桂系反蒋，一定程度上具有反抗独裁的意义，其客观效果有利于当时中国的民主运动，有利于中国共产党和广大人民推翻反动政权的斗争，有利于中国现代历史向前推进。我想，作者是意识到这些历史意义的。然而，作品并没有就此成为意义的传声筒，更没有为此而造情。作者平实地去写，不强调客观的意义，不声张主观的情感，甚至不故意引导读者去理解去体验去作取舍褒贬，而是让他们过足了故事情节的瘾，玩味了人物性格心态之后，有所感慨，有所思索，有所领悟，有所喜恶。唯其是"有所"而不是"必须"，因而亲切。并不像我们通常所见的许多历史小说那样，意义十足，真理在握，对着所谓忠奸善恶大悲大喜大哭大恸，雷鸣电闪，空谷回音，宇宙震撼，其实村俗。

　　有了上述的几处基点，读者诸君对于即将读到的《大对抗》是怎样的

171

一部书，想必已是心中有数，我作为编辑者，已不宜过多地饶舌，否则便是剥夺读者鉴赏的自由和愉悦。这里只是还要加以说明的是，也许我们会在历史小说和纪实作品的界定上对它产生疑惑。其实，二者之间并没有隔着楚河汉界。我们珍重的是它好看耐看，帮助我们了解一段历史，又认识几种人生，还有许多人物故事、掌故、细节的乐趣。如果实在要我出来说个明白，那么，我愿意这么说，《大对抗》既有充分的纪实基础，又具有足够的小说因素，这是一切优秀的历史小说不可或缺的基石。

写于 1992 年 1 月

黄继树著长篇历史小说《大对抗》系漓江出版社 1992 年 3 月出版。

诗文选《心醉神迷游桂林》序

　　东方传统崇尚自然，西方传统崇尚人为，这是东西方古代文明的不同点之一。不同的文明造成了不同的文学特质。于是自然的伟大成就了中国古代文学的辉煌。"关关雎鸠，在河之洲，窈窕淑女，君子好逑。"表现了自然与人的一体性。"日暮乡关何处是，烟波江上使人愁。"印证了自然可以激发人情感的说法。"感时花溅泪，恨别鸟惊心。"描绘了人与自然有一种内在的感应。"今人不见古时月，今月曾经照古人；古人今人若流水，共看明月皆如此。"自然景观可以做成人类理性态度的象征。至于人类与自然互相抚慰互相拥抱的诗句和美文，更是俯拾皆是。最捷近的例证就是收入本书的清代著名诗人袁枚吟咏桂林山水的诗歌。这位首创性灵之说的随园老人，倘若没有拥抱自然的情怀，断然生不出"分明看见青山顶，船在青山顶上行"这般亲切的诗句。我们民族优秀的文人们是极愿意接受自然精神的支撑的。岂止是愿意，简直是一往情深；岂止是接受支撑，他们更企望融合，企望无物我之分，达天人感应。自然使他们灵动，自然又使他们虚静；自然使他们素朴，自然又使他们多情；自然使他们纤细敏感；自然又使他们胸襟博大。"竹林七贤"之一的阮籍为此作了宣言：以"天地为所"！中国历史上第一位最伟大的田园诗人陶渊明为此而发出召唤："归去来兮！"这召唤响彻古今。

　　热爱自然，崇尚自然的传统一脉相承至今，于是便有了桂林旅游文化的发展，便有了我们这本可爱的《心醉神迷游桂林》的小册子。面对一本好书，我们可以说它深刻，可以说它厚重，可以说它悲怆感伤或者幽默旷达，然而唯有可爱，最容易使我们对它生出亲近感。我说这本小册

173

子可爱，是因为它生长于桂林山水之间，可爱的景致提供了它可爱的资质。说它可爱，是因为它的作者们大都以青山养性，以绿水慰情，性情从笔端流出，饱满而温柔，造化的种种奇异，人生的缕缕感觉，全做成了对山水的流连叹赏。说它可爱，还因为书的编选者把桂林城区的风情、城郊十六景观乃至环绕桂林的十县风光，无一遗漏地汇集于书中，没有充沛的热情和认真的工作态度，是很难完成这个不大但颇为繁琐的编选计划的。我感觉到，他们简直是伸开了双臂，热烈地拥抱着这片奇山秀水。

从文学鉴赏的角度而言，我以为这本书尤为可爱的一点还在于所选作品大都灵性各异、情趣不同。大自然给予我们的一个重要启示便是不重复。"凡物各尽其性"的说法便是最好的说明。我素来不是太喜欢韩愈描绘桂林山水的那两句著名的诗句："江作青罗带，山如碧玉簪。"尽管它们业已被用作对桂林景致最便当的介绍。理由就在于，这一描绘接近于一种无生趣的简单，一种窒息想象力的凝固。桂林山美有趣，正在于山形各有奇趣，岂能够一把碧玉簪以蔽之。说到底这位唐宋八大家首席是因为不曾亲历其境之故，遂犯了简单化的毛病。当然，比喻总有缺陷，概括总有损失，不必过分诘难。这里要借以证明的是，本书中所收诗文的灵性各异、情趣不同是多么可爱。同一景观，编选者都安排了几篇诗文，横岭侧峰，远低近高，用心非常有趣。而作为作者，倘若不注重独立的创造，不表现各自的性灵，当然也就不可能实现有生命的创造。创造也许有高下之分，也许有文野之别，也许有过犹不及之虞，然而生命，独立而高扬性灵的文学的生命，都是断然不能放弃的。正因为有了这一个个鲜活的生命，才会有了现在这般各尽其性的不重复。而正因为有了不重复，我们才会既陶醉于唐代李商隐的《桂林路中作》，也迷恋清代袁枚《由桂林溯漓江至兴安》，今人周邦先生才敢于在唐代柳宗元的《訾家洲亭记》之后来上一篇《訾洲幻古》，我们也才会感受到毛荣生的隽永和李超英的至情，领略到郑柳德的丰厚和全政红的简洁，品味到彭匈的情趣和苏理立的质朴，欣赏到骆绍刚的潇洒，才不至于将周昱麟与其兄周昭麟混同。

我没有时间也没有足够的篇幅，更没有必备的经验和能力来把书中的所有作品逐一鉴赏，这是十分抱憾的。不过，我以为，对于文学作品，

174

亦如对各种自然景观一样，不宜用一个词一句断语去圈定它们。作品一旦诞生，便是一个独立的存在，一个作者仅仅可以看成一个导游，引导读者在他指示的生活情境中游赏，景点是一个，观感却可以不计其数，诚如本书一样，抢先下断语实在是一种冒险。对于这些纪游观感一类的诗文，尤其强调各有眼光各有位置各有胸襟，就更不能互比高下了。作这篇笼而统之的小序已属一种冒险，岂敢不知好歹地造次下去。还是请读者顺着编选者指示的线路，信马由缰、择其所好去游赏吧，如此方合乎自然的真精神。

写于 1992 年 4 月

诗文选《心醉神迷游桂林》系漓江出版社 1992 年 6 月出版。

《1991 年散文年鉴》前言

历史书是如此干瘦,三位一体的时空里演出的纷繁无比的人与事,必定被它干瘦成一章一节一段一句。历史书是如此残忍,历史事实那丰满鲜活的血肉之躯,必定被它放血剔肉,大卸八块交给后人,所剩鸡零狗碎之物则被抛撒于荒郊野外。历史书是如此颟顸,对无数微妙灵珑的事实常常视而不见。历史书是如此色弱和鼻塞,除若干后人所需要的主流意义,奇香异色通常不能引起它的兴趣。于是,叙述学的看法是,历史只是一种叙述,历史学是灰色的。关于文学的历史总结概莫能外。岂止概莫能外,简直是更有甚者。一部中国文学史著作,就能够把群星灿烂的唐代诗歌干瘦甚至剔剐成李杜韩柳若干人,而那部《全唐诗》终于让我们感慨自己所知唐人才子仅二三,历史的埋没竟是如此无情。我们身历其中的当代文学,正在鲜活地生长着的当代文学,许多鸿篇巨制的史论已经让我们遭受别朋弃亲的苦痛,遗珠之憾几成失珠之恨。

然而,历史总结又是必要的。因为它的任务是阐释意义昭示后人,探索规律指导来者,记叙那些能证明意义和规律的正反事实。即便真诚如太史公,也不可能不分王侯与布衣,记下当时的全部故事。即使发达如现代全息摄影,也不可能巨细靡遗地记下现时的一切神形。事实上也没有这个必要,否则便是强人所难。前面我们对历史学的疾言痛声,其实只是一个不平者的牢骚,并不是科学者的态度,如果我们还承认历史研究仍不失之为人类认识人世之兴替、天地之演变的一种方法的话。

今之散文,已成盛况。盛况的结果之一便是多样化。然而,对于盛况的反映,到了史学家手中,必定简略成几位大家、若干名家,同时消失掉众多各具特色的作家，无论他们如何妙手偶得。我们窃望将别朋弃亲的苦痛减弱一点，把遗珠之憾减轻一些，而给更多好作品的保存以相对平等的机会，给此后的文学史以稍微丰满鲜活的血肉，于是想到了编选和出版一部类似于作品选的年鉴。为了减少偏听偏信的失误，首先邀请首发作品的各种报刊推荐，而后约请若干散文创作和研究的专门家评选。作品选之后配以有关理论资料及全年国内主要报刊散文作品目录索引，便于研究者日后查索。自然，既然不能做到一年散文全编，既然不能让全体散文作者、读者来进行投票表决，遗珠何止一二，偏颇在所难免（即使公决也不能保证不会偏颇的）。一种方法，无论多么科学，难免同时有多种缺憾。许多种还算科学的方法才能汇合成人类对世界接近于真实全面的认识。我们不敢自以为是，更不敢狂妄地君临散文世界。我们只是希望，人们能承认这部年鉴还不是太干瘦、太单调，不曾剔除太多的血肉，不曾置太多的微妙灵珑的事实于不顾，还不算色弱和鼻塞，而的确算得上是一年中五颜六色的散文世界一个同样五颜六色的缩影，选取了鲜活的生命。如能是，全体评委和编者将感到异常的愉快，一种长时间的、不因为时间的流逝而枯萎的愉快。

写于 1992 年 10 月

《1991 年散文年鉴》系漓江出版社 1992 年 7 月出版。

诗集《昨天的月亮》序

　　诗的大厦无疑也有许多窗口可以进入。然而，由于诗的情绪性，诗的形式感，诗的似是而非的贵族作派，又使得这座大厦的许多窗口饱览人世之沧桑、名利之潮汐、人情之冷暖。一面是神圣的文学殿堂，一面是恶俗的人间市场，现实果然介于天堂与地狱之间。诗，相比较起其他创作文体，如小说和散文，不晓得为了怎样的缘故，竟然最多地纠缠于"画眉深浅入时无"一类的问题，最多地演出各领风骚的悲喜剧。它的读众又大都是喜新厌旧的郎君，总要令人生厌地拥挤在一两个时髦光鲜的窗洞。没有比诗更能诱惑年轻人的表现欲和成功欲的了，也没有比诗更能吞噬年轻人的创造力和个性的了。

　　唯其如此，我们加倍地珍惜诗人的个性和创造力。哪怕矫枉过正，为此而导向孤绝。哪怕力排众议，为此而犯了难犯的众怒。诗的创作应当是一个人最高的精神活动。如果在进行最高的精神活动时我们依然媚俗不已，依然萎缩自己的精气神，依然隐匿个性，依然瞻前顾后，依然混迹于文市，探听着各路行情，一句话，放弃自己，那么，诗的末日大概已经不远。这绝对不是什么独得之秘，近在眼前，远在千里，成功者如此，沉沦者如彼，历史可以借鉴，现实比比皆是，多说已无大用处，不说又似乎心有不甘。

　　这里有一位女性诗人，参照上述的原则，我以为是值得我们做一番介绍的。她与我是同乡，那是一座七里之郭的古城，那里有青罗带一样的河流，有永久新绿的大山，有黄山谷的墨池，有石达开的题壁诗。那里有二千年的历史，那里有温和渐变的现实。那里的小巷子弟喜欢从外

地辞官返归故里，并以此为荣耀，可作大声的喧嚷。那里的疯癫之人可
以当街行走，偶有作孽，引来的责骂常常包含着谅解。温柔敦厚，不乏
机巧，讲究的是和气生财，追究的是自得其乐。于是，那里有许多大小
诗人，诗也做得温柔敦厚而不乏机巧，少有疾言厉色，常见浅吟低唱，
行之离古城不远，却又能在九街十八巷中做出天上人间的文章。张丽萍
在古城里长成，诗篇则是离开古城在外谋生时撰就。她无疑算得上是那
古城诗人中的成功者，甚而在广西青年诗人的站列中位居前排。她是否
得益于家乡历史、山川民俗、风情灵气，答案是显而易见的。地域文化
大体是塑造一个诗人个性粗坯的雕塑师。个性又是一个诗人的风格的基
本质素。我们要谈及的问题的焦点并不在此。问题的焦点在于，一个诗
人，尤其是一个青年诗人，又尤其是一个常常能听到各种建议乃至教诲
的青年女诗人，是如何人醉我醒，在各领风骚三两天的当代诗坛上坚守
自己的个性，保持自己的风格，做出属于自己的诗章。

　　1983 至 1984 年间，正是各种诗歌美学原则纷纷揭竿而起的岁月，
张丽萍以《山村学校》组诗出现在《诗刊》的头条位置，同时也就是以一种
素朴的写实主义风格找到了自己，并将自己孤立于热闹的人群之外。人
们在各种沙龙闹腾之后，不能不给予她悄悄的致敬。她参加过光环缠绕
的《诗刊》青春诗会，她与以激情强烈而著称的女诗人马丽华在诗会上结
为朋友。然而，她没有被某一种氤氲云烟所湮没，得益的是营养性的滋
润；她没有演出同化的悲喜剧，三人有师只是强化自身的吸收。她依旧
开放着自己的花朵，尽管不甚入时而不被太多的人关注。但这花朵是真
实的自然的具有内在合理性的，因而是美的。她怀抱着这样一种美，走
到了今天，向我们献出了一本又一本的诗集。

　　坚守个性，保持风格，并不能与固步自封、作茧自缚、重复描红画
等号。前者强调的是一种发展的前提原则，后者强调的则是一种结局；
前者强调的是一种追求的质素，后者强调的则是停滞的缺陷；前者保持
着一种生命的张力，后者则中止这种张力。这二者中间，有时只有一步
之远，有时又可以隔着怎样一座十万大山。一切全在创作者的一念之间。
张丽萍至今还与固步自封之类无缘。她坚守着个性、风格，又不曾拒绝
时代的朝晖夜露。她并不曾愚蠢地将自己枯竭起来。恰恰相反，她在尽
力地丰富自己。她依然素朴，看重写实，但已经注意点染色彩，决心要

179

让更多的读众在她诗的花园里留连叹赏。我们只要把《山村学校》拿来与《昨天的月亮》作一个比照，一切自然明——包括那稍重的散文性和简单感的缺点在内，全属于她。年轻诗人耽心找不到自己，张丽萍似乎不应有这种耽心。中老年诗人耽心重复自己，张丽萍显然已经提前注意避免这种尴尬。她既凝望着《昨天的月亮》，又新生出《如许的期待》，这样，我们也就不必以杞人之忧来替她耽心什么了。

写于 1993 年 2 月

张丽萍著诗集《昨天的月亮》系漓江出版社 1993 年 5 月出版。

报告文学集《雁城风流》序

　　这是一部追求本色的纪实文学作品集。追求本色，通常是指追求表现生活的本色和作家的本色，以及这二者的融合。这绝对不是一件轻易能够做到的事，尽管我们常常听到某些过于气盛的年轻人鄙薄此道，以为无色彩无绝响无超越无宇宙大道理。如果我们赞成"自然高妙是第一高妙"这样的美学原则的话，那么，第一高妙的境界岂可飘飘然而入！然而，追求是可以的，实现也是一种过程。在追求与实现之间，干脆说，我更愿意替追求者说几句话。

　　我不曾问及本书的各位作者，他们是否有过追求本色的创作策划。我想，似乎他们不能不这样去写。因为，要写的是纪实的文学作品，而所记录的人和事又是如此生动、如此多彩，如此具有表现力和感染力。事实上是，面对这些在雁城的改革开放大潮中拼搏、抗争、爱和恨、生和死的奇人们，我们的心不由得不时有震颤，我们的思想不禁会深刻起来，作者的笔触便会被描写对象所吸引，从而会不由自主地放弃自己的某些艺术理想，努力去达到物我相融的艺术境界——哪怕是暂时的。譬如作者之一的李梅先生，我与他谋过面，有过一些交谈，感到他大体具有一种浪漫的素质，因而揣测他在创作中会比较重形式，追求升华。然而，在这本书里，他却大都写得自然朴实——当然，这并不妨碍他的艺术素质出来帮助他，使得他写的若干篇作品叙述角度灵活多变，叙述中时有机智的独白，掩抑不住透出一股潇洒浪漫的气息——这是被生活所限的结果，这是为生活所赐福的佳绩。生活不仅向文学提供内容，也同时提供形式，用时髦然而有用的话来说，那就是提供着"有意味的形式"。

　　一种广泛的艺术追求往往具有时代的风尚。追求本色自然，这无疑体现了我们时代的一种审美倾向。改革国策实施，国风顿时大变。文坛崇尚真诚朴实之风，唾弃虚伪矫饰之气；宁可求实而过于笨拙，也不可聪明而偏于虚假；展示力度而不耽于夸耀，体现意义而不张牙舞爪；冷静抑制热情，深刻摈弃轻浅，生活实感大于一切。纪实文学大受读者欢迎，便是一个例证。撰写雁城——衡阳市的一批实干家的业绩，正是顺应潮流之举，那么，文学风格上又焉能不同时顺应时尚之风！尽管二者之间并不能等同，文学的社会责任感告诉我们可以作如是观。

　　自然，说到底，我还是一个作家主体论的拥护者。生活本身的要求也罢，时尚的影响也罢，作品的成败最终还是要看作家的一杆笔。内外须得融为一体，这是一切文学作品成功的必备条件。文学创作是最不能容忍强人所难和强说新辞的现象的。大体品味一下，那么，我们大体可以感觉得出，雁城的这样一批追求本色的作家去撰写雁城的这样一批实干家，是颇为吻合的，他们之间连结着的是理解和真诚，空气中弥漫着的是朴实、本色的分子。

　　当然，我得承认，初读此书的文稿，我更多的是为作品中主人公们的事迹所感动，为他们遇到的种种困难而难过，为他们能乘改革之风去拼搏且获得成功而欣喜不已。至于作者到底在这当中付出了多少写作的努力和艰辛，并不曾被我觉察。直说罢，写法上的新意似乎还少了些，形式上的变化似乎还不多，而这两点要求与表现生活本色并不绝对相悖，新意与形式是对一切文学作品的普通的要求，追求表现生活本色的文学作品自然也不能例外。我想，衡阳市的企业界、科技界的奇人们各有其奇，写奇人的衡阳市的作家们也应当让自己的作品令人称奇，如能是，《雁城风流》一书将得以向世人展示雁城企业界、科技界的奇人和文学界的奇人，从而帮助世人认识南方的雁城，这是时代的要求，也是文学令人愉快的目标。

写于 1993 年 7 月

报告文学集《雁城风流》系漓江出版社 1993 年 7 月出版。

182

《孔子的魅力》序

　　读者诸君：我为《孔子的魅力》作序，没有推荐此书的意思。我对孔子其人的魅力一知半解，自然也就不可能有诠释书中的内容、阐发深邃的意义的兴趣和能力。何况，这是一本诸位一读便明白的小册子，你们完全能够自行判定它的优劣，决定自己的喜恶，断然不需要画蛇添足再做导读。如果哪一位企望通过这篇小序便当地领悟全书的精华要义的话，那么，请他立即把序言部分翻过去。

　　我是为我们的朋友，本书作者黄伟林作序。我对他的兴趣不亚于对孔子的兴趣。我的兴趣在鲜活的事物上，在那些与我有着种种关联的鲜活的事物上。这里有最直观可感的自然法则，这里有最显明可靠的人性昭示，这里有不期然而至的亲近和无法回避的苦恼——苦恼也是那么有趣；即便是邪恶，鲜活的邪恶能使我自恋着自己的不邪恶，从而感觉着不邪恶的人生是多么美好。所以我爱鲜活的人远甚于爱不鲜活的人。无论前者如何渺小而微不足道，后者如何伟大而名垂史册。所以我要向你们介绍写这本书的人——我的近在眼前的朋友黄伟林。而不是孔子——他不是我的朋友，他是一个远在天边的高高在上的"圣人"。

　　然而，我也不是向你们介绍黄伟林。事实上，我不能胜任，至少在这片小小的序文时空里我是无法胜任的。他活到了三十岁的初夏，一万零八百天的喜怒哀乐足可写成一部人生大书，粗浅的介绍将损失掉无数的生命情趣。何况，为这么一本小册子，动辄就要介绍作者或敏而好学或大智若愚，或旷达潇洒或谨言慎行，忠或者不忠，善或者不善，如此等等，也无道理，甚至俗不可耐。我要在这篇序文里告知各位的是：我是如何嫉妒黄伟林的。

我不嫉妒他的年轻。年轻没有什么可嫉妒的。每个人都有年轻的时候，那是一种生命的过程，嫉妒别人年轻只是暴露了自己的贪欲，乃是一种抗拒自然法则的螳螂行动，受累的是自己疲惫的身心。

我不嫉妒他的事业和成就。他是大学的中国文学教师，又是著名的青年文学评论家，时能嗅着桃李的芬芳，又能享受到褒贬别人的快意，总之，都是为人之师的好处——不管他本人觉不觉得。我私心里也是比较企望有桃李为我飘香的，创作艰难时也生出过跳出竞赛场去当裁判员的念头，然而并不是渴望。事业和成就，有赖于志趣、才情和机遇，嫉妒别人干什么！有趣的是，伟林说他觉得我当编辑兼搞创作挺好的。看来我们是互相羡慕，我们并不互相嫉妒。

我不嫉妒他平和舒适的生活。每一个人生活的基调，除却强加于他的外在因素，大体是由他的秉性、人格质素等内在原因造成的。不考虑客观条件，所谓"命运是性格的外化，性格是命运的内因"的说法是一种真理。因而也可以说，常常是有什么样的性格便可能有什么样的生活基调。伟林的性格决定了他应当享有平和恬适的生活，正如我的性格决定了我不应当享有平和恬适的生活。反过来说，伟林也就不可能享受到我的这种力之激荡的生活。那么，我们应当谁嫉妒谁呢？

184

我也不嫉妒他写出了《孔子的魅力》。当初我曾与他一同准备写东方名人，我的计划是写《孙中山的魅力》。我的一大摞资料图书都准备好了，可是没见他准备什么资料图书作品却拿了出来。他聪明敏捷，这是天资，天资没有什么可嫉妒的。他勤奋努力，谁都可以去勤奋努力，自己懒怠凭什么嫉妒人家勤奋！

那么，说到底，我嫉妒黄伟林什么呢？

说来好笑。最初，我嫉妒他经常背着一只黄挎包（大约是他念大学时的书包）到我们出版社来索书。他索书的方式与别人不太一样。别人大都客客气气，略带谦卑羞赧之色。他也客气，但很平静，明确地使我也使大家感到给也行不给也行。其后，我又嫉妒他在出版社里行走的方式，走得很快，配合上他那精干矫健的身体，给我感到一种简洁，不粘人。似乎随时可以开始，又随时可以结束。再其后，我竟嫉妒起他的穿着。说不上他穿的是什么有特色的衣服。他的穿着特色是没特色。看他穿的那些衬衣、T恤、圆领线衣，无一件是新的，似乎他的衣服一开始便是旧的；无一件是平整的，似乎从来没有自我审视过。有时我就想，他就这样到大教室给大学生上课？到后来，我嫉妒起他的谈吐，他的谈吐是坦诚的、率真的，但绝不疾言厉色、剑拔弩张、雄顾左右。人们往往以为那种疾言厉色地指陈人事者坦诚率真，其实未必。那样的人也许坦率，但往往不真诚，他们总不免夹带着许多个人意气，于是越过了事实真理。伟林则是以理解的方式同我说许多事。他敢说，因为不攻讦人，所以没有什么过激的感觉。而他说起事来，表明看法，似乎也没有什么后顾之忧，诸如"你别说出去"一类的常用语他不曾对我使用过。这些都让我十分嫉妒。

我嫉妒的是他人生的自然之境。

人生的自然之境是我十分向往的。然而自度与那境界距离仍很遥远，也许是咫尺天涯，也许仅一步之遥，或者此生永远不可抵达。

然而伟林年纪轻轻便自然进入。

我们都明白，在今日之世，要做到这一步是多么的不容易。乱世使我们的年轻朋友过早地世故，奢侈的世风使我们大家纷纷虚饰起来。人人都身份感很强，常常是尚未发迹却准备好了发迹后的言谈举止。人人都注意保护自己的利益，也弄不清这些利益是公道所应有的还是自己的贪欲所祈求的攫取，韬晦之略已成公开的阴谋，狂妄自大已被誉为积极进取，而卑鄙者成了点子大王，邪恶者夺得了选美皇冠，凡此种种，都在谋划把自然纯正逼回古典的田园。可是，这时候，你看到一位背着褪了色的黄挎包进出于书肆的年轻人；你能与一位年轻人简洁明快地交换种种看法，他不卑躬屈膝也不趾高气昂，一脸写着认真和理解；这时候你看到一位穿着极随便的青年教师走下大学讲坛；你能与他倾心交谈，告知他哪怕完全属于自己个人的隐私而不耽心他出去弄舌，甚而还完全可能得到他的一种理解和同情。你难道不觉得亲切而向往吗？王国维先生认为自然高妙乃文学作品的第一高妙。推而广之，为人又何尝不是如此！

自然的黄伟林当然会写出自然的文章来，广西文学界的许多作家诗人都极愿意获得他的评论。我也有幸得到过他的理解和批评。他的文学批评不强人之所难，着力于发现人之所长。你看不到他像某类批评家那

185

样教导作家如何补齐短处，却能常见他为发现作家的长处而欣喜。这里面包含着理解和宽容，理解是对作家自然个性的理解，宽容是对作家个体生命的尊重。要求作家取长补短还不如希望他扬长避短，事实上作家的长短并没有一定之规，而作家之长短乃自然之天数，几乎不大可能逆转。伟林是充分意识到这一点的。我也意识到，但我在偶尔为之的文学评论中却做不到这一点，我顾虑到太多的非文学本体的要求。伟林却正在做到，而且相信他必将做得更好，因为他崇尚自然，他行走在自然之境。

自然的黄伟林也就当然能把这本小册子写得比较的自然。硕大无朋的孔子的意义已经十分的人为，能从这近三千年的旧饭中炒出魅力来，实属不易，何况还要努力达到自然的美感，更是令人望而生畏的险途。可是伟林却做到了，他以平常心写了一部极难写的书。请读者诸君看书中故事的叙述，意义的生发，乃至语言的运用，多么平和轻易，多么简洁明晰，多么通达顺畅，一句话，多么自然！因为做到这一切的黄伟林是一个自自然然做人、自自然然为文的人。

我真诚地希望黄伟林的自然之境永远值得我去嫉妒。

而被人嫉妒是一件多么令人愉快的事，我想。

写于 1993 年初夏

黄伟林著《孔子的魅力》系漓江出版社 1993 年 12 月出版。

诗集《走进人生》序

　　韦照斌先生是我的老师。老师命我为他的诗集《走进人生》作序，大约目的是纪念师生情谊。

　　文坛曾盛行称师之风，后生称长者为师，出道晚者称出道早者为师，业余作者称编辑为师，尊敬甚或有所求而已，与师从无涉。时到今日，师道渐衰，许多年轻人已聪明地避免称师，窥探此中隐秘，无非为的是免得日后成了天才奇才，耻以为某人某人的学生，造成改称的尴尬。曾有那策划出书出道的小老弟，为有所借重而称我为师，但不称"聂老师"，称"震宁师"，这是为了方便日后改称"震宁兄"。果然，随着书出道出，自觉地位升高，他便将我由师而降为兄。当然，这并不影响我与这样的小老弟继续保持良好的双边关系，只是想来觉得有趣。至于我称照斌先生为师，则大体与文坛师道无关。他是我念书识字学校的老师，也就是说他是正宗的老师，无论我们自己怎样变大或者缩小，这样的老师你得永远叫下去。

　　60年代，我在宜山县中学上学，照斌先生就在那里任教，但不是教我所在班级的课。有同学悄悄告诉我，那位个头不高而且通常是沉默的老师在报刊上发表过诗。于是我隐隐地激动了一下，因为那时能将自己的名字见诸报端，哪怕只是在什么地方变成铅字，都是令人感到了不起的。我遗憾地想，他怎么就不是教我们班的老师呢！我只能远远地好奇地注视着。后来，县里搞中学生文艺会演，学校组织学生编写节目，照斌先生是这次编写活动的指导老师，我这才真正成为他的学生，这时我已经远远地注视他两年多了。

　　那一次韦老师选中了我的涂鸦之作，是一个话剧本。想来写得必定

187

幼稚无比，因为后来经他改定的演出本已经面目全非。不过这似乎没有太刺伤我作为原作者的自尊心。当时我兴奋于能与韦老师对话，很真诚地满足于"重在参与"。这是老师与我的第一次授业，它的全部意义在于他授予了我此生一个作家梦。尽管此后的人生里还做了各种大梦小梦，唯有此梦做得最深最长，三十年一觉，到如今不能梦醒，也许从此不醒，将要与人生大梦一起做下去。

我与老师的第二次授业，则是在我成了插队知识青年而他已是县文化部门的创作干部之后，距离第一次已是6年。这6年里，我们都经历了"文革"最初的暴风骤雨般的动乱。老师的损失极为惨重。有一次，被几个狂热的造反派同学无端地用铁器击破头颅，血流如注。我是众多的目击者之一。我像在场的绝大多数同学一样惊愕而恐惧，当时居然还很迂地忽然想到：还能写诗吗，这颗满是鲜血的脑袋！因为抢救及时，保住了老师的生命，当他那张面孔因失血而苍白，神情格外凝重地出现在校园里时，我惭愧地避开了他。尽管此事与我无关，但我觉得老师对我们这些学生一定憎恶到极点。直到我已不堪于插队知青生涯，有了用文学创作去作回城就业敲门砖的企图，而老师已成了当时县上所有青年业余作者的老师的时候，我才鼓足了勇气从山村投函认师，并附了几首诗作请教。他还没来得及给我回信，先就在县文艺刊物上发出了我的一首短诗。这是我平生第一次发表作品，惊喜莫名。接着老师便有信来，信写得平和且平等，一如老师的个性。后来又有了辅导性的谈话，其后又让我参加县里的创作会议，推荐我出席自治区的创作座谈会，如此等等，均为平生头一遭。虽无辉煌可言，而且今天看来，由于时代的局限，于文学本体意义也许接近于零甚至某些方面还是个负数，然而对于当时的我，一个接近于颓废的青年，一个在人生边上对自己的精神和物质的生存方式作最后一次寻求的感伤青年，其人生意义是显而易见的。我的人生与文学之车获得了一次根本性的启动和推动。

在后来的很长一个时期里，我与老师常常相伴而行，请教从此便捷，教诲无时不有，而尤以人生之道修身养性老师对我影响颇深。老师乃认真之人，在我这样的后来受了各种染色畸变的后辈看来，他的认真有时几近于迂。他视文学为神圣之事。即便是绝对不入流的乡野文人的文学聚会，只要应邀出席，他也表现得庄重有加，谨言慎行，更不必说正儿八经的文学研讨。他视治家为人生大事。70 年代时他就有往地区、自治区升迁的机会，为住家计，为夫人工作便利计，他说放弃便放弃了。他视人际交往为严肃之事。一个江南县上的业余作者，与他从未谋面，竟能同他保持十余年的联系，据我猜度，他并不能从那人身上获得什么文学功利上的帮助或者生活上的什么利益，大约是人家愿意与他交道，他便不肯无端地冷落对方。试想，学生我能够做到吗？我入了文学之门，可是很快便厌倦文学上的红白喜事，极懒怠参与那种称我为师或者我称他们为师的文学沙龙，竭力回避一些放浪形骸的创作笔会。每每看到做文学梦愈痴迷者我愈烦厌，不免亵渎神圣。我年届不惑，方注意爱惜家庭，自觉醒悟太晚。我之与人交道，虽无害人欺人之心，但不绵长，缺少应有的闲笔闲趣，有事便热气腾腾，无事便平平淡淡，欠信债一年近百，很有功利主义势利眼的嫌疑。或许生性宽容的朋友认为我在此自谦，在他们看来有时我也未必如此不堪。当然，我也有些还挺不错的地方，否则如何在这世界上生存？只是我要告诉各位的是，我的有些良好表现正是老师影响所致，终身受益不浅。

至此，我想似乎已经可以从一个重要的方面来解答，为什么这样一本富于激情和内在张力的诗集，竟然出自一个五十多岁的人之手。这不仅仅因为他心在高山，山是他的故里，有所眷恋，有所寄托；这不仅仅因为他志在大海，有所附丽，有所希望；这也不仅仅因为他被排挤而愤然告别了一座山间小城，至今仍气愤难平；这也不仅仅因为他于海边或弄潮或拾贝并有所收获，便生成潮汐之激情。根本的原因在于，诗人有神圣感，有入世济世的责任感，有求完美之心，有如此襟抱者方可能有《走进人生》如此佳作。

我同老师于十余年前在一座小县城分别，其后虽时有聚散，但是散多聚少，因聚时匆匆，疲于人生，兼之老师好沉默，我觉沉默好，交谈颇有限。而我于十余年里，北京求学，漓江编书，游荡于文坛与市场两处，称过不少好人能者为师，其中大家名流也不少。可是，毫不夸张地说，我的最正宗的老师还是至今仍不能称作大家的照斌先生。因为人生态度的影响乃是对文学创作最根本的也是最正宗的影响。读者诸君如果以为然的话，那么，请让诸位一起来看我的老师如何《走进人生》吧。

写于 1993 年秋

韦照斌著诗集《走进人生》系漓江出版社 1994 年 7 月出版。

189

重倡中国传统评点方法

——《古典文学名著评点系列》总序

评点，是我国古代文学批评中一种特有的方法。这种在作家的作品中配以批评家简短批评的方法，最早使用者当为唐代丹阳进士殷璠。此人生卒、字号不详，他编选的一部唐代诗集《河岳英灵集》颇受重视，影响久远，诗集中对入选各家诗歌均配有简括精辟的评点。虽然，该书的评点与后来成风于明代的评点存在着一定的区别，前者大体属于对诗人创作艺术风格的鉴赏，后者则着力于对文学作品具体的阐释批评，但是，《河岳英灵集》这种作品配评点的体例实属创举，为后来诸多评点本诗文集的滥觞。作为一种成熟的批评方法，即把总批眉批夹批及圈点与作品结合起来，则是南宋时代的文学批评家们使之完善并熟练使用。宋人吕祖谦评点《古文关键》，刘辰翁评点诗歌及小说《世说新语》，便是这一时期评点方法的代表作。

评点方法至明代成风。这一方面与文学的世俗化和批评的繁荣有关，另一方面可能与选家将此当成图书商品的促销手段有关。这一时期，最为美观的评点本是明代著名散文家归有光的《史记》五色圈点本，该书对于"若者为全篇结构，若者为逐段精彩，若者为意度波澜，若者为精神气魄"，各有义例；影响最广泛的则是以明代著名思想家、文学评论家李贽(李卓吾)署名评点的《水浒传》评点本，先后有两部，一为万历三十八年容与堂刻一百回本《李卓吾先生批评忠义水浒传》，一为万历三十九年袁无涯刻一百二十回本《出像评点忠义水浒全传》。当时人称："若无卓老揭出一段精神，则作者与读者千古俱成梦境。"竟然将原作的成功与他的评点紧密联系起来。李贽不仅是评点方法的实践者，还是这一方法的理论倡导者。他于《忠义水浒全书发凡》中指出："书尚评点，以能通作者之意，开览者之心。得，则如着毛点睛，毕露神采；失，则如批颊涂面，污辱本来，非可苟而已也。今于一部之旨趣，一回之警策，一句一字之精神，无不拈出，使人知此为稗家史笔，有关于世道，有益于文章，与向来坊刻，夐乎不同。如按曲谱而中节，针铜人而中穴，笔头有舌有眼，使人可见可闻，斯评点最贵者耳。"不仅阐明了评点与创作、欣赏的关系，还分析了评点的得失，强调了评点的严肃性。

　　时至清代，产生了《水浒传》金圣叹评本、《西厢记》金圣叹评本、《金瓶梅》张竹坡评本、《三国演义》毛宗岗评本和《石头记》(《红楼梦》)脂砚斋评本等一大批影响较大的评点本。其中尤以金圣叹对《水浒传》的评点为成就最高者。他的评点很注重作品思想内涵的阐发，机智敏感，左右逢源，借题发挥，议论政事，其社会观和人生观灼然可见。精彩之处更在于他对作品艺术性的感悟和分析，对作家之"文心"、作品之"神理"努力探索。在我国古代小说创作方法上，他第一次明确指出小说成功之处在于人物性格的塑造，而塑造性格成功的关键是揭示人物独特的个性，"人有其性情，人有其气质，人有其形状，人有其声口"，告诉读者要善于辨析同类性格的人的同中之异，以及一人性格的多面性、复杂性和统一性。在小说的结构、情节、细节、语言以及作家创作途径等方面，他都在评点中充分涉及。在所有古代评点家中，金圣叹评点时所显示的感悟天分和分析能力、理论深度及理论的系统性，都是出类拔萃的。可以说，从金圣叹的评点，我们较充分地看到了评点方法最为成功的范例。这里有灵活自如的批评，这里有箴言警句式的见解，这里有以意逆志的探幽，那无所不在的妙悟，那细大不捐的推敲，那与作品相映成辉的结合，等等，等等，以及作为这一切的基础的细读，都是其他批评方法所不可替代的。在学术领域里，当一种方法的诸多长处为其他方法所不可替代时，当这种方法既不是宗教而又能成为传统时，我们可以说，这种方法一定具有某种程度的解释事物、影响事物的能力，同时便具有了存在的理由。

　　考察传统评点方法，我以为，它体现了中国传统文化中的两大性格特色。特色之一便是强调对事物所具有的感应性。对天——宇宙过程有天人感应，对事物有物化之境，这是感应说的极端的描述。具体到认识理解事物，十分强调人对事物的感悟，强调情与悟的统一，"人心之动，

191

物使之然也"，偏重于感性、情感、想象、具象，主张对物而感，由感而悟，由悟而觉，这种思维方式当可称为形象思维，这样性格的文化乃属于主情文化。这当然也是接近事物本体的途径之一。评点方法正是要求批评家充分地在作品中随感而应，作流动体验而非静止的抽象思辨，这种感应和体验与事物(作品)保持了相当稳定的联系。特色之二则是偏重实用理性。中国古代非常重视四大实用文化，即兵、农、医、艺，但重视的是它们的实际操作，而不是完整理论体系的建立。学入术中，学术不分，且重术轻学，一旦论学说理推演，必定论到神乎其神，诡秘不可理论，于实际无甚大补。譬如，中国古代兵书成熟，成熟的是战法，而非战争理论；中国古代医书沿用至今，但医学理论玄虚而不可捉摸；中国农事精细，农业理论却不脱"诸葛神算"之类。那么，文学艺术的理论基本上属于对具体作品的鉴赏，偶有程度有限的理论升华，大都也还是文章作法、创作方法之类，讲求的仍是实用。评点方法与实际作品最为紧密相联，所评所点正好有利于创作者具体地总结创作的经验，便于创作者实际的借鉴和操作，非常典型地体现了中国传统文化所具有的实用理性的特色。

考察传统评点方法，我以为，它显然建立在中国古代哲学的基础之上。中国的古代哲学，在认识论上，倾向于直觉主义，推崇格物致知的严谨精神。在认识事物的过程中，首先强调的是儒家的"天命之谓性，率性之谓道"，认为通过性——内心感觉即可认知世界的本原、本体和规律，认为人能获得不虑而知的良知，不学而能的良能，而且这种良知和良能，是普遍存在的，人人都有的，所谓"恻隐之心人皆有之，羞恶之心人皆有之，恭敬之心人皆有之，是非之心人皆有之"，这便是直觉主义。传统评点方法对文学作品所采取的批评，便具有很大程度的直觉主义。它追求对作品意义的总体感觉而不是逻辑推断，追求字里行间的突然把握，而不是科学式的条分缕析，通常以喻释义，取譬说理，惚兮恍兮，惊奇顿悟。中国古代哲学认识论中的直觉主义并不等同于认识过程中的笼统粗疏，古代哲人们同时也十分推崇严谨的格物致知。格物，指就物而穷其理，从具体事物中去获得知识。朱熹认为格物上至无极、太极，下至微小的一草一木一虫，都有理，都要去格，一事不穷，便阙了一事的道理，一物不格，便阙了一物的道理。传统评点方法正是典型的格文学作品之物，致作品内容及文学创作、原理方法、作家意图之知，一字

192

一句一段一回一人一事一言一行无不在批评家所"格"之下，以此来达到对具体作品各种因素的全面把握。如果说直觉是古人认识事物的一种哲学方法，那么，格物致知则体现了中国古代哲学的一种精神，它们在传统评点方法中都得到了显明的体现。

最具有文学本体意义因而最为重要的是，传统评点方法体现了中国文学的重要特点以及由此而产生的审美的兴趣和方法。

中国文学具有鲜明的重写意的特点。按照将艺术分为表现和再现两大类型的分类方法，中国文学主要倾向于表现，表达作家对外部世界的感知。并且为了这种表达，常常将现实表象的固有常态拆碎，按照表达的需要重组。因而主张形神兼备以神为要，主张虚实结合而尤尚空灵，以精练求深广，于一瞬求永恒，努力创造"大音希声，大象无形"，"言有尽而意无穷"乃至"无声胜有声"的艺术境界。这样的文学作品，"极数十年之力，仅得其好者以示人。而我乃欲一览而尽，可乎？"当然不可。"涵咏工夫之味长"，"莫将言语坏天长"，需要"沉潜讽诵，玩味义理，咀嚼滋味"，获取"希声"之"大音"，"无形"之"大象"，获取"一部之旨趣，一回之警策，一句一字之精神"，同时，还要将金圣叹所说的"书中所有得意处，不得意处，转笔处，难转笔处，趁水生波处，翻空出奇处，不得不补处，不得不省处，顺添在后处，倒插在前处，无数方法，无数筋节"——理解指出。评点方法细读细研作品，当然就比较易于达到"深观其意"的要求。

中国文学的重写意的特点，不仅表现在创作上，同时还体现在古代的文学批评甚至文学理论上。理论上的"气"、"风骨"、"韵味"、"神"之类概念，颇为多义，不便于诠释，因而需要意会；批评时所谓"隽永"、"清丽"、"雄浑"、"沉郁"之类的判语，微妙而近玄虚，还是需要意会。意会之后的表达，通常采取拟象取譬之法，从具象到具象，那么，理解时还是不能不靠意会。因此，中国古代文论中到处可以看见意会而来的观点，文学批评中更是到处碰上批评家感受式的文字，理论和批评大体是由鉴赏始，以鉴赏终，鉴赏贯穿全过程。传统评点方法于作品中逐字逐句逐段逐回鉴赏，鉴赏中提出法则，鉴赏中阐释意义，鉴赏中表达感情，甚至还可以在鉴赏中来点意识流，上挂下联，心骛八极，神游四方，尤其体现了中国文学重写意的审美的兴趣和方法。

我感到不可思议的是，为什么传统评点方法竟然在现代文学里消失，

193

而且消失得非常突然。原因复杂多样，需要请有关文学史专家们立一个专题来研究。在此我斗胆猜度，本世纪初西风东渐，正值国人因新奇而趋骛于西方式抽象思维方法的时候，传统评点方法在中国历史的"百慕大三角"时期神秘失踪，或许一定程度上是民族虚无主义的结果？不得而知。时至今日，中华学子日趋成熟，心有定数，大体看到了民族虚无主义的不足，在此不论。事实上，西方式的文学批评建立在抽象思维的基础之上，归纳演绎固然长人见识，接近于现代科学；而中国传统评点方法建立在具象思维的基础之上，直觉体会，以意逆志，追求顿悟，却也十分启人心智，接近于文学本体。西方式的文学批评惯于从作品中提出问题，然后抛开作品，抽象出世界的大小道理，做自己的千古文章，文章可能深刻完整，但不一定与原来的作品紧密相关；而中国传统评点方法紧扣本文，从作品中来到作品中去，为作品作阐释，作褒贬，作升华，批评未必完整深刻，但肯定与作品紧密相联。西方式的文学批评可以吸引文学以外的学者从各自专业的角度对作品的各种内涵进行批评，可能丰富深致，但也可能抓住一点而不及文学；中国传统评点方法则非文学中人不可，因为它十分具体，局外之人在作品的通幽曲径前必定茫茫然手足失措。这么说丝毫没有扬此抑彼的意思。人类认识解释世界的方法是多种多样的，非墨即杨实在是画地为牢，自我窒息。如果确系西学的影响才导致了传统评点方法的消失，那么，我们只是想说，西学的影响固然很好，西式批评方法完全可以请进中国，而中国的传统评点方法却也可以沿用并使之完善，二者完全可以各行其是。岂有非此即彼之理！

当然，提出在现代文学批评中使用传统的批评方法，人们有理由要求这一方法能得到现代文学批评理论的支持。我也曾粗浅地做过这类考察。可以认为，中国传统评点方法与现代盛行的新批评派在原则上甚至方法主张上十分相似。新批评派的一个重要原则是研究本文，要求把作品作为客观存在来研究，解读作品时强调忽然的、偶然的感知，认为这样的批评是合理的"无深度概念"。这个流派的创始人英国的瑞查兹主张字义分析和细读法，认为应当对作品逐字进行分析。诗人艾略特也持新批评派的观点，认为"批评的任务就是对作品的文字进行分析，探究各部分的相互作用和隐秘关系"。本世纪二三十年代形成的以朱自清、李健吾等人为代表的中国现代解诗学，也主张对作品从宏观的把握进入微观的分析，认为理解是欣赏的前提，阐释是批评的基础，意象之间的组织是主要的切入口，批评家把推论和依据之间的距离缩得尽可能的短。这些原则和方法与传统评点方法真可谓所见略同。通过这样的比较考察，我们可以认识到传统评点方法所具有的合理内核和世界性意义。当然，我们的传统评点方法还具有更为灵活自由的形式，这种形式在世界文学批评中是独具其美的，令人赏心悦目，有可爱之感，有生动之感，有机智之感，有亲切之感，是别的论著式的批评所无法替代的。

阐述了中国传统评点方法的诸种意义，也就阐明了再倡中国传统评点方法的理由。如果我们扬弃掉传统评点方法中的一些弱点和弊病，诸如缺乏全局观念，缺乏完整的参照系，以及穿凿附会、耽于训诂、夸大感觉、故弄玄虚，等等，那么，传统评点方法获得历史上的再度辉煌，将是完全可能的。我甚至有一个强烈的希望，希望将来能在世界文学批评格局中，人们承认有一种流派，它的名称便是"中国评点派"，它的原则、手法以及形式都明显区别于其他流派，它将在世界范围内被批评家们广泛使用。

作为重新提倡中国传统评点方法的实践，我们设计了这套《古典文学名著评点系列》，约请今人评点古典文学名著。这一设计得到了许多当代著名作家的热情支持，他们欣然应允所请，相继对《红楼梦》、《三国演义》、《三言精华》等古典名著展开评点，一时传为佳话。国家新闻出版署遂将《系列》列为"八五"期间国家重点图书出版项目。经过评点者、古本校注者和编辑者三年多的苦心经营，图书即从 1994 年起陆续面世。中国传统评点方法消失于本世纪初，终于在本世纪末重现风采。看当代著名作家们对古典文学名著的评点，仿佛旧雨重逢，其实已是新桃新符。他们对社会多有真知，于人生深有历练，在文学是圆熟通透，自成一家，对古典文学名著见解独到，充满现代智慧，所评所点，堪称古典文学名著的现代读法，相信会在国内外文学界、学术界产生良好影响。倘若由于这一影响，使得中国传统评点方法得到再倡，从而在文学批评界得以广泛应用，形成一代风气，引起读者兴趣，丰富文学智慧，壮大民族精神，那么，作为首倡此事的出版社，无论在这一出版业务中赔赚如何，都将会引以为快乐之事的。

写于 1993 年秋

《古典文学名著评点系列》第一批书籍系漓江出版社 1994 年 5 月出版。

195

《文科知识百万个为什么》汇编本前言

大型知识普及丛书《文科知识百万个为什么》第一版于 1990 年岁末问世，曾被国内的不少新闻媒体称之为出版界一件重要的事情。其重要性大约在三个方面：首先是编纂者重要。享有崇高声望的著名作家冰心老人头一回担任一套面向青少年的知识普及丛书的总主编，萧乾、叶至善、袁行霈、黄宗江等著名作家、艺术家、学者、专家分任各分册主编，300多位各学科专家参加撰稿，《人民日报》(海外版)和《文汇读书周报》分别发文称之为"我国出版业的一次'百团大战'"，《光明日报》则发表书评，称"大学者写小文章"是一件十分难能可贵之事。再就是选题重要。建国以来，面向广大青少年的较为大型的知识普及读物，均以介绍自然科学为主，现在终于有了一套比较全面地介绍文科知识的规模较大的普及读物，堪称创举，当时中央电视台的《新闻联播》就明确指出，丛书的出版"弥补了青少年读物'理盛文衰'的缺陷"。其三则是丛书编纂、出版的速度以及自身的质量受到了广泛的好评。全套丛书 22 种 26 册近 500 万字，从延请作者、组织编写到成书上市，只用了 10 个月的时间，编纂者和编辑出版者高效率的工作，无疑具有相当强大的冲击力。丛书的总体质量也得到了广大读者和专家们的认可，首版首次印刷 2 万套，定价 108 元，一年售罄；在《中国青年报》上举行的《文科知识百万个为什么》读书知识大奖赛，参赛者近 3 万人，可以看出读者的反应是相当良好的；同时，丛书荣获了第五届中国图书奖(当时的国内图书最高奖)一等奖，评奖委员会的专家们显然对丛书的质量是持肯定态度的。

丛书第一版共印刷两次，当时市场仍有相当大的需求量，但是，我们经过慎重考虑，决定暂不重印。因为，从 1992 年起，国内外经济、政治发生了许多重大变化，我国的经济工作从传统的计划经济向社会主义市场经济实行根本转变的速度加快，这些内容应当在我们的书中有所反映。此外，我们认识到，第一版中有些部分的文稿质量仍有待提高，凡出书均应当严谨，而出版知识普及读物尤其应当精益求精，要坚持有错必纠的原则，断然不可因销售看好有利可图便塞责将就，否则，哪怕只是一处微小的错讹也会误人子弟。我们决定组织专人对原书进行全面的修订，考虑到读者阅读和收藏的便利，修订后丛书以汇编本的形式出版。

　　修订工作进行了大约一年多，编辑、审校工作前后也历时近一年，直至 1996 年 3 月校毕付印。修订后的汇编本《文科知识百万个为什么》，其宗旨仍然是以趣味性知识导引青少年的求知欲望，以广博的知识拓展青少年的求知视野，并以此配合中小学文科课程的教学。编纂的要求仍然是选材力求新颖丰富，设问务必通俗有趣，知识注意深浅适度，语言尽量活泼生动。修订工作的重点是力求知识更准确，选材更精当，时效性更强，尽可能将原丛书中过于浅显的、深奥的、浮泛的、枯燥的、意义不大以及过时的一些内容删削掉，增补了一些更为有意义的、更为精彩的、目前应当涉及的内容。充实内容较多的门类主要是政治、经济、哲学等。这里需要声明的是，凡汇编本中增添的内容，文责应由修订者担负，出版社为汇编本整体质量负最后责任。

　　在这里，还应当就文科知识的内涵的确定及知识分类的原则向读者说明。冠之以"文科知识"，目的是区别于理科读物，当然不能说是一种严格的科学划分。有些学科（如心理学、军事、体育、生活知识等）既包含文科知识，又有许多理科知识，那么，介绍其中的文科知识则是我们的主要任务。在文科知识里，有些内容可以同属几个门类，我们则以其主要的归属和约定俗成的划分方式将它们划归其中一类，以不重复出现为要。

　　"科教兴国"是中华民族在世纪之交发出的最强音。文科知识的普及无疑是"科教兴国"中的一项基础性的重大任务。文科类中的许多知识，是一切学科知识中最具有基础性的知识，它们直接影响着青少年对其他学科知识的学习，影响着青少年的全面健康成长。文科知识的普及，直接关系到社会主义精神文明的建设，关系到国民整体素质的提高，关系

197

到我们民族和社会的健康发展。编纂委员会的全体成员、编写人员和出版社的编辑出版人员充分意识到这项工作的重大意义，并愿意为此做出自己的贡献。

最后，我们要感谢广大读者，你们强烈的求知欲望和殷切的期待，给予了我们完成这项出版工作的信心和力量；我们也要感谢对原丛书提出过各种改进意见的所有朋友，诸位认真的治学精神和真知灼见，增强了我们的责任感，赐予了我们有益的帮助。希望大家继续喜爱和关心这套读物，继续提出宝贵的意见。

写于 1996 年

《文科知识百万个为什么》汇编本 1996 年 3 月出版。

《美在广西》序

　　萧瑟之秋与寒峭之冬，最是客居者乡愁愈浓的时候。"木落雁南度，北风江上寒。我家襄水曲，遥隔楚云端。乡泪客中尽，孤帆天际看。"最具佛心禅意因而性情至为清静的唐人王维，在木落北风的时候，乡愁竟也如此深重，如此的愁绪万千。我于岁首奉调迁居北京，从事的仍然是自己熟悉的出版工作，一如既往地跟纸笔书稿校样以及码洋利润以及奇伟瑰怪非常的各种编辑作者打交道，生活并没有太强烈的陌生感。也许这是因为北京原本就是我求学时已经略微熟悉了的地方。但是，正式以北京市民的身份进入北京的第一个冬天，忽然就有了异样的感受。先是秋冬之交时，免不了总要拿北京的气候与桂林南宁作比较。后来天气认真冷下来了，就感到心情有些沉重，一种并不是很有来由的沉重。我想，大约这就是我这个北京客居者的一点乡愁吧。

　　就在这样的时候，蒙林坚先生忽然寄来《美在广西》的书稿，请我为此书作序。不用说，无论出于哪一方面的考虑，我都是不好推辞的。干脆这么说吧，我没有想到过要推辞，尽管我比较忙，经常婉拒一些约稿。因为蒙林坚在电话里已经明白地告诉我，这是一本介绍家乡风情的散文汇编，而且当中有不少作者就是我的朋友。这无异于是在邀约我与家乡的朋友们合作，把尚能成为我们的骄傲的家乡介绍给别处的人。我没有理由推辞。我很愿意做这件事情。甚至我很感谢让我有机会做这件事，特别是在我已经远离故乡，正身处北京寒峭的隆冬里，让我为介绍故乡的可爱去做这一类优雅的事。

　　有人惯于把读到好书时的心情形容为如坐春风或清风扑面，大约这

199

等感受都是在盛夏里获得的。而此刻，屋外是郁积的冰雪，干枯的树枝在风中颤栗，风扑打着我在劲松小区临时住所这单薄的窗户，发出惨厉的啸声，我展开这部书稿，只觉得有热气扑面，一篇篇读下去，竟有围炉向火的感觉。我不知道这么说来别人是不是觉得有些夸张。我此时的感觉就是如此如此、这般这般的暖融融。这些文字，有许多原本是我所熟悉的，因为稔熟几乎都有些不以为然了。可是，由于人事睽违了这么一些时日，不仅产生出故人重逢的愉快，还有士别三日后的新感觉。我们知道，有的作家正因为远离故土而对故土产生了新致的感觉，从而把那故土写出别样的韵致来。美国作家福克纳正是远离了他南方的家乡，才把那"邮票一样的小地方"约克那帕塔法县描摹得名闻世界。鲁迅在远离绍兴的北京把鲁镇的人物刻画得那么深致。沈从文在远离湘西的都市把那边城的风情抒写得那么鲜活。我虽然很觉愧疚，为了至今不曾为故乡写出更好的东西来，但能从故乡友人的文章里读出故乡新的蕴涵、新的感觉，也是很让自己的内心好一阵热乎的。

　　我没法一一去说明这本书中的作者哪几位是我的故乡友人，因为倘若一一抄列，将接近于把目录的作者名重抄三分之二。而所余的三分之一我未曾有幸谋面的作者，事实上我也不愿意说他们就不是我的朋友。在外地，路遇操同一地方口音的陌生人，你都可能油然生出几分亲切感来，这是很多人共有的经验。我愿意在这里说，本书的作者都是我家乡的朋友。他们的文字有的原就是我所熟悉的，有的则因为我孤陋寡闻而至今才有幸领略，但大都感觉着很是亲切。他们有的平实自然，有的绮丽细致，有的豪兴勃发，有的不愠不火，有的略嫌生涩，有的则缺少了些分寸，有的又虚实之间有所脱离。然而，一切均出自那画山绣水之间，大体上出自一个文化人对自己可爱的家乡那快乐的心得。我想，我所感到的熟悉与亲切，正是来源于这些相近的心得吧。

　　我以为，我的故乡友人们的作品大都以写实见长。山水怡情，往往是云烟过眼，游历者不过领略其大概，而乐于以文字纪胜者，总要有些心得的。然而能否具实写来就不一定，不少人常耽于一知半解，让当地人哭笑不得。至于生于斯长于斯的山水之子，只要是不愿意作文随人之是非的，就会去探僻寻幽，所描所写总要比外来者更具纪实价值。这正是纪胜一类作品最重要的审美基础。"天地有大美而不言"，纪胜作品，大美就在天地。他们当中有人因为爱乡心切，作文可能显得比较的过于着意，因而文章显得比较的滞缓，比起一个外来的游方作家，可能会缺少一些况味。但这些文字到底是有来由的，是可靠的，因而读者从这里得到的知识一般是不会错谬。知识的可靠与情状的真实，乃是纪胜散文的第一要素，文辞工拙则在其次，而有无思想哲理的发见更是无可无不可的事。文学史家认为我国纪胜文学兴盛于明清时期，依据颇多，而我以为，在有了苏东坡在宋犯下《赤壁赋》那美丽的错误和《石钟山记》实地勘察的纪实美谈之后，明清一代作家纪实之风大盛。有明一代徐弘祖的《徐霞客游记》的心血生命之作，是这一时期当之无愧的代表作。纪胜文学作品流传久远，合理的内核当首推纪实价值。现在我们看得比较多的情形却是头足倒立，本末倒置，玄奥益深，哲理无往而不在，文辞无往而不彩，唯独缺了点儿做人为文的实实在在。也许这正是我此刻愈加觉得家乡友人们的这些文字亲切可爱的艺术道理。

蒙林坚先生是一位公务人员，主要从事应用文章的写作和编辑。文学则是他的倥偬事务之余的爱好。我不知道他编选这样一本文学与导游两种意义功能兼具的书，其起因和目的是什么。但有一点我自信是不会弄错的，那就是，他对家乡的深情与热爱，他对表现家乡风情的文学作品的重视与激赏，是编选这本书的不可或缺的基础。由于他这一雅致而有意义的工作，让像我这样的思乡游子得以满足了一回梦回故里的夙愿，也让我们家乡以外的朋友借此了解那画山绣水的可爱，如果从而引动他们的游兴，促成一次甚至多次的造访，此事可谓善莫大焉。

201

写于 1999 年 12 月

散文集《美在广西》系广西人民出版社 2000 年 5 月出版。

《百年百种优秀中国文学图书》前言

评选"百年百种优秀中国文学图书"，是 1999 年中国文学界、出版界的一件盛事。评选的发起者、组织者系人民文学出版社和北京图书大厦。评选的创意堪称知机趁势，卓越宏大。评选以完全的公开性杜绝暗箱操作，数轮评选均邀记者监票，程序谨严、无可挑剔。评审委员会之构成坚持了学术的权威性、广泛性、代表性诸原则，果有群言一堂、和而不同之胜状。评选标准固然是以思想情趣健康、艺术特点突出为主，兼顾作品的开拓价值、代表地位及影响面，而评委们更是用历史的、发展的、整体的眼光来把握 20 世纪的中国文学，共斟共酌中国社会百年之沧桑，重读重温中国文学百年之佳作，用理性和激情去擦亮一块块文学丰碑。评选出来的一百种优秀书目，其涵盖面远至世纪之初，广至台湾香港澳门，遍及一百年里各个重要历史时期，精当、丰富、全面、系统而且可信，得到了比较普遍的认同，一时享有"中国文学的百年盛宴"之美誉。

中国文学的百年盛宴自是入选作家的荣耀，同时也是广大读者的幸事。一百年来中国文学图书汗牛充栋，当今数十位文学专家倾其心智，披沙拣金，平心切磋，优中选优，以集体的智慧开列出百优书目，受益者最终还是广大的读者。对于许多对中国文学怀有美好情感的读者，百优书目就像是布置了一座中国百年文学的画廊，供他们流连观赏；对于那些在中国文学的密林里寻幽探胜的读者，百优书目就像在为他们披荆斩棘、指路导航，自然也节省了他们宝贵的光阴；至于对那些需要深究文学意义、把握文学规律的文学中人，百优书目则更像是在同他们坦诚地交换意见交流心得，于学术的精进将不无裨益——据我们所知，这份书目已经

202

成为一些文学教授向学生推介作品的重要参考资料。诚然，正如任何文学评选结果都不可能让所有人完全满意一样，百优书目也难免会引来仁者智者之见；我们只能说，入选者堪称优秀，而百种所限，肯定有优秀者未入其列。选择永远有缺憾伴随其后，遗珠之憾在所难免，这是无庸讳言的。

　　然而，一批有激情、有责任感、值得信赖的文学专家毕竟开列出了"中国文学的百年盛宴"的菜单，这总是激动人心、令人神往的。于是，把菜单变成美味可餐的盛宴，直接奉献给最广大的读者，又顺理成章地成了一批同样有激情、有责任感、值得信赖的文学出版人的宏愿。鉴于许多读者以各种方式表达了置齐百种图书的愿望，人民文学出版社、中国青年出版社、解放军文艺出版社、作家出版社、生活·读书·新知三联书店、南海出版公司以及北京图书大厦，决定协同行动，将百年百种优秀中国文学图书重新出版。由于技术上的原因，《射雕英雄传》、《家变》及《北岛诗选》未能列入重版，经几家出版单位协商，遂将终评排名紧随百种之后的《可爱的中国》、《尘埃落定》和《酒徒》补入。这样，百种图书中有小说 51 种，诗歌 23 种，散文 17 种，报告文学 2 种，戏剧 7 种。丛书书目按初版时间先后排序，附在每种书中；同时还附有复评委员和终评委员名单，让我们对评委们辛勤的工作保持长久的敬意。

203

　　丛书的每一种图书对所使用的版本做了精心选择，选择的原则是在尊重初版本的基础上从优择用，重版时仅对所用版本中明显的编校错讹进行修订；由于有些原版本篇幅较小，此次重版时适当地将作家的一些其他重要作品补录其后，当可满足当今读者的阅读需求。丛书统一装帧，典雅考究，成套配装，蔚为大观。可以肯定，这是一套图书馆必藏、藏书人必备、文学爱好者必读的大型丛书。

　　20 世纪的中国社会，开始了真正意义上的现代化进程。20 世纪的中国文学，从内容到范式也都堪称现代意义上的新的文学。20 世纪的中国文学将永远以其划时代的意义和业绩彪炳千秋，烛照后世。那么，出版这样一套代表整个世纪中国文学最高成就的丛书，不仅是作家们的荣耀、读者们的幸事，也是我们文学出版人光荣而神圣的世纪使命。愿我们的工作与 20 世纪中国文学同在，于中国文学圣殿中占有永恒的一席。

写于 2000 年 5 月

丛书《百年百种优秀中国文学图书》系人民文学出版社等
2000 年 6 月出版。

《长篇小说〈幻化〉评论集》序

张俊彪倾入了 16 年的白天与黑夜，从年轻人写成了中年人，写就了《幻化》一部大书。作品问世半年，引来众多的读者和评论者。一部字数 150 万、定价近百元的长篇小说，值此书多成疾信息泛滥的年头，半年之内便能重印，这是读者甚众的证明。书三部，部三卷，三三成九卷 202 章，当此时间就是金钱的时代，竟有评论长文数十篇发表，这是评论者踊跃的结果。评论文章有好说好、有坏说坏，大体是评论者自己的事情，作家可以面对也可以背向，还可以一半面对一半背向，譬如可以褒者则面对，贬者即背向，这也是作家自己的事情。张俊彪采取的是完全直面评论者的态度，汇编了迄今为止所能收集到的全部评论文章，无论褒贬，不作一字增删，原样交出版社出版，表现出了他强健的心理素质。即此一点，本书的出版就是有文学意义的。

许多评论者都说《幻化》是一部大书。三部曲，150 万字，不可谓不大。然而文学创作，小大之别，规模与内涵不一定成正比，有的以小见小，有的以大见小，有的以小见大，有的以大见大，首要的尺度还在于作品涵盖的人类生活面积的长短宽窄，在于作品的意义在人类精神世界中其价值的厚薄重轻，然后才是作品具体表达的优劣。尽管作品具体表达的优劣决定着文学本体的粗细高下甚至成立与否，然而，生活与意义，自来是文学的本源与旗帜。《幻化》的"大书"说，我以为大体缘出于其生活涵盖面的宽广和意义的厚重，缘出于作家对我们社会主流生活主流文化的洞察与观照，缘出于作家对大半个世纪以来民族精神历程的宏大叙事。有今人慨叹"大雅久不作"，现在有了一部《幻化》，是不是"大雅"暂且不论，"大书"则是肯定的，我们应当向作家的宏大抱负致敬。

不少评论者关注《幻化》对于人物命运的书写。人的命运乃是亘古以来的文学中最主要的内容。文学作品中最难以说完道尽的仍然是人的命运。人们对自己和他人命运的恐惧和求因构成了人类求知活动的基点。文学的魅力常在对人千变万化命运的表现过程中显现。一部文学史，大凡堪称成功的文学作品，首要的一条正是因为写了人的命运，进而写出了命运的光怪陆离，写出了命运后面人的历史，写出了命运之中的丰富性和复杂性，写出了命运之外神秘莫测的宇宙，从而发出对命运成因的追问、探寻、求索、感叹，并且把这命运书写到或动人心魄或发人深省的艺境。我这样说来并不就此要说明《幻化》已经达到怎样的文学境界，写什么和怎样写之间永远存在着一条漫漫幻化之途。然而，书写命运，却是文学生命力的基本保证。为什么惜时如金的大评论家竟然承认"它又难读，但又放不下，总想看个究竟"，很大程度正在于这是一部命运之书。书中无处不见命运，命运无一不显诡谲，无一不见跌宕，无一不在循着自己的轨迹幻化。我们或许可以指责作者把捏在自己手心里的人物过于命运化，幸运厄运，天堂地狱，好了色空，大悲大喜，动荡太过剧烈，可是，他毕竟逼得我们对于《幻化》中主人公们的命运于《尘世间》的浮沉，于《日环食》时的跌宕，于《生与死》中的幻化，有所关注，"总想看个究竟"，进而还让我们看到了人物命运后面的民族、历史、社会、政治以及日常生活，当然还有作者——一个理性的俯瞰者。末了众多评论者还要一齐来讨论书中揭示出来的命运感，这是事实。如此，我们是不是应当承认，这正是作家的一大胜算呢？

作家将一部 150 万字的长篇小说立意于时代大变迁中命运的大"幻化"，可想而知，他决心将要写出多少不同的幻化出来。事实上评论者们在作品中读到最多的正是"幻化"，人性与兽性的幻化，性善与性恶的幻化，理智与情感的幻化，生与死、爱与仇、正与邪、文与野、高与低、沉与浮、强与弱的幻化，万花筒般，博览会般，过山车般，大会审般，纷至沓来，一切都处于动荡与幻化之中，一切都潜藏着向对立面幻化的危机。这是所有动荡的大时代经常上演的活剧。这是覆巢之下，安有完卵的宿命。动因是历史，动因是现实，是扭曲了的政治对抗和异化了的日常生活，而内在的因素却是我们作为人，作为中国人，每一个 20 世纪

205

的中国人的心灵。因而评论者们一方面被作品引发出关于我们所处的时间和空间激越的追问，一方面对作品中众多的灵魂、复杂的心理进行深度拷问，继而形成度己及人的反思。这时我要说，不是表现半个世纪民族精神历程的宏大叙事成就了这部大书，也还不能说命运感的书写保证了作品的文学性，而是这二者的幻化过程，这二者是如何幻化的细枝末节，使得读者和评论者对它产生阅读与言说的兴趣。

　　我和张俊彪16年前同学于中国作协文学讲习所第八期，那时正是伤痕文学、反思文学接着寻根文学热闹非凡的时候。张俊彪在当时有作为，但似乎风头不健。同学中他是在任何场合都喜欢稍稍靠后站的一位。不曾想，就在我们熙熙攘攘的人群里，这位沉默的人已经开始他的《幻化》的构思和写作，16年后的今天，喧声过去，他终于幻化出来一部三卷大书，不管别人怎么估价它，至少让我咋舌，令我起敬，引我思考。我因为新进人民文学出版社任职，未曾有机会为这部作品的编辑出版尽一点力。俊彪为了纪念同窗之谊，约我替这部评论集写几句话，于是有了以上这些文字。是为序。

写于 2000 年秋

　《长篇小说〈幻化〉评论集》系人民文学出版社 2001 年 7 月出版。

《人民文学出版社 50 周年》社长致辞

　　一个国家级的文学出版社，拥有 50 年的历史，一直被公众认为成就卓越，至今仍具有不断进取的强劲势头，人们不禁要探寻，究竟什么是这个出版社所赖以持续发展的优良传统。我以为，人民文学出版社的优良传统可以概括成四句话，一是坚持以国家文化建设为己任的出版宗旨，二是坚持以主流文化为主导兼容并包的文化态度，三是坚持精益求精、开拓创新的专业精神，四是坚持以高素质的人才队伍作为事业之本。50年里我们的生活发生了多么巨大的变迁，然而这些优良传统却恒久不变，作为立社之基石、兴社之旗帜，导引着出版社继往开来，发展壮大。高扬着这面精神的旗帜，新中国文学出版事业从这里开始，这里筑成了我们永远的文学家园，人文版图书将走向新的世纪和更广大的世界。

写于 2001 年 3 月

　　本文系作者任人民文学出版社社长时所作，作为该社简介的前言。

207

"21 世纪年度最佳外国小说"出版说明

　　评选并出版"21 世纪年度最佳外国小说"，是一项新创的国际文学作品评选活动和出版活动。在世界文学格局中，由中国文学研究机构和文学出版机构为外国当代作家作品评奖、颁奖，并将一年一度进行下去，这是一个首创。因而，当 2001 年度的评选揭晓，6 部当选作品中译本面世时，引起了广泛的关注和兴趣。

　　"21 世纪年度最佳外国小说"评选活动由人民文学出版社和中国外国文学学会及各语种文学研究会联合举办，人民文学出版社主办。评选委员会由分评选委员会和总评选委员会构成。各语种文学研究会(学会)遴选专家，组成分评选委员会，负责语种对象国作品的初评工作；再由人民文学出版社、中国外国文学学会及上述各语种文学研究会(学会)委派专家组成总评委会，负责终评工作。每一年度入选作品不得超过 8 部。入选作品的作者将获得总评委会颁发的证书、奖杯，作品由人民文学出版社组成丛书出版，丛书名即为："21 世纪年度最佳外国小说"。

　　总评委会认为，入选"21 世纪年度最佳外国小说"的作品，应当是：世界各国每一年度首次出版的长篇小说，具有深厚的社会、历史、文化内涵，有益于人类的进步，能够体现突出的艺术特色和独特的美学追求，并在一定范围内已经产生较大的影响。

　　总评委会希望这项活动能够产生这样的意义，即：以中国学者的文学立场和美学视角，对当代外国小说作品进行评价和选择，体现世界文学研究中中国学者的态度，并以科学、谨严和积极进取的精神推进优秀外国小说的译介出版工作，为中外文化的交流做出贡献。

　　2001 年度的评选活动和入选的 6 部作品的出版，深得文学界、出版界的好评和众多读者的欢迎，在国际上也引起了关注。一项新创的事业有了一个良好的开端，令我们感到十分欣慰，信心倍增。我们相信，2002 年度的评选活动和 6 部作品的出版，也一定会获得成功。而只要我们持之以恒并恪守评选的原则，在整个 21 世纪的进程中，这项"世纪工程"必将获得持续的成功。

　　"21 世纪年度最佳外国小说"丛书由人民文学出版社 2002 年起每年出版一辑。本文系为第一辑所作。

《曾仲作画册》序

　　看画如同看小说，我的鉴赏趣味大体一致，那就是既要好看，又要耐看。好看，其实是一个常人对于文学艺术作品的基本立场和第一要求。至于耐看，往往是作家艺术家欣赏作品时的要求。他们更看重作品超拔的艺术境界和精深的思想内涵，新颖的艺术形式和技法，希望从中得到创新的启悟和阐扬。于是，在文学艺术作品面前，通常的看法是，常人要好看，专家要耐看。不过，常人也有希望作品耐看一些的，希望它利于认识人生和实践人生，这当然也是一种耐看；作家艺术家也会追求作品能引人入胜，好看一些。"洛阳纸贵"的景象也是许多并不平庸的创作者所憧憬的。事实是，许多优秀的作家艺术家，正是由作品的好看与耐看自然融合所造就。

　　我们也可以用好看与耐看的要求去品评曾仲作的画作。

　　曾仲作的画作，有一个越来越好看的发展过程。早几年他的水墨山水，中规中矩，笔墨虽有些来历，水色颇显性情，但还不能说好看，故不能让常人产生发自内心的喜欢。这里有初学的生涩、传统的束缚、技法的局限等原因，更是物我未能融合、感觉尚未浸润、创新精神不够盛旺的结果。可见，一个画家，要使得自己的作品好看起来，并不是件容易的事情。近年来，曾仲作的画作忽然就有了崭新面貌。他画小幅彩墨画，格局不大，却凝聚着盎然生机。曾仲作的彩墨画，汇聚海底迷幻景致，舞动着云锦一般的波涛，山形水色有叠彩辉映，秋兰春花呈花魂春神，于水墨之上，多遣相当纯粹、健康的颜色，画面如火如荼、五彩缤纷，画意气势充盈、蓬蓬勃勃。正如郭志雄先生所评"彩得缤纷，墨得兴奋"，冲击人的视觉，激奋人的精神。有一位颇有艺术修养的青年作家，在我处偶然见到曾仲作的新画，脱口评价道："很讨喜。"我以为此话是很能表达许多人见到这些作品时的第一感觉的。曾仲作的彩墨画，一句话，好看！

很多时候，不少文学艺术作品，倘若能有人发出"好看"的评价，那么，应当自有几分"耐看"的因素包含其中。正如前面所述，曾仲作新近的彩墨画，对于所绘事物，有汇聚之功、舞动之力，有气势冲击、精神激奋，蕴涵着耐人寻味的意趣，显现出他的匠心与尝试。

中国画久有善于用彩的传统，敦煌壁画，唐宋风俗画，均有特别的色彩运用。曾几何时，元明以来，文人"不下堂筵，坐穷泉壑"，自我意绪高蹈，竞相冲淡，超凡脱俗，渐次呈色衰而墨盛、以墨为本的趋势。当然，以墨为本，墨分五色，是足以让世界美术惊讶的大手笔，成就了中国画的重要特质与形式，功在千秋。可是，由此造成五彩凋敝，却也有待反思之处。"五四"之后，有呼声要求国画革命，此后数十年，国画变革，成绩斐然。在国画的变革中，对于色彩的运用，许多现代国画大家，如林风眠、刘海粟以及岭南画派的大家们，都有许多大胆的创新和成就。他们注意借鉴西画技法，融会贯通，在传统的笔墨中融入现代的语言，以彩与墨丰富了艺术表现力，努力建构了国画与世界绘画对话的语言。曾仲作对此学有心得，对色彩情有独钟，大胆使用国画、油画、水彩、水粉诸种颜料和画法，以亢厉的笔触，涂浓重的颜料，绘强烈的物事，直取最佳效果，体现了他很强的创造力和艺术目的性。由于他的兴奋焦点落在色彩的观感与形式的意味之上，因而一出手就是色彩与形式，一种生命的姿态，达到生命的高潮，作品沉醉于瞬间印象的自我表达，俨然是人类生命之舞蹈，很是强烈冲动，很是激情宣泄，具有较强的表现性和象征性，当然也就在"好看"的基础上具有了"耐看"的价值。

自然，这些小幅彩墨画，类似于小品创作，在描写对象的发现、创意的独特性以及生活、文化的内涵等方面还有待发掘和扩展，仅凭这些作品还不能成就一个格局更大的画家。对此，曾仲作自然是清醒的。他会在此基础上不断地作出调整和新的尝试，这从他近来的作品可以感觉得到。他采用彩墨技法创作的山居图和云间山水图，似乎在传统与创新之间更有所融合，但依然赋予强烈的色彩，让我们揣摩得到国画之本与博采众家的追求。如此这般的创作，因为有独具的想法，有创新的追求，

211

有大胆的尝试，有令人耳目一新的效果，形成了一定的个性，可望成为格局更大的既好看又耐看的佳作。

欣赏曾仲作的彩墨画，人们会感觉得到画家热烈而几近亢奋、饱满而充溢着张力的精神状态。文如其人，画亦如其人。我与仲作是幼时的街坊、中学时代的同学、青年时代的文友。和那个时期的许多青少年一样，他写过理想主义的诗，诗风清丽，还遭受过很不寻常的灾难。但他发愤，不坠青云之志，且置之死地而再生，在当时我就暗暗为之叹服。我们的家乡是广西西北部一处秀美的山水，陶冶了仲作作为画家的性灵；他后来居住的城市广州却又是如炽似火的花城，那里有以用彩见长的岭南画派大家，注给了他艺术生命的强大活力，这便是他既能画那清丽恬淡的水墨山水画，又能强烈挥洒、无拘无束地创作彩墨画的原因之一。再有，因为是自学成才，仲作没有师承的束缚，故而既能转益多师，博采众家，又能天真面对造化，匠心独运，大胆表达感觉。然而，最本质、最深层次的因素还在于画家的秉性。自 20 世纪 80 年代起，因为谋生的道路各异，我们很少会面。十多年前，他去广州发展，先办企业而后专攻绘事，我则先后于桂林、南宁、北京等地从事出版工作，我们之间的联系始终没有中断。算来交往也近 40 年了，我真切地感觉到，仲作是一个锦心绣口的人、一个大胆进取的人、一个热情得有点儿天真的人、一个重友情近乎侠情的人。我与仲作之间，大体是，我无事（基本无事）不与他联络，可他无事却也来电话、来信，偶尔送我一幅小画，而且从来不要我去帮他办什么事，由此可以看出我的倦怠于人情世故和他的似火热情与情意绵长。往往，不知道会在哪一个晚上，我的电话里忽然就会传出他的亮喉大嗓，告诉我彼时彼刻他正在与我们某一个共同的朋友欢饮，声调里透着酒气与豪气，然后便快乐地让身边的朋友与我通话。此类欢乐的情形时有发生。相比较而言，在我的记忆里，每一次通话热情最为激荡的就是仲作。让我们想象得出，在他那精干的身体里，凝聚着很大的能量，生命不息，热情不减，一往情深。我想，这就是创作那些生命之舞蹈的彩墨画的画家曾仲作了。

写于 2003 年 5 月

《曾仲作画册》系香港新华人民出版社 2003 年 10 月出版。

《中国文库》出版前言

　　《中国文库》主要收选 20 世纪以来我国出版的哲学社会科学研究、文学艺术创作、科学文化普及等方面的优秀著作和译著。这些书籍，对我国百余年来的政治、经济、文化和社会的发展产生过重大积极的影响，至今仍具有重要价值，是中国读者必读、必备的经典性、工具性名著。

　　大凡名著，均是每一时代震撼智慧的学论、启迪民智的典籍、打动心灵的作品，是时代和民族文化的瑰宝，均应功在当时、利在千秋、传之久远。《中国文库》收集百余年来的名著分类出版，便是以新世纪的历史视野和现实视角，对 20 世纪出版业绩的宏观回顾，对未来出版事业的积极开拓，为中国先进文化的建设，为实现中华民族的伟大复兴作出贡献。

　　大凡名著，总是生命不老，且历久弥新、常温常新的好书。中国人有"万卷藏书宜子弟"的优良传统，更有当前建设学习型社会的时代要求，中华大地读书热潮空前高涨。《中国文库》选辑名著奉献广大读者，便是以新世纪出版人的社会责任心和历史使命感，帮助更多读者坐拥百城，与睿智的专家学者对话，以此获得丰富学养，实现人的全面发展。

　　为此，我们坚持以"三个代表"重要思想为统领，坚持贯彻"百花齐放、百家争鸣"的方针，坚持按照"贴近实际、贴近生活、贴近群众"的要求，以登高望远、海纳百川的广阔视野，披沙拣金、露抄雪纂的刻苦精神，精益求精、探赜索隐的严谨态度，投入到这项规模宏大的出版工程中来。

　　《中国文库》所选书籍分列于 8 个类别，即：(1)哲学社会科学类(哲学社会科学各门类学术著作）；（2）史学类（通史及专史）；（3）文学类（文学作品及文学理论著作）；（4）艺术类（艺术作品及艺术理论著作）；（5）科学技术类（科技史、科技人物传记、科普读物等）；（6）综合·普及类（教育、大众文化、少儿读物和工具书等）；（7）汉译学术名著类（著名的外国学术著作汉译本）；（8）汉译文学名著类（著名的外国文学作品汉译本）。计划出版 1 000 种，自 2004 年起出版，每年出版 1 至 2 辑，每辑约 100 种。

《中国文库》所收书籍，有少量品种因技术原因需要重新排版，版式有所调整，大多数品种则保留了原有版式。一套文库，千种书籍，庄谐雅俗有异，版式整齐划一未必合适。况且，版式设计也是书籍形态的审美对象之一，读者在摄取知识、欣赏作品的同时，还能看到各个出版机构不同时期版式设计的风格特色，也是留给读者们的一点乐趣。

《中国文库》由中国出版集团发起并组织实施。收选书目以中国出版集团所属出版机构出版的书籍为主要基础，逐步邀约其他出版机构参与，共襄盛举。书目由"中国文库"编辑委员会审定，中国出版集团与各有关出版机构按照集约化的原则集中出版经营。编辑委员会特别邀请了我国出版界德高望重的老专家、领导同志担任顾问，以确保我们的事业继往开来，高质量地进行下去。

《中国文库》，顾名思义，所选书籍应当是能够代表中国出版业水平的精品。我们希望将所有可以代表中国出版业水平的精品尽收其中，但这需要全国出版业同行们的鼎力支持和编辑委员会自身的努力。这是中国出版人一项共同的事业。我们相信，只要我们志存高远且持之以恒，这项事业就一定能持续地进行下去，并将不断地发展壮大。

写于 2004 年 3 月

《中国文库》由中国出版集团主持出版，自 2004 年起，每年出版一辑约 100 种图书，计划 8～10 年完成。

诗文集《小城芳草》序

　　每每看到为功名而啃读书本的羸弱少年，就有苦涩感。我以为，随心所欲地读自己所喜爱的书，是人生的一大快乐之事。这是一种审美型的读书。像鲁迅所倾心的那样，是为了"嗜好"读书，是"当作消闲"读书，像林语堂所描绘的那样，让读书成为心灵的活动，不消说，那真是人生一种美好境界。事实上，人生如此这般的美好境界，我们这些有了一些文化知识的常人都能享受得到。

　　文学写作与读书的状况类似，也有功利与审美之别。我当然也倾心于审美型的写作。我丝毫没有贬低功利型写作的意思。伟大者把写作看成"经国之大业，不朽之盛事"，是使命感使然；世俗者"著书都为稻粱谋"，是一种谋生的需要，都是人类社会一种正常且必需的活动。然而，审美型写作，写作者为了对文字书写的喜爱，有所寄趣，有所寄托，情以物迁，辞以情发，写作并且快乐，以写作来表演"心灵的体操"（沈从文语），当然是人生的优美境界。与读书不同的是，这种境界并不是有文化知识的常人都能去实践的。因为，它特别需要独具的兴趣和爱好。有了这种兴趣爱好，一个写作者，才可能心游目想，寄情文字，不舍昼夜；只问耕耘，不问收获，也不计成本；快意写作，快意发表，甚至快意于不发表。一句话，为了兴趣爱好的写作，为了嗜好一般的写作，可以成为一个作者生命的组成部分。这对于人类社会是不可或缺的。正因为人数众多的文学爱好者在快乐地写作和活动，文学人口方能密集且不断繁衍，文学园地才富有生机且永不枯涸，文学界的故事才永远不乏听众与喝彩的人群，而国民的素质将借这种至为正当的爱好得到提升。

215

这是我决心为这部作品集写序的主要原因之一。

本书作者是一位文学读书与写作的真正爱好者。作者的专业是经济统计，从事的职业还是经济统计，却以完全与经济无关的锦绣文字，写下了珠落玉盘一般的如许美文。就我的了解，作者不求闻达，也不为稻粱之谋，为的就是强烈的兴趣与爱好。从文本上看，作品质量自然有参差，生涩与幼稚在所难免。在写作与发表之间，作者肯定有过坎坷或挫折，这是谁也避免不了的。可是在字里行间，我们感觉不到作者对文坛有什么怨怼。一部书稿，由远及近，十余年断断续续写下，情绪总是这么饱满和投入，总是那样乐此不疲，我们能真切地感觉到她对文学的一往情深。也许，作为一个善良的业余写作者，与文坛隔河看亲，只见其美的轮廓，不知其美丑交织的细节。但是，看上去幼稚，其实本真，看上去肤浅，其实深刻，因为其所爱乃是文学的本身，并不耽于文学之外太多的东西。仅此一端，作为一个人生和职业与文学密切相关的人，我要向作者致敬。

216　作者的兴趣爱好固然值得尊敬，可书中的一些锦绣文字也着实令人喜欢。当然，只说"锦绣"二字当然是不够的，尽管许多作品文字很美，令我想起"锦心绣口"之喻。其实最重要的是其一片"锦心"，是她充溢的情感。无论是童年回想、故乡情怀，还是山川游历、人生感悟，都浸润着作者善感与纯美的情愫。我们读过太多的关于母亲的作品，书中的《母爱的河流》，仍然让我们不能忘怀。素朴的文字，独有的生活，涓涓流淌的情感细流，全然是作者个人的。我们读过许多描写情感抉择两难境遇的作品，书中的《风雪小站》依然具有震撼力，因为作者强烈的情感来得自然真切，同时又像风雪中的那座孤独小站令人挂牵。丽江古城有多少人写过？我也去过那座历史文化古城，但我不曾写过，既因为有"崔颢题诗在上头"的踌躇，也有情感慵倦的缘故。而书中写丽江的一篇，除却作品名有俗套之憾外，整篇文章情绪多么自然饱满，感觉多么灵动。因为作者独具只眼，着重写个人的感受，故而没有让作品陷入堆砌游记知识的窠臼。即便是那些关于名著名人的随笔短评，虽系理性之作，却也不缺乏情思。她读凡·高，充沛的情感使得说理生动，吸引我们转而读她，读她的有感而发。她读查尔斯·弗雷泽的《冷山》，我们感受到的是她与作品很是相通的慷慨胸襟。情感是她写作的原动力，因情而造文是她写作的基本路数，情感是她作品的最重要的依托。

作者是一个感情丰富的人，甚至有点儿过多沉湎于个人感受。这不免令熟悉她的朋友们有所担心。我素来不赞成文学爱好者"酷爱"文学，一酷就变态，一酷就偏执，一酷就忘乎所以，一酷就成病。作者虽然热爱文学，于文学矢志不移，然而，她不是一个封闭的人，更不是一个偏执的人，还不太"酷爱"。这一点，我们从她描写亲情、友情、爱情以及人情世故的作品可以感觉得到。她对感情周折的理解，对人生故事的领悟，既能入理又能入情，既有原则又能通达。书中《三姨的婚姻》，作者书写的是一个古老而又现实常见的道德故事。在三姨与三姨父的婚姻纠葛中，她显然要倾向于弱者三姨，可这将决定着这篇作品的理性与情感的走向，爱憎必将分明，谴责自不待言，最后则是作品难有新意。倘若在我，这样的作品不写也罢。然而，现在我们读到了一篇贴切入微、入情入理又不无感伤的好作品。作者对生活细节把握得恰如其分，其中蕴涵着几分恬淡，让人相信这就是真实存在的生活；面对生活的变迁，作者既有忧郁也有理解，却不曾剑拔弩张，强词雄辩。作者并不试图告诉我们什么原则和道理，只是把自己一个亲人的婚姻生活的故事说给我们，以一副平常心给我们讲述一段寻常人生，寄托她的忧郁和理解，引起我们的关心与沉思。我以为这是一篇值得推崇的作品。我真诚地希望作者可以通过更多一些这样的作品，走向更广大的生活和人们。

我决心为本书作序，还有一个主要原因，即作者李慧是我的家乡人。

我曾在广西一座县城长大成人。那是一座很有文化底蕴的古城，许多年轻人从老辈那里传承了一个悠久的传统，就是对外出闯荡的文化人总能友善地致以注目礼。我也是获得注目礼的准文化人之一。在这样的文化氛围中，20多年前，我与包括李慧在内的一些爱好文学的年轻朋友有过些许文学交流。她给我留下了一个清晰的印象，一个虔诚的文学爱好者的印象，一个认真读书的戴眼镜女书生的印象。当时我们并不曾有过特别的联系。算起来已经20多年没有见过面。岂止是不曾见面，准确地说，20多年来不曾有人同我提起过她。一个多月前，在北京初秋的某一个苍茫的黄昏里，在下班拥堵的车流中，在车上我忽然接到了她来自远方的电话。问我是否记得她的名字。这样的情形，在我这里并不少见，远在天边的家乡故人来电话，常常要考问一二，而我基本上能够应对，不曾让彼此尴尬。她在得到我肯定的答复后，略略显得有些激动。但她是矜持的，没有夸张地表示受宠若惊。然后就说她早已到了深圳，现在有出书的事情要麻烦我。这样就轮到我惊讶了。不曾想她在深圳依然是一个文学爱好者，而且要出书。一个人的生活有过那么多的麻烦，忙于生计，操持家庭，抚育儿子，可年轻时因为理想而形成的爱好竟能绵延20多年，并将贯穿终生，而且是身处今天如此浮躁又如此功利的世风之下。这种几近于纯粹精神理想的爱好，显得多么单纯多么深沉多么执著。她请我作序，同时谨慎小心地问我，"不知道看不看得上这些作品"。在这样的爱好文学的家乡人面前，我不能说出任何推托的理由。我只有以认真的态度应承下来。后来又认真地拜读了她寄来的作品，写下了这篇序言，但愿能表达出自己的敬意和思考。

愿她生活幸福，并且幸福在文学的爱好之中。

写于 2004 年 10 月

李慧著《小城芳草》系中国文联出版社 2004 年 12 月出版。

"连理文丛"序

　　一个作者的作品可以有多种选编出版的方法。"连理文丛"的编辑出版者，将几对夫妇作家、学者的作品，循着尽可能与生活内容相关的编辑意图，梳理，选取，分列出个人若干篇目，又使得夫妇彼此有所呼应，编选在同一部书里，算得上一种别裁。文学研究者可以此作为作者和作品流别研究的一种文本，从中或清晰或模糊地辨认他们的异同，无论是为人还是治学、为文，也无论是"和而不同"还是"和而且同"。从中或隐或现地感悟他们相互的影响，无论是人品、格调，还是情感、趣味、性情，甚至问学之义理，为文之风骨，作文之辞章。夫妇朝夕相处，人生相濡以沫，相互间自然要有所影响。如此，为我们理解作家、学者，知人论世，解读作品，探询学问，烛幽发微，通其辞意，无疑是有所裨益的。

　　一个作者的作品自然有多种读法。既可以通览、选读，也可以精读、闲读，还可以将其置于某些同类或者相对立的作品中来解读，放在某些同类或者相抵触的作者中来细读。有的是为了领悟、理解作品的需要，有的是为了认识作者主体的需要，有的是为了拿来作为知溯流别、比较才调的镜鉴，有的则纯粹是为了阅读索引的方便。读者的需求便是编辑出版者的时务，于是数千年来各种作品类选书籍层出不穷。文选、观止、别裁、杂钞，横岭侧峰，视角不同，有的有理，有的少理甚至无理，有的有趣，有的少趣甚至无趣，有的有关联，有的则是生拉硬拽，有的独具慧眼，有的则编次无法，更有的割裂经典、自相矛盾，一如我们所熟悉的出版行当，难免鱼龙混杂、五花八门。然而，类选之工总是要做下

219

去的。"连理文丛"这套别出心裁的类选丛书，倒也有理有趣而无生拉硬拽之嫌。所选作品以散文随笔为主，帮助读者品评作品韵味，感受人生经验，领悟生活内涵，不能不说是颇具匠心的。

选录汇编夫妇作家、学者的作品，其编辑出版的理念自然是成立的。不过，窃以为，并非只要是作家、学者做成了夫妇，便当仁不让一律收选。收选的标准不能停留在纯文学、纯文本的鉴赏上。这里似乎有两重标准，一是为文的，一是为人的，总得互为表里、相得益彰、相映成趣才是。"连理文丛"目前所选，还都是广大读者所敬重的夫妇作家，莘莘学子所爱戴的夫妇学者。他们最好的作品，首先还在于他们自己的人生故事。譬如胡风、梅志夫妇，二十余年噩运连连，多少次死去活来，长时间孤独无援，然而，夫妇总能相互搀扶着前行，道义、文心并不曾泯灭，做成了动人心魄的人生绝唱。我们从"文丛"所读到的，将不仅是从各位作家、学者著作之树撷取下来的几枝绿叶，更为有意义的是，我们将领悟到各各不同的人生，那值得人们表示敬意的人生。这是我对丛书特别寄予的希望。

遵丛书主编者之嘱，写下以上文字，以为序。

写于 2004 年 11 月

"连理文丛"系太白文艺出版社 2005 年 1 月出版。

诗文集《过路风·星星火》序

　　这是一位母亲和一位女儿的作品合集。为母亲的是大学中文系教师，为女儿的是中文系大学生。可以想见，这是一个温馨的双重组合，一为人性和生活，一为文学，美丽而感性，高雅而生动。为母亲的施秀娟老师从遥远的桂林发来信息，请我为她们的书作序。作序不是我的所长，与施老师又是多年未见，更因为自己近些年来时间空间都局促，极少闲适心态，很想婉拒。然而不忍。屈指算来，与施老师相识 20 多年了，没有过深谈，却有文字之交。我在漓江出版社工作时，发表过她优雅而富含哲思的诗作。尤其是，这样一部母女合集，是一个幸福家庭多么隆重的节日，我作为一个有幸受邀出席者，倘若拒绝，倘若不屑，哪怕只是怠慢，似乎都不近人情。我愿意成人之美，所以应承下来。

　　诗是这部书的主体。不管别人怎么看，我素来认为，诗歌是所有文学样式中最难赏析的一种。解读一首诗歌，有时候是一种情商的冒险，一次诗谜的智力较量。而介绍一批诗歌，或者是为一部诗集作序，就更可能是一次不着边际的非非之想，一次歧路亡羊的遭遇。现代文学史上最著名的例子，是著名文学评论家李健吾解读著名诗人卞之琳那首著名小诗《风景》。评论家剖析，"你站在桥上看风景，/看风景的人在楼上看你。//明月装饰了你的窗子，/你装饰了别人的梦。"如此一首四句，意图全在于"装饰"，表达着"无限的悲哀"。然而，诗人并不领情，强调诗的谜底却是"相对的关联"。无论健吾先生事后做怎样辩白，说：这首诗就没有其他"小径通幽"吗？解诗学遭遇一次美丽的错误，终究是一个定评。至于在古典诗歌浩瀚的森林里，今天的解诗家们缘木求鱼，南辕北辙，

221

误入歧途，天花乱坠，没完没了，就更其是司空见惯。所幸只是古代诗人尽已作古，不能像卞之琳那样出来反驳，也就使得今人把种种误解，自诩成"创造性的误解"，在古典诗歌的沃土上，开放大体属于自己的想像之花，做成相成的美丽。而眼前，面对这样活生生的诗人和鲜活的诗作，我们能不有所顾忌吗？尤其是，这些诗作大体属于个人化写作的浅吟低唱，隔着重重空间的我们，又怎能品出曲中高山和弦上流水！

作序者，当然不必非做一个解读者不可。我之所以有以上一番古往今来的感慨，乃是有感而发。所感者，是近在眼前的诗作与远在天边的诗人。施秀娟，何等素朴的知识女性，李诗晓，多么勤奋的优秀学生，竟然如此敏感而忧郁，心灵之舞竟然如此绵绵翩跹！抱歉，我的疑问一定透露了我的无知和偏见。但我保证决无职业、身份的歧视。我只是在感叹宇宙间最广阔最纤细的人的心灵。我们所知晓的诗人与所感悟的诗作相距过于遥远。干脆说，透过眼前情绪浓酽、五彩斑斓的诗句，我得声明，我并不认识原本认识的那位施老师。或许，原本也算不上认识，而自以为是的认识又是多么危险。从作品末尾注明的时间来看，诗人的写作密度极大，大都写在 2004 年。也就是说，在一个年头里，一个月份里，甚至，在某一个月明之夜，在大学校园的某一个角落，诗人的心绪如春江潮水、滟波千里，心境如江流宛转、江潭落月，诗情如鸿雁长飞、鱼龙潜跃。生活中发生了什么故事，我们不得而知。也许天下本无事，只是诗人在想象着天上人间的浪漫。一首首充盈着感触的诗歌却产生了，叙事咏物言情，全都煞有介事，全都望月怀远，全都似有来历、可堪索隐一般。引动了我前面关于解诗之难的那一番感慨。

然而，面对如此美丽而感性、优雅而富含哲思的诗作，又有什么必要去打听诗人的原意，探寻诗句后面的隐私呢？我从来认为文学研究的索隐派是文学作品的大敌。我是赞成李健吾关于一首诗可以有其他"小径通幽"的主张的。"诗人挡不住读者。这正是这首诗美丽的地方，也正是象征主义高妙的地方。"（李健吾）我要补充一句，这也正是所有性灵之作高妙的地方。解诗学不应当是索隐派，读者细读的应当是客观存在的作品和自己的经验。从这个意义上来看，一首诗首要且主要的是值不值得去读，而主要的不是能否读出诗人的原意。倘若把诗都做成了一个个笨谜，谜底只有一个，哪里还有文学的精神和趣味！施秀娟的诗是值得读的。有人生的经验，有生活的意象，有语言的暗示，有音乐的旋律，有舞蹈的节奏，有画图的结构，一句话，既有意境，又有形式。诸位且不着急去读作品，就浏览一下目录中的诗题吧：你的歌声如天籁、且听壶吟、无人放飞的风筝、桑叶青青、思念是一杯酒、遇到了你、生命里一场缤纷的雨、你的一生我只借一晚、点击我的名、爱情是一个数轴、我正在参加自己的葬礼、月光华尔兹、梦里落花、首次交谈、快乐可以是很简单的事、我们爱情已经成瘾、你的足音悄然无声、豆娘的罗曼司、一个女子涉水而来、如风之舞、今生无法抵达自己的心岸、飞蛾的翅膀如夭折的花朵、第三十三个太阳、心型的植物不是心、中秋，让我们的心回家、远山里的一块石头对你说、昨夜，好大的一场陨石雨、唱醒了早晨、今夜，我将抵达你的庭院、哀悼一棵树、有没有云梯抵达太阳的宫殿、春天从来就没有离开我、当爱归于平静、冬天不知不觉地来了、燃烧的思念飞檐走壁、点燃了这盏灯、愿被你塑成冰雕、活在你的影子里、森林之梦、煮一壶月光、空杯留香、今夜隐匿在无边的云朵后面、荷叶、小路上只有我、蝴蝶兰、下雪了、浪漫是不是爱情不可或缺的品质……套用其中一个诗题来表达读了这些目录的感受吧：生命里一场缤纷的雨！像不像？倘若用这些诗题来做联句，适当搭配，岂不就是一阕意象极佳的诗篇！美丽的是诗，我们需要欣赏的是诗的美丽。

223

　　诗人施秀娟的诗歌创作无疑是达到了较高的水平线。作品水平的均衡使得我有点儿吃惊，同时也怀疑她可能会造成自己的某些自我重复。她应当是不甘心太过重复的。于是，她在自己的诗集之后，安排了女儿中学时期的习作。这些作品不免青嫩，然而清纯，不免率直，然而周正，不是那种时尚型校园作家的矫情之作。女儿更是施老师最好的作品。女儿的作品折射出母亲的精神。诗集的第一首《如花的你婷婷玉立在我心上》，是不是写给她至爱的女儿的？我没有请教她。我觉得肯定是——一不小心，我终于还是暴露了一点索隐的雅兴。没有办法。面对生命，我不能无动于衷。生命美好，生活美好，唯其如此，诗才美好。我向这一对美好生活着并且写作的母亲和女儿致敬。

　　是为序。　　　　　　　　　　　　　　　　写于 2004 年 12 月

诗文集《过路风·星星火》系广西师范大学出版社 2005 年 5 月出版。

生 命 礼 赞

——《墨花礼赞》序

　　《墨花礼赞》是谢云老为自己七十后书法选集的命名,《生命礼赞》则是我为《墨花礼赞》作序时油然而生的一声感叹;《墨花礼赞》是一位用生命拥抱艺术的书法艺术家朝着悠久辉煌的中华书写文明发出的赞美,《生命礼赞》则是我向艺术家那拥抱艺术的生命状态表达的由衷敬意。

　　在人生七十二岁的边上,谢云老经历过一次生命的搏斗和艺术的再生。老人接受了一次大手术,以顽强的生命力继续自己人生的征程;老人的书法艺术与生命同辉,《墨花礼赞》以及《谢云篆书》便是那之后新长成的生命之树。生命的疼痛如此尖锐,然而并不曾终止艺术家的创造,恰恰相反,而是又一次激发了他创造的激情,实现了艺术境界的提升。法国大作家阿·加缪在《西西弗神话》中写道:“创造,就是活两次。/创造,这也就是赋予自己的命运一种形式。”诚哉斯言!正是创造,使得老人活了两次——岂止两次!迄今数十载,他总是用一个又一个创意给人们带去惊奇。创造正是谢云老赋予自己的命运一种形式。生命不息,创造不止,创造是他生命的意义。

　　谢云老总是在创造中前行。二十多年前我所知道的谢云,是广西新闻出版局局长的谢盛培同志。谢云是他的笔名。他是新时期广西出版业主要创造者之一。在上个世纪 80 年代中期,正是在他主持下,漓江出版社由副牌社独立为实体,并且确定了“立足广西,面向全国,走向世界”的方针,从南宁战略移址到国际旅游名城桂林。漓江之滨,编辑作者,群贤毕至,胜友如云,一时多少好书!其时我也凭借好风,在一部拙作小说集经他审阅首肯之后,得以忝列于漓江人之列。也正是在他主持下,

224

广西师大出版社、接力出版社、广西美术出版社、广西科技出版社、广西教育出版社等专业社相继成立，与广西人民出版社、广西民族出版社、漓江出版社一起，形成了广西出版业专业化快速发展的战略格局。广西出版持续快速发展至今，跻身于出版名省之列，固然是几代出版人殚精竭虑、卓越奉献所致，然而，不难想见，作为开创者之一，谢云老在其中奉献了多少富于创造性的精妙构思！

谢云老总是在创造中前行。1990 年，谢云老花甲之年，离开广西新闻出版局局长岗位，转入中国书法家协会主持工作。然而，这位老出版人壮心不已，提出了保存民族传统线装印刷熠火，创建线装书局的创意。1993 年，他遐想成真，在中国出版工作者协会的领导下，线装书局成立。这是建国后成立的第一家线装书出版社。谢云老志在千里，受命主持线装书局工作，夙兴夜寐之间，制作精美的《毛泽东评点二十四史》、《毛泽东选集》、《邓小平文选》、《毛泽东诗词手迹》以及周恩来手迹印本、老子《道德经》等线装书，接踵而出，世人称许。我要说，谢云老创建"线装书局"这一创意，足以令人拍案叫好，而用一代伟人著作作为开局选题，大雅巨制，接通华夏古今，传承中华文明，思逸神超，精深微妙，形质璧合，满纸生情，更是多么令人惊羡的创造气象！

225

谢云老总是在创造中前行。摆在我们面前的书法集更是一个鲜活的明证。人生七十之前，谢云老的书法作品已呈清雅脱俗的意境，刘海粟大师有激赏，中国美术馆有个展，日本国有联展，书法集出版多部，书法理论亦有创见。然而，艺术家并未故步自封，墨守陈迹。七十之后，病体初愈，专于古老的篆隶，用古而化古，神形意境又有大的变化。细细研读谢云老七十后的笔墨，感觉到处处意趣盎然，充盈勃勃生气。象形是汉字的起始，而后形声相益，提供了书法艺术的内涵和精神。谢云老七十后的笔墨，最打动我的，正是篆书、隶书作品的象形以及形声相益的可感与生动。那字体结构和笔触，是生命形象的摹写，是节奏化后的自然，总能引动我们的想象。我们可以想象自然与世态的种种，春江潮水，江流宛转，断桥残雪，竹外桃花，无尽烟霞，天高秋月……幅幅象形象声象意，篇篇生命生机生趣。至于谢云老信手写就的一批行书作品，我们也能明显感受到他的自然之情、返璞归真之意和生命的张力。读到他书录的当代歌词《小草》、《弯弯的月亮》和琼瑶歌词《我心已许》，我不禁激动而快乐莫名。当今书界，有多少人能有如此童趣稚趣和通达的胸襟，敢遣通俗歌词入尺页？一位哲人说过："人要活得很久才能够年轻。"我要说，活到七十后的谢云老，终成年轻不老之人。他在鸟虫篆《乐》上题签："让生命的乐音鸣唱于高枝上啜饮那满满的绿。"展读《墨花礼赞》，正有生命乐音鸣响、绿满高枝的感觉，我们不应当朝着这生命发出诚挚的礼赞吗？

穿过我们所认识到的事实和鉴赏到的作品，寻找生命创造的价值和昭示，我向读者诸君发表了以上礼赞式的感言。感言发自肺腑，情绪与文字均不免有所激荡和昂扬，主要是受了谢云老作品和精神、气质感染的缘故。应邀写序后去拜会谢云老，看到他精神矍铄，神清气爽，记忆准确，思路清晰，谈锋颇健，谈出版如数家珍，论艺术感觉通透，我暗暗称奇，情绪很受感染。可是，临到告别时，忽然发现他步履有些蹒跚，显然是病后体虚，未能平复如故。毕竟是上了年岁的人了。一股感伤的情绪在我心头郁结。行笔至此，仍然十分忧郁和挂牵。为此，在为谢云老超拔的创造力发出激情礼赞的同时，我更要衷心祝愿老人能够行长生久视之道，成延年益寿之功，结出更多人生与艺术的硕果！

是为序。

写于 2005 年 7 月

谢云先生书法集《墨花礼赞》系人民美术出版社 2006 年 3 月出版。

《红一方面军长征日志》序

　　历史已经证明，70 年前，中国工农红军胜利完成的艰苦卓绝的二万五千里长征，翻开了中国革命新的一页，对中国历史和世界前途都产生了深远的影响。历史并将不断证明，红军在长征中所表现出来的精神，是中华民族宝贵的精神财富，将永远鼓舞中国人民奋勇前进。长征是中华儿女永久的骄傲和记忆。长征有着永远说不完的故事。1936 年，美国记者埃德加·斯诺在延安曾经写下这样的预言："总有一天，会有人为这次激动人心的远征写出一部完整的史诗。"最早的一部长征回忆录，是毛泽东同志在延安直接指导下，从"长征亲历记"200 多篇征稿中精选出 100 篇编辑而成。作者多是亲历长征的红军中高级将领。定稿时书名为《二万五千里》，1942 年以《红军长征记》由八路军总政治部正式出版。70 年来，国内外的作家、记者、史学工作者和长征亲历者，从未间断过著书立说，回忆、研究、描写、讴歌这一"震动世界的行军"。伟大的长征值得人们永远地纪念和颂扬。

　　在众多长征题材的书籍中，《红一方面军长征日志》是一部独具特色的著述。此书以日志的形式，记录了红一方面军各军团在长征中经历的大小战斗及所遇到的艰难险阻；记录了中共中央、中央革命军事委员会在那非常岁月里，呕心沥血、运筹帷幄、指挥若定的各项决策；记录了"中华民族的脊梁"们坚定不移的革命精神和必胜信念。日志所载，均有所据，历史事实与文献资料、研究成果融为一体，不仅准确，而且真切，不仅生动，而且自然。书中真切记载着长征二万五千里的血与火、云和月，似亲历者所记，却是一位后来的历史研究者的考证所得。而正因为是一位后来者对长征的考察、研究和描述，我们又能感受到长征精神对于这一学术研究壮举的鼓舞和召唤。红军长征，路程最远者二万五千里，历时最长者达一年之久，漫漫险途，山重水复，军情紧急，生死搏杀，红一、红四方面军，在长征途中甚至没有留下一张照片，留下的文献档案也极少，更没留下一部完备的日志记录。后来人要编制一部历时一年的日志，可以称得上是个人学术研究的一次万里长征，要完成好这一学术研究的长征，同样需要研究者发扬长征的精神。

完成这一学术研究长征的战士是费侃如同志。他是遵义会议纪念馆的研究员，每天近距离凝视长征途中的如海苍山、如血残阳，耳畔时时回响红军队伍的马蹄声碎、喇叭声咽，长征的精神鼓舞他，红军的业绩召唤他，于是，30多年前，他产生了为红军长征编写日志的冲动。为了这一崇高的冲动，30年来，费侃如苦心孤诣，探赜索隐，搜集史料，考订真伪，准确记述，奉献了人生最好的年华，水滴石穿，书稿既成，青丝已成华发。1999年著作首次出版，立即得到军史界、党史界较高的评价，获得贵州省哲学社会科学优秀成果二等奖。

费侃如并未就此止步，他的考证工作一直在坚韧不拔地进行。今年初，我看到，费侃如在1999年版的书中加写了密密麻麻的文字。7年来，关于长征研究的新成果，举凡与此书内容相关，尽收他的眼底。在此基础上，他仔细剔抉辨认，不固执己见，努力择善而从，不间断地对自己已经获奖的著述进行修订。我从编辑出版工作的角度，向他提出，能否在这部严谨、素朴的志书中插入一些历史图片和重要的战斗示意图，增强其知识性、可读性，让内容更加生动，形式更加活泼，他也欣然采纳这一建议。可以说，近40年来，费侃如一直在以长征的精神进行着这部日志的撰写和修订。我们应当向他表示由衷的敬意。

《红一方面军长征日志》首先是一部史料性的著述，准确、全面是它的主要特点，为红军长征专题的研究、创作，提供了一份相当可靠的基础资料，使之具有了长征史研究必备工具书功能，这是此书最大的价值。同时，由于这部日志是研究考据而来，其学术价值也受到了比较一致的肯定。"文似看山不喜平"，作者在日志的撰写中，还十分注意捕捉军旅征战中有意味的细节，在戎马倥偬之中，间或有平静生活写真，帮助人们更加立体地去认识长征、感受长征，使得日志也具有了丰富性、可读性。至为重要的是，整部日志，虽然客观性是不可或缺的最基本的要求，可是，字里行间，我们依然充分地感受得到作者对红军长征这一伟大事件的敬仰之心、歌颂之情。"历史学虽是发源于记录，而记录决不是历史。……我们研究历史的任务是：一、整理事实，寻找它的真确的证据；二、理解事实，寻出它的进步的真理"（李大钊语），作者正是秉持着这样的史学观，去记录长征，理解长征，讴歌长征。

　　还应当肯定的是，东方出版中心的莫贵阳同志独具慧眼，及时发现了这个富含修订出版价值的选题，认真配合作者进行修订，为了方便阅读和记忆，拟定了每则日志的小标题，搜集使用了大量有价值的图片，并且和他的同事们精心编校和设计版式，日以继夜加班制作，倾注了许多心血。终于，在纪念红军长征胜利 70 周年之际，一部更臻于完备、更为生动的《红一方面军长征日志》，以崭新面目出现在广大读者面前，作出了中国出版集团所属出版机构应有的贡献。

　　遵费侃如同志之嘱，为他的著述，也为纪念伟大的长征，写下以上感想，是为序。

写于 2006 年 7 月

《红一方面军长征日志》系东方出版中心 2006 年 8 月出版。

《创意阅读：外国文学名著新书评》序言

　　山东文艺出版社计划编选一部解读中外文学名著的新书评，做成经典的盛宴，以飨读者，为当前开展阅读活动提供帮助。显然这是一个很好的主意。出版业内外，特别是广大读者，对书评质量普遍表示不满和失望，已经是很长一个时期的事了。不满的焦点主要集中在虚假、夸大、空洞等问题上。不少劣质书评，说它"无实事求是之心，有哗众取宠之意"，已经不能切中要害了。书评"假大空"，倘若那是友情赞助、托大自慰倒也罢了，问题是它有坑蒙拐骗之心、商业欺诈之意、欺世盗名之阴谋，它欺骗舆论、混淆视听、搞乱市场、污染世风，故而为正直人士所不齿，为读者所愤恨。相较之下，在名著的书评方面似乎情况要好一些。毕竟名著的作者大都已经作古，书评者不可能与之合谋，人情关系的顾忌也不大可能存在。在这样的情形下做评论，虽然如果评家个人的才情学识不足或固守学术偏见，还会作出不够符合作品实际的歪评来，但起码在职业道德立场上要公正一些，在出发点上要超然一些。故而，出版社路英勇社长邀请我担任本书主编，我没有不应承的理由。他们决定先编外国的，后编中国的，外国作者远在天边，更无人际裙带的关系牵连，如此周全的思虑，简直像法庭判案一样。做具体工作的是李凤魁副社长。他们有求真务实的精神。

　　书名最初拟定为《经典的盛宴》。临到定稿时我对书名稍稍有些踌躇。被评价的作品是否称得上经典，我一时还没有弄明白。没有弄明白的事一般不要去做。经典身份还没有确认，盛宴就摆上了，我怕也弄出一个大言欺世的嫌疑。称得上经典的书，是可以作为标准的书，是具有权威价值的传统著作。有些名著，名闻天下，响遏行云，名噪一时乃至一代，然则未必就称得上经典。经典与否需要经历的时间和覆盖的面积说话。事实上，一部文学作品，能以名著冠之，就已经值得更多的读者一读了，何必经典得紧！我提议书名另拟，作品则按原定宗旨编选。提议得到路社长首肯。他们有实事求是之心。

书名现在拟定为《创意阅读》，副题是"外国文学名著新书评"。创意和阅读，都是近一个时期社会的高频语词。媒体上常常看到"创意时代"的提法，有识之士有构建"阅读社会"的倡议，把创意与阅读两个宏大叙事概念联结在一起，交相辉映，想不熠熠生辉都难。如此看来，还是有托大媚俗之嫌。

然而，这里决没有故作惊人之语的意思。创意阅读，乃是我对阅读的意义方面有所思而提出，也是拜读了诸位评家大作之后有所感而发。

有人说阅读是一种文化，有人说阅读是一种宗教，可是我愿意说，阅读是一种生活。刘勰《文心雕龙》说欣赏作品"视之则锦绘，听之则丝簧，味之则甘腴，佩之则芬芳"，当然这是一种生活体验；英国人培根说"读史使人明智，读诗使人灵秀"，表达了读书对生活的影响；法国人笛卡尔说的"读好书无异同品德高尚的古人谈心"，当然更是一种让精神升华的生活。中国古人对阅读有很多生活化的说法："读万卷书，行万里路"，是终身的生活追求；"读书之乐"是把阅读生活化的价值取向；"坐则读经史，卧则看小说，上厕则阅小词"则是对生活阅读化的生动描摹。读书既然是一种生活，很自然，生活也就以记忆和想象的方式延伸到读书之中。所谓"以意逆志"，所谓"我注六经，六经注我"，所谓"同阅一卷书，各自领其奥"，说的正是读书与生活相互延伸和作用的意思。这种相互延伸、作用的过程，就是一种创意性的阅读。

所谓创意阅读，不是什么了不起的创意，更不是什么独得之秘。创意阅读，说的就是凡阅读总有读者个人的创意在作用，凡书评更要有评论家的创意在生产，所谓"有一千个观众就有一千个哈姆雷特"，评论家也不能例外。文学评论界曾经一度有过"创造性误会"的说法，我是赞同的。鲁迅那个关于《红楼梦》在不同读者眼里发生多种意义的名言，可以做成创意阅读的注释，尽管那段名言含着嘲讽的意思，但说的是事实。我不以为阅读或书评时产生主观创意有什么不好，恰恰相反，我主张多

231

一点创意，少一点穿凿，多一点想象，少一点刻板，多一点快乐，少一点苦读，特别是文学阅读与评论。

我们提倡创意阅读，故而收入这部书中的书评，多有一些出自以创作为主业的作家之手。作家们能从紫式部的《源氏物语》里读出"无为而有为"与"有为而无为"的文学作品价值的悖论，在早已被世人读遍了的《哈姆雷特》中发现险恶的新生之路，读《神曲》而有精神与肉体的较量，读《白鲸》而有"白色的寓言"的感慨，在人人称道的写实主义典范之作《包法利夫人》里指出"残酷的写实"，在《白夜》里体验出自己人生的边缘之光，翻开阿斯塔菲耶夫的《鱼王》，就能听到他沉重的叹息，而读罢巴别尔的《骑兵军》，竟能联系出来莎乐美和潘金莲……如此这般，天上人间，神驰四方，心骛八极，不是创意地阅读，哪里能在书评文章中如此痛快淋漓！

至于文学教授、学者们的书评文章，自然是要稍稍恪守学理、保持体系的。不过，我说的只是稍稍，决非株守，更非墨守！他们大都也是作家，或者可以称为学者作家。学术只是他们的职业，创意乃是他们的生命。因而生命与职业同在，创意与阅读共享，这是很自然的。舒芜从法布尔《昆虫记》中获得了远亲的消息，曹文轩对着马尔克斯的《百年孤独》叹息无望的马贡多，吴晓东在普鲁斯特的《追忆似水年华》中描述人类记忆的神话，孙郁在普希金那自由的元素里注入了属于他自己的明晰和透彻，陆建德体验着雪莱的天空之爱，余中先采撷来法国文学中的一枝奇葩，而张清华在苍穹下仰望荷尔德林，写就了如歌如诗的书评……这般如此，理性与感性的交融，创意与阅读交响，引动人们想象，却又不曾离开文本，虽然文本有所照顾，却不曾静止过心跳，阅读时的创意又是多么深挚充实！

以上种种所思所感，成就了本书的题意。我们愿意同读者诸君一起，用一种创意的心态、创意的精神来阅读这些大都具有创意精神的书评，阅读这些不少是经过真诚阅读后酿造出来的别一种的文字，从而获得生命之美、理性之美的享受。

这是在诸位创意阅读之前的赘语。请原谅我创意能力的不足，但我努力做到真诚地对待这项工作——要有好的创意，需要足够的能力和真诚，而要做到真诚，同样也需要努力。希望能够读到更多的真诚而有创意的书评。

写于 2007 年 4 月

《创意阅读：外国文学名著新书评》系山东文艺出版社 2007 年 5 月出版。

《文学桂军论》序

　　建平兄从广西来到北京，要我为他们的专著《文学桂军论——经济欠发达地区一个重要作家群的崛起及意义》写序。我暗自觉着为难。我还没有读过书稿，但似乎当时就得应承下来，因为我们是老朋友；我还预感到这是一篇很难写的序，但似乎只能担当起来，还是因为我们是老朋友。故友之请于我总有神圣感，甚至还有一点人品拷问的意味，我不能拿糖。至于预感到此序难写的原因，理由就比较复杂了。其中有两点可以说出来：一者书中所论作家，大都是我的故乡文友，此书既为作家群研究，不免要梁山好汉，论功排座，砖厚瓦薄，此高彼低，而古人有"文无高下"之说，今人有"文章是自己的好"的戏语，作家群里，自负而叨陪末座者肯定见怪，思想高蹈者价值遭遇低估势必烦有啧言，我半路掺和进去，多半不是什么好事；二者书中定然要论及我早年间的创作，猜想所论必定以褒扬为主，尽管我不悔少作，可一旦作序，就有默认之意，甚至有自炫之嫌，而且加重了同谋的嫌疑。仅此两点，就足以令我视为畏途，何况还有其他。然而，尽管为难，却架不住建平兄的恳切情辞，还搬出伟林兄之邀来加重砝码，两位都是诚恳厚道的老朋友，我只好接受下来——就像接过了一副很重的担子。

　　但我得承认，我对书稿所论的故乡人和故乡事有兴趣。"君自故乡来，应知故乡事"，我愿意藉此机会再次神交故乡的旧雨新知。我对论著的选题也有兴趣。"经济欠发达地区一个重要作家群的崛起及意义"，这是一个具有文化学研究意义的论题，在文学研究中有所通变。我感觉到当中新的气象，新的语境，新的境界。

233

中国的文学研究，一直就有通变的传统。文学历史化、文学社会化、文学经学化、文学道德化，自古以来文学研究的通天大道或通幽曲径。这个传统的思想方法基础就是《周易》的"曲成万物而不遗，通乎昼夜之道而知"和"通变之谓事"。"通变"是中国古典哲学的一个重要范畴。研究文学必须通变，几乎成为古代文论的铁律。"文变染乎世情，兴废系乎时序"（南朝刘勰），"文章关乎气运"（明代袁中道），"大则关乎气运，小则因土俗"（明代李东阳），说的都是文学与历史发展趋势、地域风土人情变化的相互关系。我们这个民族自来就看重天与人、世与人、国与人、人与人的关联，自然也就看重文学与社会、文学与自然的关联，认为"天人感应"、"文以载道"乃是一部作品、一个作家至善至高的境界。这个传统发展到了极致，就有了"泛通变"之虞，在文学本体研究方面就少了一些深挚和执著。甚而至于，到了某些极端时期，文学研究便严重脱离文学本身，文学研究变成了历史研究、社会教化、经学讲述，最后堕入枯燥无味的政治说教，窒息了本来应当生机勃勃的文学。文学需要自救，自救的结果是激动人心的本体回归。文学本体回归的极致，又极端成了文本主义、唯主体主义，认为文本和文学主体才是一部作品、一个作家至真至美的境界。然而，哪里又有真正与世清绝的文本和纯粹主体的研究呢？事物总在走向自己的反面。新世纪，文化研究蓦然而成显学，最著名的论断便是美国人约瑟夫·奈的"文化是软实力"。政治、经济、历史、社会、文学、艺术、道德等领域的研究尽在文化研究之彀中。文化大有"曲成万物而不遗"之势。于此情势之下，近年来，文学文化学研究遂乘势而上，众神之车驶上文化康庄大道。

书稿从广西快递过来。通读了书稿，果然，《文学桂军论——经济欠发达地区一个重要作家群的崛起及意义》，正是以文化学为主导的一个理论批评文本。

我对这部论著所凭借的理论支点很感兴趣。这部论著的论者，除了无法脱离的一般文艺理论之外，主要是凭借了当代文化理论，特别是凭借了当代文化理论中的第三世界文化研究的理论、新历史主义理论和文学人类学理论。此外，还使用了马克思主义的艺术生产与物质生产不平衡理论，以及近年来耳熟能详的后发优势理论。有了当代文化理论当家，加上诸般理论武器，能内能外，能大能小，此番研究也就左右逢源了。

234

　　我对论著中对文化学研究的展开尤其喜欢。我要特别强调，我说的是喜欢。一个时期以来，我在出版专业研究中，也相当喜欢使用文化学研究这个工具。文化是说不尽的，自然，文化学研究的覆盖面也几乎是无疆界的。已故台湾学者殷海光搜集了西方学者对文化的47种定义，一一作了分析，仍然觉得意犹未尽。即便把文化分为广义与狭义两种，物质、精神、制度、生活方式等因素为广义，人类活动的精神产物为狭义，那么，即便狭义的文化，也是覆盖极广的一种理论。顾晓明教授对狭义的文化作过一种概括，大体意思是：文化是一种在生产活动中直接发生作用的生产力，是信息和知识，是弥散于特定人群的文化心态和氛围，是社会交往和人际沟通的象征符号系统，是一种世代之间的"遗传"机制。这个概括比较地以人为本，以人类为文化，比较地贴切周到。用覆盖面极广的文化学来研究文学现象，研究一个地域性作家群的崛起和意义，无疑可成文学的通变之学。我的几位朋友能够这样去研究广西的作家群，实在是找到了高起点和大视野，显示出不同凡响的智慧。

　　也许，我对本书所采用的研究方法表现出了过于浓厚的兴趣，而按照情理，我应当更多赞誉文学新桂军的朋友们，更多建议读者诸君关注我家乡的好作家以及近年来渐渐形成的作家群。文学新桂军的文学实绩值得总结和展示，其影响力需要评估和传扬，而文学作品的生命之树常青，一些渐次为全国范围的文学爱好者瞩目且记得起来的广西作家及其作品，给人们留下了作家集群的印象，这印象在本书中得到比较集中的考据和描述，不仅可以使得集群中的许多作家（我不敢说全部）感到愉快、振奋和慰安，也可以让作家集群外的很多人士得到知识和审美，这是本书最为鲜活坚实的基础。然而，试想，所谓文学地域之军，早就有湘军、陕军、晋军、鲁军、粤军、豫军等逶迤而来，更有京派、海派、军旅作家名闻天下，80后作家气冲霄汉，90后少年挥斥方遒，作家群一类话题已经不大新鲜，还能够像本书这样将百余位风流人物尽收于榜，实在大不易。要说文学实绩，新桂军尚不足以与大多数地域作家群全面抗衡。那么，在当代文学研究在社会科学界颇为式微的今天，关于广西作家研究的课题竟然能够列入国家社科研究基金项目，这就是文化学研究方法的功劳了。一种稍具新意而广大人群又以为合理的研究方法，可以盘活存量资料，点化学术研究，催动思维的新生。我的几位朋友能够这样去

235

研究广西的作家群，实在是点化了这个作家群存在的价值和意义。文化学点化了文学研究。文化学正在点化许多学科。文化学正在点化世界。

关于这部论著，自然还有诸多好处值得称道。譬如，对于广西作家群大量作品情况的精心统计，重点作家发展历程的用心记录，作家生存环境特别是当地政府政策的平实介绍，特别是对重要作品文本的深度解读，总是那么自信、自然而又热情，如数家珍，娓娓道来，文字间浸润着漓江的温情和红水河的质朴，一如论著作者们的为人，让我感觉着熟识、熨帖、亲切。可是，我知道，在一部论著面前，自信、自然、热情、温情、质朴、熟识、熨帖、亲切……这些感性语词都是不能给人们以理论认识的最终价值判断的。所以，我用了较多的笔墨来谈自己对论著的理性认识，不知道是不是反而加重了理论的枯燥感觉。不过，我相信还不至于过分枯燥，因为我谈的是自己对文化学研究方法的理解，文化学说到底并不是一门枯燥的学问。

序言至此，当可打住了。不经意间二千余言既出，最初的作序之难一时已被淡忘。说到底，作此序，不仅是架不住友情，还是架不住诱惑——前面说过，一是故乡事的诱惑，二是文化学的诱惑。有此二者，一些复杂的因素也就变得肤浅和无关紧要了。

236

写于 2007 年 7 月

《文学桂军论》系中国社会科学出版社 2008 年 9 月出版。

新 年 致 辞

——《英语世界》2008年第1期刊前语

　　每一个新年都有许多值得人们热切期待的事物。然而，2008年，却是亿万中国人翘首以盼的新的一年。这一年，第29届奥林匹克运动会将在中国举行。东方文明国度，八方惠风拂煦，万国嘉宾云集，"同一个世界，同一个梦想"，更是圆了中国人的奥运之梦。奥运梦想成真之日，正是中华民族形象展现的时候。

　　每一个新年都有许多值得人们激情深思的意义。然而，2008年，却是亿万中国人感慨万端的新的一年。这一年，中国改革开放正好30周年。30年艰难探索，30年开拓创新，30年成就举世瞩目，30年中国人的面貌发生了历史性变化。新的一年回望征程，必将唤起实现中华民族伟大复兴的更大热情。

　　每一个新年都将有一些特别的关键词，2008年中国首选关键词必将是奥运会和改革开放。可以说，正是30年的改革开放，才为奥运会在中国举办提供了广阔的天地；而2008年在中国举办奥运会，则为中国的30年改革开放画上了一只美丽的惊叹号。

　　这就是中国的2008年。这也就是《英语世界》所面对的2008年的中国。

　　《英语世界》是改革开放的产物，也是始终坚持改革创新的典型。我国改革开放刚刚起步，商务印书馆就解放思想，创办了这份英汉对照形式的双语期刊。在全国这是第一家英汉对照双语期刊。近30年来，《英语世界》紧跟改革开放的步伐，从小到大，与时俱进，锐意创新，已经成为中国出版集团公司标志性优秀期刊，获得了国家期刊奖。在新的一年里，《英语世界》必将以更加坚定的态度、更加饱满的热情坚持改革创新。在内容形式上坚持创新，给读者奉献更多的优秀作品，不仅坚持思想性、艺术性和可读性的统一，还要坚持语言刊物的科学性和实用性。在传播手段上坚持创新，为读者提供更多学习的机会，不仅要改善传统订阅刊物的方式，使之更为人性化、更为便捷，还要进一步提升网络传输的效率，更加贴近学习的实际需要。为了实现内容形式和传播手段的创新，刊物编辑工作还要实现体制机制的进一步创新。在改革开放 30 周年到来的时候，人们将在《英语世界》上感受到更为充盈的时代气息和更为强烈的勃勃生机。

2008 年的《英语世界》，必将辉映奥运之光。奥运之光首先是人文之光，《英语世界》势必要把人文奥运的精神传扬。奥运之光是绿色之光，我们要把《英语世界》构建成一个和谐的社区。奥运之光还是科技之光，《英语世界》将有更多的体育知识与读者分享。尽管刊物的文章采撷自英语的世界，但这并不妨碍它们在这里开放出属于北京奥运会的绚丽花朵。透过一篇篇来自域外的美文，读者们同样可以看到一群中国编辑的美好灵魂和高尚趣味。何况，中国读者也需要从多元的世界里汲取更多的营养。文化从来是多元化的。任何一种文化都需要多元文化的交流和滋养。多元文化并存，才是良好的文化生态，中华文化在良好的文化生态中才可能得以健康发展。我们有理由希望，2008 年，当各种刊物出现在北京奥运村的时候，《英语世界》是得到中外人士广泛欢迎的一种。

当然，刊物要高扬改革创新的精神，却并不是说把要她办成改革的宣传品；刊物将辉映奥运之光，也并非说《英语世界》要变成奥运的世界。全方位地为广大读者服务，依然是《英语世界》的宗旨，是刊物永久性的关键词。编辑部的同人们不曾忘记，2007 年刊物所作的问卷调查结果，97％的读者认为刊物是上乘一流的，"捧书而读，茶伴之，乐之！"99％的读者认为刊物对于他们的学习有很大帮助，"帮助我顺利通过了考试！"两个极高的百分比，寄予了多少读者的高雅趣味和求知欲望。刊物自当以此为基点，继续竭诚为最广大的读者服务。有读者在问卷中寄语刊物：我们不能改变生命的长度，但我们可以拓宽生命的宽度。是的，我们要拓宽《英语世界》的宽度，拓宽刊物服务的广度。我们将以改革创新的精神，抓住奥运会的机遇，大力拓展刊物的广度。2008 年，将是《英语世界》继续拓展的一年。

　　读者朋友！当新年钟声敲响的时候，你们将读到这篇新年感言。那时，我们寄予希望的中国奥运之年和改革开放 30 周年已经到来，《英语世界》新年拓展应当有了一些新的气象，这样，希望就不只是一种光荣和梦想，而更是一种不容得犹豫退却的追求，是一种责任和承诺。"为了伟大的目标，必须使用伟大的力量。"这是美国总统罗斯福的名言。我愿意替编辑部的同人们作一次承诺：为了不平凡的 2008 年，为了所有关爱《英语世界》的读者，我们将使用自己的全部力量！

写于 2007 年 12 月

本文系应《英语世界》杂志编辑部特邀而作。

239

《中国出版集团》发刊词

办一份企业内部小报《中国出版集团》，自然将有助于中国出版集团的改革发展和各项工作。但这份小报的任务并不主要是指导工作。集团公司指导工作的主要载体应当是一系列文件、会议和公务活动。创办《中国出版集团》，我们的第一个愿望是她能表现出良好的精神状态，从而对集团事业的各个方面产生积极的影响。精神状态是一个企业最重要的基础。良好的精神状态则是一个企业最重要的克敌制胜的法宝。一个兴旺的企业，需要正气、志气、勇气，需要信心、热情、希望，我们称之为兴奋状态。兴奋状态应当来自于广大员工科学精神与理想主义的有机结合。而企业建立在理性与理想基础上的兴奋状态，将给员工以力量，为企业增添无穷活力。

《中国出版集团》自然将有助于集团整体化发展水平的提升。但这份报纸的任务并不主要是集团整体化建设。企业集团的建设主要是在现代企业制度和产权制度等法理的基础上开展，进而在共同的价值目标追求下实现。创办《中国出版集团》，我们的第二个愿望是为全集团员工提供一个沟通情感、交流思想的企业文化园地。沟通与交流，可以把我们从纷繁琐碎的事务重压下解脱出来，重新审视职业的意义、工作的价值、团队的喜悦以及生活的美丽。一个以人为本的企业，在效益功利之上应当有精神交流，在价值规则之后应当有人文关怀，我们称之为团队状态。团队状态应当来自于广大员工对共同愿景的追求和自我实现的愉悦。而建立在对共同愿景和自我实现基础上的团队状态，将使得员工更加自尊自重，企业更加高尚起来。

　　《中国出版集团》自然将为我们提供一些有益的信息。但传递信息的渠道如今已经很多，添一份小报不多，缺一份小报不少。信息化时代已经使得人们的信息应接不暇，当务之急是海量信息的整理和利用。创办《中国出版集团》，我们的第三个愿望是激发广大员工创新的热情和创意的灵感，希望经常在这里掀起集体创造性活动的"头脑风暴"。创新是企业生命的源泉，而在巨大的社会文化消费需求与激烈的文化市场竞争环境下，创新就是企业的生命。"不创新，就死亡"，管理学大师彼得·德鲁克的预言已经在很多破产企业身上得到验证。一个全面协调可持续发展的企业，必须把创新奉为企业的圭臬，信息传递的目的应当更多指向创新，我们称之为创新状态。创新状态应当建立在知识、信息广为传播和广大员工以创新为荣的企业文化环境中。而由知识、信息广为传播和广大员工以创新为荣而形成的创新状态，将使得员工有所发明创造，企业的竞争力极大增强。

　　总之，为了让中国出版集团的庞大团队形成兴奋状态、团队状态、创新状态，建设成为一个学习型组织和广大员工共有精神家园，从而为社会主义文化大发展大繁荣作出更大贡献，我们创办了这份小报。希望集团广大员工关心、爱护、支持这份集团的小报，共同来办好这份属于自己的报纸。

写于 2008 年 1 月

《中国出版集团》系中国出版集团公司 2008 年创办的企业报，不定期出版。

《曾仲作海洋画集》序

仲作又要出版画册，再次邀我作序。因为要得急，一幅幅作品通过伊妹儿发到我的邮箱里来，邮箱一时被挤爆。他总是这样，永远地热情，永远地匆忙，永远地唯此为大，永远地拥抱自己所钟爱的艺术和生活。我只好依着他的节奏赶写这篇序言。

看了仲作即将出版的画稿，有刮目相看的感觉。比较起四年前由我作序的他那第一本画册，不刮目相看也不行。士别三日，就要刮目相看，何况两本书之间相隔了四年多的光景。四年时间不长不短，对于一位画家，可以熟练技艺，也可以深化人生，可以提升境界，也可以开辟新的题材，只要在某一方面有所长进，也就令人欣喜。而我看到的画家曾仲作，几乎在这几个方面都有长进，这就难能可贵了。四年来画家南临大海，北上求学，其中多少辛苦，只有他自己知道。作为旁观者，我只看到他痴痴苦苦追求的不易。然而，他是幸运的，一分耕耘终有一分收获，种瓜终于得瓜，勤劳终于得到报答。要知道，在艺术的世界里，虽然需要勤劳，但天道并不一定酬勤，并非所有的劳动都能获得相应的收获，种瓜得豆甚至颗粒无收乃是平常的事情。仲作却是一位幸运的勤劳者。

曾仲作的幸运也许首先来自于他开辟了自己的海洋题材。通过一段时间里专事一类题材的绘画而引起广泛的关注和赞誉，这是不少画家成名的要诀之一。1998 年我在美国新墨西哥州看到著名女画家奥基弗(Georgia Okeefee)的许多画作，受到很大冲击。她是一位终身画花的绘画大家，活了 99 岁，一生成功就在画花。我看她笔下的花卉，简直就是自然界一个个精灵。徐悲鸿画马，黄胄画驴，周思聪画伟人，陈丹青画

242

西藏，丁绍光画云南，早已成为经典现象。最近又看到一批画家去画漓江，称为漓江画派，这是若干艺术家的集体追求。曾仲作以很大的激情甚至以四年来的全部时间和精力来画海洋生物，画出了自己独特的世界。他画海洋生物的缤纷五彩和种种情状，画我们熟识和不熟识的海底世界，画他见过或感觉到的事物。他重现人们看得见的东西，又使人们看到没曾见到过的东西。他替海底生物们造型和构图，让它们跃动在我们的面前，让我们仰观，给我们俯察，引我们游目，领我们骋怀。总之，曾仲作的绘画内容别开了一种生面，这些内容远在海底，然而又是近在眼前的事实，终于被大家所关注。曾仲作走了一条聪明的路。

　　然而，曾仲作的幸运主要还是来自于他在创作中对美的探寻。我不是一个题材决定论者。美在于发现，在于表现。艺术的真谛最终在于发现和表现题材中所蕴含的美。英国大诗人华兹沃斯说过："一朵微小的花对于我可以唤起不能用眼泪表出的那样深的思想。"这是对一朵微小的花蕴含着的美的发现。中国大画家齐白石养虾、观虾而画虾，他寻求的是对自然生物所蕴含的生命律动的惊奇发现和表现。许多海洋生物在海产商那里只有交易价值的发现，而在画家的眼里则是生命的千姿百态，是生命的舞蹈，是唤起人们遐想感触的美。海洋公园是今人主要的游览项目之一，现在一经画家仰观俯察、游目骋怀，竟然成为丰富的绘画内容，值得称道。而最为重要的是，这种发现还需要实现物我相融、物我移情，方称得上为美的发现。奥基弗画花，徐悲鸿画马，黄胄画驴，成功处无不在于画出了人的感受。画家在自然界最终发现的还是人类的情绪。欣赏仲作的作品，我们不会说这是第一次看见这些海底生物，而往往要说的是画得生动、热闹、有趣、可爱，这是一次"移人之情"的过程。我们还会在他的一些比较成功的作品前驻足体验，那是因为画纸上表达的情绪让我们的心为之一动，甚至那海洋动物的表情还会让我们想起人类的某些情状，令我们沉思。我总想对画家说，在林林总总的海底生物之外，你如果还能让我们体验到人类的精神内容，移海而于人类，移微妙而于人心，你就取得了最重要的成功。说到底，人之画海，最终还是画人，这就是我们要苦苦追求的艺术境界。

　　我们欣喜地看到曾仲作把无数海底宝藏引进了绘画艺术的大家族，我们还衷心希望他能把更多的海洋绘画意象带给更广大的读者，带进人

243

们的心灵。因为，比陆地宽阔的是海洋，比海洋宽阔的是天空，而比天空更为宽阔的是人的心灵。

是为序。

写于 2008 年 1 月

《曾仲作海洋画集》系香港新华人民出版社 2008 年 4 月出版。

《创意阅读：中国文学名著新书评》序

《创意阅读：外国文学名著新书评》出版后获得好评，有点儿出乎我们的意料。这些好评，不只是指朋友们的嘉许，而主要来自于素未谋面的读者。读者以他们"看不见的手"投了一票，我们通过市场销售看见了这些让我们敬畏的手——尽管还不能说是森林般的手。书评文字也有自己的市场，让我们受到鼓舞。现在又编选出《创意阅读》的续集，推荐一批关于中国文学名著的书评。

原本我们以为，中国文学部分的编选工作，较之于外国部分，要难做一些，实际上，是难做得多。其中道理，用久闻其香与久闻其臭来比喻说明，不免粗鲁；用身在庐山来强调，也不免霸蛮。首先是书评文章如汪洋大海。一部知名文学著作，总要牵出一长串的书评，倘若是经典性作品，牵出的不啻是一条长长的书评之河，从中要选出一二篇来，实非易事。其次就是名著如群星璀璨，而名人之著则多如过江之鲫，评谁与不评谁，说项依刘，老大难事。还有如许人事思谋，不能不有所思谋。何况我们的眼力与功力，无一特异之长。如此等等。

然而，到底还是编选完成，出版在即，成败自有公论，困难不是理由。我只想在此说明一点。倘若有朋友问为什么选这一篇而不选那一篇，我只有一个回答：很不幸，我们没有得见更好的那一篇。知也无涯，学也无涯，选也无涯。遗珠之说显然托大，盲区太大才是实情。与人事亲疏恩怨绝对没有关系。

本书编选，我们有一点追求，也想就教于各位行家与读者。我们的追求是：不仅提倡创意阅读，还想提倡深度阅读；与提倡深度阅读相匹

245

配，推崇厚重与深致的书评。读了当下不少书评，忽然有了一个印象，感到消费主义成分过重，时评色彩过浓，广告煽情太过明显，浮文空理太过招摇。文学图书大多供于大众精神消遣，书评为此助力，这是文学出版的常态；代有时文，时评依此而生，原也符合规律。传统的阅读价值观，既以读书为学、"学而优则仕"，又以读书修身养性、"朝闻道，夕死可矣"。现代社会，提倡精神文化生活的丰富性，在继承传统的同时，也充分尊重阅读的精神消遣价值，更好地体现出以人为本的现代精神。然而，一个学习型社会，既要承认阅读价值的丰富性，又要倡导阅读的核心价值，顾名思义，也就是阅读的学习性价值。要实现这一基本而主要的价值，就应当提倡阅读既要有创意能力，也要有深度追求，甚至，更重要的是深度的阅读。诚如国学大师章太炎先生所见："凡习国文，贵在知本达用，发越志趣，空理不足矜，浮文不足尚。"而书评作为社会阅读的向导，更多地承担着学习向导的任务，也就更应当立足于深度的解读和阐发。至少，应当更多地提倡这样的书评追求。鉴于此种考虑，我们在目力所及的范围里选择了这些具有一定深度的书评文章，帮助读者进行深度阅读，不知道诸位行家和广大读者以为然否？

246　　　　我们提倡深度阅读，还是信息化环境下的阅读对策。信息化给人类的认识能力、交流沟通能力和创新力的确带来了巨大变化。然而，人类社会同时也面临着泛信息化的危险。个性有被消弭的痛苦，思维有被弱化的趋势困惑，思想有被简化的尴尬，人文精神接受着信息变化多端的挑战，深度阅读正在被媒体信息阅读所取代。江苏人民出版社出版的《伟大的书》，对此有深刻的洞察和分析。该书作者是美国人大卫·丹比，《纽约》杂志一位著名影评家。他痛感信息社会瞬息万变对于人们生活的负面影响。他发现自己已经不再是个读者，而变成了一个只读新闻、时事书籍以及各种各样的杂文的读者。更可怕的是，"我拥有信息，但没有知识；我拥有观点，却没有原则；我有本能，却没有信念。"1991 年，大卫·丹比 48 岁重返母校——哥伦比亚大学，与十八岁的学生坐在一起，重新读"伟大的书"，读荷马、柏拉图、索福克勒斯、亚里士多德、但丁、薄伽丘、卢梭、莎士比亚、黑格尔、奥斯汀、马克思、尼采、波伏娃、康拉德、伍尔夫等。《伟大的书》就是大卫·丹比第二次做学生时的读书笔记。他说："严肃的阅读或许是一种结束媒体生活对我的同化的办法，一种找回我的世界的办法。"我们也可以这么说，在信息化环境下，提倡深度阅读、深度思考、深度书评，是我们找回人与文学的办法之一。

大卫·丹比的办法也就是我们对付浅阅读特别是肤浅书评的办法。我们也在做找回人与文学世界的努力。努力的初步结果就是这部《创意阅读》续集。请大家批评，也请大家一起来做出更多更好的努力。

是为序。

写于 2008 年 1 月

《创意阅读：中国文学名著新书评》系山东文艺出版社 2008 年 1 月出版。

《创意阅读：外国文学名家新评》序

编选《创意阅读》，原本只是为了介绍我国新近发表的一些中外文学名著书评，书籍的副题标注为"新书评"。为此，在选编时，割舍了那些以作家为研究、评析主要对象的文章。割舍的都是一些锦绣文章，当时心下真有些小小的不忍和不快。然而无奈，因为强调"新书评"的主意来自于我。

《创意阅读》二种既出，以为事情已经过去。岂料，某日，山东文艺出版社李凤奎副社长提出建议：《创意阅读》继续出下去，下一种即编选新近发表的外国文学名家评析文章。原来他也在记挂那些被我拿下的锦绣文章。真是一位创意编辑！不消说，我们一拍即合。于是，《创意阅读》的创意之旅得以继续。

文学赏评，历来就有品人与品文两种。我国传统喜欢讲"文如其人"和"人如其文"。汉代扬雄有名言："故言，心声也；书，心画也；声画形，君子小人见矣。声画者，君子小人之所以动情乎？"外国文学也有相同的传统。古罗马辛尼加则说过："如此生涯，即亦如此文词。"德国文豪歌德更是断定："总的来说，一个作家的风格是他内心生活的准确标志。所以一个人如果想写出明白的风格，他首先就要心里明白；如果想写出雄伟的风格，他也首先就要有雄伟的人格。"如此等等，说的都是人品与文品的一致性。

当然，凡事总有例外。质疑人品与文品是否一致大有人在。金朝元好问就质疑扬雄的心画心声说，他诘问道："心画心声总失真，文章宁复见为人。高情千古《闲居赋》，争信安仁拜路尘！"说的是西晋大文学家潘岳，安仁是他的字，他写过一篇《闲居赋》，极为高情雅致，可实际上，他却拜倒在权贵的车尘之下。为人与为文大相径庭的故事还可以举出一些。譬如明代最著名的奸相严嵩，就写出过吟咏之工迥出流辈的《钤山堂集》，而以瘦金体书法名垂后世的宋朝皇帝赵佶，为人并无骨气，为敌国俘虏任其囚困而死。正应了英国人霭理士从心理科学规律上作出的极端论断："这是一个很古的观察：那最不贞洁的诗是最贞节的诗人所写，那些写得最清净的人却生活得最不清净。"

其实，这里提醒我们的是，艺术创造的过程非常复杂，凡事不要绝对，切切不可把人品与文品、锦心与绣口混为一谈。然而，公道说来，古今中外，上下数千年，各种名篇佳构，还是大多出自作者心声，和着文人血泪的。正如清人刘鹗所说："《离骚》为屈大夫之哭泣；《庄子》为蒙叟之哭泣；《史记》为太史公之哭泣；《草堂诗集》为杜工部之哭泣；李后主以词哭；八大山人以画哭；王实甫寄哭泣于《西厢》；曹雪芹寄哭泣于《红楼梦》。"也许是我见识肤浅，我是接受此中因果关系的，也愿意相信艺术家们整体的美好与可爱。我还愿意相信，那种作者言行不一、言不由衷，文章却高情千古、方轨文坛的现象，总在少数。我的看法是，正因为有如此复杂的因果和伪因果现象的存在，才要求人们对文学的赏评需要更为全面、更为透彻。要求赏评者不仅要读书，还要读人；不仅要听其言，还要观其行；不仅要文本至上，更要知人论世。正如鲁迅先生所言："我总以为倘要论文，最好是顾及全篇，并且顾及作者的全人，以及他所处的社会状态，这才较为确凿。要不然，是很容易近乎说梦的。"《创意阅读》需要从评书进入到评人。

以上便是本书编选的缘起。本书收选的文章，主旨、风格均有异同之处。李国文论巴尔扎克、王蒙论易卜生是直指其精神；洪烛论荷马，是列举其精神对后世广泛而深刻的影响；叶兆言论高尔基，索性把自己的阅读史和成长史与之相映照；柳鸣九把罗曼·罗兰与他的作品放到一起对照着解读；苏福忠从《哈姆雷特》中分析莎士比亚的精神状态；残雪就歌德写作《浮士德》的动机探寻经典的精神来路与高度；王培元探索巴别尔之谜，毋宁说在探索在对20世纪人类一段精神历程进行追问；谢有顺直接分析卡夫卡丰富的内心生活；王家新对加缪的解读甚至注入了当代中国人的困惑。以上种种，是论人之作，批评家们直指作家的精神深

249

处及其意义。可因为作家最终要通过文本与读者交流，于是更多的批评家则针对作家的全人和主要作品进行更具学理的分析和理解。陆建德全面解读诗人雪莱的太空之爱；张柠深入分析陀思妥耶夫斯基作品中灵魂的战栗；一直倾心于叙事学和修辞学批评的李建军，探寻契诃夫叙事的朴素与完美；何大草重读福克纳，却把海明威拿来比较而读，不曾想却与肖克凡对海明威的激情理解形成对话；止庵的纳博科夫之旅最具有阅读的现场感受；格非描绘博尔赫斯颇具阅读的细读要求；曹文轩对普鲁斯特的解读和对川端康成的感悟，弥漫着一位良师于课堂讲授时的学术氤氲。至于钱满素对梭罗、文洁若对乔伊斯、王祥夫对托尔斯泰、倪梁康对穆齐尔、邱华栋对索尔·贝娄、雷平阳对卡尔维诺、王家新对叶芝、树才对雅姆、张锐锋对纪伯伦、韩青对茨维塔耶娃、施战军对巴乌斯托夫斯基、叶开对赫拉巴尔、洁尘对杜拉斯、西川对米沃什、叶兆言对奈保尔、黄贝岭对约瑟夫·布罗茨基……尽管隔着千山万水，许多甚至有着世纪之隔，却无不形成具有深度的对话，做成了程度不同的知人之论，从而帮助读者对作品达到更深的理解。与此同时，我们还能在这些文章中读到作品后面的作家本人，他们的人生故事和精神面貌，实在称得上

是一次精神的盛宴。而这样的盛宴，在通常的书评文章里我们是轻易享受不到的。希望读者们喜欢。

　　是为序。

写于 2008 年 4 月

《创意阅读：外国文学名家新评》系山东文艺出版社 2008 年 5 月出版。

长篇历史小说《铁血祭》序

　　我并不认为我们处在一个讲史与读史的时代。在变得愈来愈平坦的世界里，面对海量的信息、海量的写作、海量的发表，历史的讲述与阅读，即使不能被看成是这个海量传播时代的"一瓢饮"，充其量也只能看成是一泓海湾。然而，这一泓海湾较之于其他不少海域，似乎要深厚一些、丰富一些、热闹一些。若干历史小说、文史普及读物，以及以学术的名义、电视媒体的力量策划出来的文史讲座类读物，不时成为出版者与读者追捧、热捧的对象，这是20世纪90年代以来不时出现的出版现象，近几年则愈演愈烈。

　　凡出版业发生某一类追捧、热捧现象，必定与当时社会的某种精神需求和文化时尚密切相关，值得出版专家、社会学家以及社会管理者去做深入研究。以我有限的知识来看，历史读物出版热，与转型时期社会的精神文化需求有关：读史使人明智——激烈的社会竞争需要愈来愈多的聪明和计谋，读史使人深沉——浮躁的社会心态需要愈来愈多的自重与自省，读史可以鉴今——多元的社会价值观愈来愈需要历史的镜鉴与比较，读史使人振奋——历史的英雄主义自来是国家、民族、社会继往开来的不竭动力。总之，社会转型时期蕴含丰瞻、驳杂、而又鲜活的精神文化需求，经济快速发展时期"再造中华文明"的民族精神诉求，构成了讲史与读史的时代动因。

　　我远在广西的挚友、作家任君先生也在撰写长篇历史小说。我不相信这是因为长篇历史小说近来行情看好的缘故。任君创作历史题材的作品是我一直以来的预期。因为任君既具有讲史的天赋，更具有讲史的激情。讲述那已经远逝的人物与故事是需要激情的。任君平常谈天说事习惯把来龙去脉说得比较清晰,而在对来龙去脉陈述之间又总有情绪起伏和华彩乐章,这样的人可以担当历史小说作家。任君对于自己家乡广西罗城的历史故事从来表现得津津有味,很早——25年前我就听他大声说过不少罗城的人物故事,历史上与现实中的都有。他大声地说,津津有味地说,十分有把握地说,兼之他那副颇具厚度的眼镜片儿也在熠熠生光,你不能不相信他的讲述。这就是一位历史题材作家的天赋与激情。果然,任君早在1985年上海戏剧学院上学时,就创作过一部大型历史剧《粤西初仕》,描写绝代廉吏于成龙出任广西罗城县令期间的动人故事,此剧激情充沛,后来还获了大奖。有些人总让人感觉着他生来就应当是做什么的,任君让朋友们感觉着他生来就应当去写历史题材作品。因而,当任君告诉我他写了一部长篇历史小说《铁血祭》时,我没有感到意外。

前面我们说到历史题材作品的走红乃是时势造就,然而,任君先生的历史题材创作却并非趋时所致。一个有历史感和地域感的作家,在他生于斯长于斯的故乡地面上,倘若曾经产生过一些历史故事和历史人物,尽管那时代已经十分邈远,却常常能成为他真切的生活实感,浸润他的心田,引动他的想象,形成创作的冲动和感觉。也许,相比较那些史实研究的专门家,作家所拥有的历史知识并不全面准确,研究未必深入,然而,他却能就此写出动人且流传遐迩的优秀作品。尽管那题材放在大的历史时空里,并不一定具有多少分量,那些历史人物也不一定是帝王诸侯,却常常能让作家发现其中蕴含的历史意义和现实认知的价值,他的激情为此而荡漾,思想为此而深刻。也许,相比较那些气象很大的作家,他所把握的题材也许稍嫌单薄,他所刻画的人物也许稍嫌冷僻,然而,他却能进行倾情且一丝不苟的写作,犹如猛虎搏兔,投入自己的全部心力与感觉。任君先生就是这样一位值得我们去认识和理解的作家。《铁血祭》就是从他心田里生长出来的家乡历史之花。

当然,如此介绍这位作家的创作心路与作品的写作动因,并不意味着只要具有高蹈的历史观照和意义升华,就可以成就一部长篇历史小说的成功。一部长篇历史小说的气象与格局,必须依赖于事件、人物的传奇以及与当代人审美的融合。我主张历史长篇小说的传奇性,坚守无奇不传的原则。《铁血祭》就是具有很强传奇性的作品。作品的题材是传奇

252

的。那是辛亥革命前，广西一支爱国和反抗清王朝统治的武装力量——游勇的传奇故事，这故事牵出了晚清政治风云、官场腐败与党人革命，牵出了十万会党兵围玉林的历史，柳州兵变的诡谲，激战四十八峒的恢弘，五十二峒兵败的惨烈，黄花岗之役的悲壮，还牵出了革命志士的生死之恋与男女情长。故事的主人公李德山是传奇的。他作为孙中山领导的中国同盟会会员，广州黄花岗七十二烈士之一的英名就足以引人探奇和致敬。而由于他的传奇经历，自然而然地与著名革命党人黄兴、蔡锷、卢焘、黄佶、刘古香等共同演绎出若干铁血故事。同时，作为李德山那个时代的真实写照，小说自然要对晚清重臣铁腕，剿匪平乱，弹劾屠官，掀起诡谲的"丁未政潮"，差一点改变清廷命运的岑春煊、瞿鸿禨、岑炽、张鸣岐等人物作细致的复原。书中对慈禧、康有为、袁世凯、陆荣廷、苏元春等亦作了少而鲜、新而奇的刻画，吸收了晚清史的最近研究成果，再现了他们的艺术形象。至此，我们可以说，《铁血祭》的格局和气象是恢弘的。作品既是一位地域作家对家乡历史以及闪耀于其中的中华民族精神的宣讲和致敬，也是中国近现代史上那个民主滥觞时期的一个独特文本，还是一部值得今天普通读者津津有味去读的历史传奇。

在讲史与读史已经是热火朝天的今天，我的家乡朋友任君先生也奉献了一部历史长篇小说。怀着疑惑的心情——我担心他的创作乃是趋势所为——读完了这部50余万字的作品，我决计接受他的邀约，替作品作序。我要告诉读者，这是一部好读和耐读的作品。我要告诉家乡的历史，家乡又一位具有强烈历史使命感和责任感的作家站立出来了。我要告诉任君，凭着他的天赋与激情，还可以写出更多这样的好作品来。

任君，读者朋友可能以为这是一个作家的笔名。在家乡朋友中，任君这名字也一直让大家感到比较的特殊，会让人想起君子、子君、郎君这样一些文雅的称谓。他出身于书香门第，当地的一户世家。任君就是他的本名。

是为序。

写于 2008 年 9 月

长篇历史小说《铁血祭》系作家出版社 2008 年 9 月出版。

253

《创意阅读：中国文学名家新评》序言

　　《创意阅读：中国文学名家新评》这本书实在算不上一部完全意义上的评论文集。收入集中的许多文章就文体而言并不是一回事，更无论风格和所秉持的文学主义。我是如此地喜欢铁凝所写的《怀念孙犁先生》。"人之感于事，则必动于情"（〔唐〕白居易），感事、动情与作家的为人、为文链接起来，使得评赏抵达人性的深度。然而，这篇实在算不上是评论的文字。可犹豫再三，我们还是把她保留了下来。作家新评，谁也没有规定过评赏作家的文章应当如何写就。真正喜爱文学的人都会本能地吸收这样的评赏文字而不会主动要求受文学批评写作窠臼的限制。我也佩服叶兆言、梁衡、王充闾、卞毓方的文化散文式的作家评赏文章。这些文化散文着实意象具足、宛然在目，表现了作家主观情思与客观境遇天然合一的境界。这样的文章与其说是品评，不如说是品赏，但更其接近于散文写法。但讨论再三，我们还是把这一类美文介绍给原本要到书中阅读评论文章的读者诸君。有意有象，有情有景，多义性和歧义性，不确定性和确定性，无限性和有限性，这是文学的本来面貌，似有若无的东西恰恰是文学的最大魅力所在，窃以为用文化散文这种写法也许更能贴近作家，帮助读者阅读。

　　当然，评论文章，说到底还是本书的主体，没有它们本书就无理由称作"作家新评"。然而，文无定法，评论文章当然也不会拘于一法。王蒙之评赏李商隐，简直就是一次阅读与创作的畅想。"文章当以趣为第一"（〔明〕李卓吾），且"诗有别趣，非关理也"（〔宋〕严羽），以这样的解诗观来赏评李商隐和他的诗，实在是最贴近的一种方法。曹文轩之关于鲁迅的评论文字则以情理见功力。宣讲鲁迅，不感之以情无法扬其善，不识之以理无法颂其真，曹文轩于大学圣殿之上的布道当可直入人心。孙郁的文章本书选得最多，乃是因为我们被孙文深厚悠长的文化意味和温婉蕴藉的文字所打动。他的文章总是博而有物。他清醒，然而意味深长，他热情，然而有骨有态。总之，本书所选评论文章，有学理，有分析，有创见，篇篇过扎。吴晓东论废名、童庆炳论王蒙、李陀论汪曾祺、李静论王安忆，郜元宝论张炜，等等，有的深入，有的标新，有的深入而标新，读来路转峰回、动人心魄。特别是李静评论王安忆，我们难得读到如此这般既与人为善更以文为本的态度诚恳的评论。在我国当代作家里，王安忆卓然独立。她视野广阔，富有深度，艺术自变力强，成就非凡。评论家尊重作家的文学成就，那是对文学现实的一种尊重，但并不意味着就此止于思考。评论往往要从她的成就与缺憾，文本的得与失开始，揭示每一位作家都必然具有的写作维度与困境，进而探讨文学所面临的一些关键问题。对此李静做得坚定不移，做得推心置腹，殊为难得，使得我们的阅读具有强烈的紧张感和张力。这篇文字是"1996 年 5 月初稿，1999 年修改，2001 年 3 月以《失名的漫游者》为题发表，2002 年 10 月据王安忆近年新作最后改定"，足见评论家的执著和认真，也足见一位优秀作家那持续而强大的吸引力。

255

　　编选此书，我们对所选文章，或论理，或论事，或叙事，或抒情，坚持不拘一格，无不以文本优秀是取。诚如宋代秦少游论文所言："采道德之理，述性命之情，发天人之奥，明死生之变，此论理之文如列御寇庄周之作是也。别黑白阴阳，要其归宿，决其嫌疑，此论事之文如苏秦张仪之所作是也。考同异次旧闻，不虚美，不隐恶，人以为实录，此叙事之文如司马迁班固之所作是也。"虽然文学流派不同，本原均须不失雅正，却也不必扬李抑杜，归为一尊。读者诸君自然也是要分别文体，分别意趣，分别主张和创意去阅读才是。

　　《创意阅读》最初计划是编选中、外文学共两种书评集，后书业反响有热度，专家有好评，兼之评书之外尚有评人之文亟待与读者共享，于是就有了后来的中、外作家新评两种。四种书出齐，我们与读者朋友们的创意阅读之旅也就可以暂告一个段落了。我首先要真诚地感谢读者朋友们，在书多如过江之鲫而市场反应又五花八门的当下，诸君竟能青睐一套文学书评集，能一本又一本地接受它们，可见当今经济社会还能容得下很多张平静的课桌。我也要诚挚地感谢山东文艺出版社。应该社邀约，本人忝作这套书的主编，实际工作却主要是责任编辑所承担，他们一再感谢我应承了此项工作，我却要一再感谢他们承担了此项实务，还要感谢出版社决心出版这样一套未必能获得雅俗共赏的专业读物。一般来说，就内容而言，出版工作分为创新性出版和积累性出版两大类，大体上创新性选题易好，积累性选题难工。这套书于创新、积累兼而有之，于积累中见创新，足见他们的卓越见识和追求。我更要感谢入选这套书评集的作者方家们。书的真正主体是他们。正是由于他们卓具创意的写作，才给读者和出版者带来无限创意的导引，带来了这历时近两年的创意阅读之旅。在今天这个创意的时代，当代文学评论的写作渐成创意之风，这使得评论文字不仅附丽于文学作品，也越来越具有自己可供独立欣赏的美学价值，这是当代文学的光荣，也是阅读社会的幸事，让我们向我们文学评论的作者们致敬。

2008 年 12 月 26 日于北京

《创意阅读：中国文学名家新评》系山东文艺出版社 2009 年 1 月出版。

集 前 书 简

——小说集《去温泉之路》自序

编辑同志：

　　亏了您朋友式的鼓励和督促，亏了您老师般的信任和宽容，我的第一部短篇小说集稿子终于编选出来了。时值赴京前夜。明天一大早，我将郑重地把它交寄邮局，然后，大约还带着些沉重感，登上火车，去北京上学。以这本单薄的小书为标志，我的小说创作的第一个五年结束了，其间的成绩，亦如这本小书一样单薄。第二个五年(权且如此计划)开始了，但愿，去北京上学是此五年的开元小吉。您可以想见，此刻，我的心情是如何的不平静。屋外，初春的夜风拨弄着芒果树叶和柿子树叶，正发出簌簌的响声。

　　为了记住我曾经走过的路(哪怕是弯路)，也为了让读者知道我从哪里走来，我把作品按照写作的先后顺序编排。同时还因为，这里面，我不晓得该选哪一篇作"横空出世"的头条，索性就任其自然罢。您知道的，我对"头条"从来是有些看法的。自己的集子，何必厚此薄彼，不选也罢。

　　除了错字病句非改不可，作品仍保留在刊物发表时的原貌(只《心之祭》补回被刊物编辑删去的第三节)。这绝非知错不改，只是不想"遮儿丑"，不想装出从来就十分美妙的面孔。因为，文学的道路是那么曲折，探索总是失大于得的。

　　我这么做，似乎有点儿洒脱超然。其实，恰恰相反，我此时的心境，是很有些怅惘，有些茫茫然的。

　　刚才，当把稿子从头至尾看了一遍之后，我忽然疑惑起来："我"是谁？

　　我不知道"我"是谁！

257

并非因为老朋友了，跟你开这种近乎司芬克斯式的玩笑。希腊神话中人面狮身的怪物司芬克斯，问路人：早上四只脚，中午两只脚，晚上三只脚的东西是什么？答案是人。但是很多人却答不上，便被他吃掉。这个故事给我的启示是：人要认识自身，是极困难的。或许这并非故事的本意，只是我的引申。权且不去管它。只是，我要认识自身。我真正在思考着这问题，而且在不断为之苦恼。

我要认识的"我"，当然不是由履历表、政审表加上体检表确定的那种社会存在和自然存在，而是：在文学创作中，"我"究竟具有什么哪些独特的、镂心刻骨的生活体验，又究竟具有怎样的艺术气质、情趣和敏感点？也就是，我的艺术存在。

去年十月，我和您都参加了一个笔会。还记得吗？在会上，有这样一个议题：我们广西的小说创作要上去，是大力反映独特的少数民族当代生活呢，还是大力抒写城市的时代风貌。会上各执一说，争得不相上下。当时我正忙于复习赶考，未有闲暇就此议题发表意见，但却一直萦绕于怀。现在想来，这有点像讨论商业行情（罪过罪过）。我以为，即便是当代很重要的社会问题，倘若你对此并无深切、真诚的感触，倘若那问题与你的整个艺术个性不能统一和谐起来，硬去写它，结果会怎样呢？也许，走红了，在社会的功名市场上赚得了一点利益（也只能用"利益"这个词）。然而，这对文学事业的发展又能意味着什么呢？文学要求于我们的，是真诚，是独特，是真诚和独特基础上的深刻，是真诚、独特和深刻表现出来的人民性。而上面提到的"利益"，与此基本上是风马牛不相关的。因而，我痛切地感到，必须按照这个要求认识自己，否则（也许是杞人忧天），文学规律将如司芬克斯怪物一样，会把我们吃掉的。

说到这里，十分愧怍，十分悚惧，我至今还不很清楚"我"与其他作家的主要区别何在，也就是说还不认识"我"。因为，我的作品面貌变化很大，很截然。有时候，我忽然心慌起来，觉得它们简直像一群士气不振、高矮参差的士兵，胡乱排成了一队，有的缺腿，有的少胳膊，帽子东歪西斜，衣襟左高右低，让人看了忍不住要发笑。这当中，有《砍牛》、《春风》、《岗波老爹》、《驯猴人的悲剧》一类如山里老农民一样土气的作品，又有《去温泉之路》、《心之祭》、《玩鸟者》、《魔鞋》一类有点青年知识分子情调的作品，还有《绣球里有一颗槟榔》、《老同古歌》、《猎人之死》一类富于传奇色彩的作品。这是就作品的整体风格而言。如果依语言特色来区分，有些作品基本采用的是广西桂（林）柳（州）地方语言，有些

258

作品又基本是采用普通话书面语言，还有那么几篇是这两种语言的杂交，如《魔鞋》、《绣球里有一颗槟榔》。题材虽主要以广西西北部山区生活为范围，但也写了一些那以外的生活。甚至寓言式小说也试写了一组（《天界山森林随感录》）。至于结构、叙述角度等艺术手法，更无定规。写的时候，想到怎么写能尽意，能不十分雷同于别人，就怎么写。我总想同自己较量，每写一篇都力求与自己过去的写法不尽相同。生命的形式是新陈代谢，艺术生命的形式也理应如此。艺术生命的常在赖于常变。有了这样的想法和实践，就造成了我这面貌高低如此各各不同的作品系列。我要从里面寻找出完全（至少基本上）属于我的有艺术价值的内核来，当然是困难的，要花上很大的气力的。

可是，无论如何，我还是应当找到一个统一而独立"我"！

当然，认识自己并不容易。这需要自我肯定和自我否定的勇气。需要借鉴。鉴者，镜子也。猫在镜子面前，不认识镜子里的自己，反而会扑上去抓它。我们是否也会犯这样的错误呢？是否也会把本来属于自己的艺术个性当作异物排斥掉呢？这很可怕。我们应当在文学作品的"鉴"——古往今来的文学经验，真诚的评论家和天然真诚的读者面前，仔细地识别自己。

您读了这些稿子，或者日后读者、评论家和文友们看了这本书后，如果认出了那个文学中的聂震宁具有什么个性，告诉我，我将会以获得新生的心情感激您和大家的。

259

夜深沉了。院子里响起了昂扬的头遍鸡叫。远处传来火车的汽笛声，令人思绪飘忽悠远。我该就此打住，一切放松地去睡一觉。明天，将开始数千里的奔驰，去北京，去文讲所，仍然是为了——寻找"我"！

用自己的喉咙，唱一支自己的歌，即使不是绝唱，只是野唱，但是能得到人民的欢迎，历史法官的首肯，此生足矣！

书不尽意。余后叙。

谨颂

春祺！

聂震宁

写于 1984 年 2 月

小说集《去温泉之路》（聂震宁著）系漓江出版社 1985 年 8 月出版。

集 前 赘 语

——小说集《暗河》自序

一切真实的存在都蕴藏着艺术，只是我所未觉。

一切真正的艺术都表现着个性，只是我所未悟。

一切真诚的个性都昭示着道路，只是我所未见。

一切真确的道路都能通向人世，只是我所未知。

因而：

我写繁华的大都市，也写蛮荒的大山林；我写历史，也写现实；我写一切我所感知的存在，我写一切存在中我的感知。

我记住：是我写！

因而：

我希望走自己的道路，竭力于有独特的发现和表现，既不与别人抢道，也不想给别人让道。否则，我不如去经商，或者去办一个漂漂亮亮的印刷厂。

写于 1984 年 5 月

小说集《暗河》（聂震宁著）系广西民族出版社 1990 年 12 月出版。

《聂震宁小说选——长乐》后记

只谈为什么一本自选集取了一个并不大气的书名《长乐》。

快要编完这本集子，南方的第二阵秋风吹来。与许多稍稍读过一些古诗词的中国人雷同，忽然就想起了辛弃疾著名的咏叹："却道天凉好个秋。"切莫以为我在这里接着要说明自己"而今识尽愁滋味"。我还不至于如此矫情，如此小布尔乔亚。此时想起辛词，实在只是一个识尽南方酷暑滋味的人迎接凉爽秋风时的欢悦和慨叹。在南方，我由衷地喜欢秋天。这里的夏天酷热而且漫长，冬天又太过短促而且不像冬天，因而春天也显示不出它的鲜活来。于是秋天愈见其可爱。该绿的一切依然丰富地绿，枫叶渐次点染出冷静的寒意，稻田成片地黄了，凝重而圆融，秋水微澜平静但不瑟缩，鸟雀雍容大度且有些智慧。几天前我去了一处大山深处的温泉，深深体会到秋天里的温泉才最是温泉，它的不愠不火，它的融洽适度，称得上是秋意的一部分。南方之秋，丰富，平静，凝重，圆融，冷静，智慧，雍容大度，不愠不火，融洽适度，快乐之秋！于是，在高朗的秋夜，在惬意的秋风里，我忽然决定就用《长乐》做书名。

我不讳言我喜欢自己的《长乐》。主要的原因并不在于这篇作品为我赢得过荣誉和读者。我过于长久地享受这篇不足六千字的作品所带来的快乐，几乎可以写成又一篇长乐式的幽默故事，同时也从另一个侧面暴露出《长乐》之后我的小说创作长进不大的事实。当然我也可以说自己更喜欢后来的某篇作品，以此来抗争所谓长进不大的判决，顺便同评论家们作一回游戏。然而这纯属自说自话，读者心中有秤，作品不容我多嘴。何况文章千古事，耍这种小滑头没用。我之喜欢《长乐》，坦言之，主要

261

的原因在于我现在特别为自己曾经平和过幽默过而感到高兴。不知道从什么时候开始，我发现自己的幽默感与平和感俱减，紧张感与干巴感俱增，时不时义正辞严，久不久急火攻心，闹腾之后又要懊悔好一阵子。进而感到文化圈里平和气息幽默情调也日见其少。本来是兴致所至随机而来的幽默，却要当心别人较真，弄得你脸干干的也就罢了，弄出麻烦吃起官司来才讨厌。时有"近期灭谁"一类险情传来，时有"文革"语言见诸文艺批评，文艺批评见诸帮派圈子。平和者常有滑头之贬紧随其后，幽默者定有贫嘴之名不离其身。相声没人笑了，小品没人叫好，都说幽默笑料今不如昔。近期我看了一些传统相声名作的录像，老实说许多就是不如现今的高妙。想想恐怕不是菜肴不好，乃是食客胃口欠佳吧。

不独我们中国人如此，欧美人也好不到哪儿去。据报载，前不久国际幽默大会在瑞士闭幕，大会发表声明指出，幽默在我们的生活里正在成为越来越困难的事情，人们越来越不会笑了，英国人在经济并不景气的 50 年代，平均每天笑十八分钟，到了经济高度繁荣的 90 年代，每天笑的时间剧减至只有可怜的六分钟。参加幽默大会的德国精神病治疗专家迈克·蒂兹分析道："我们似乎创造了这样一个社会，人们都拼命地表现，期望获得成功。达不到这些标准，心里就不痛快，便产生耻辱感。许多人因此认为，他们没有理由笑。"剧作家们抱怨："现在创作一部能把人逗乐的喜剧比五十年前难多了。"这情况是不是与我们相类似？

中国人应当是推崇快乐的。"学而时习之，不亦说乎。有朋自远方来，不亦乐乎。人不知而不愠，不亦君子乎。"《论语》开篇就谈愉悦快乐，提倡君子不愠，可以想见，伟大的教育家孔子讲课一定态度平和幽默到家。先秦诸子大都提倡幽默，否则断然写不出那么多寓言杂谈来。至于后来我们的幽默怎么就渐渐稀少了，道学家的嘴脸装死相的官人怎么就日见其多，快乐怎么就有了虚假性、盲目性、保守性，几千年的历史一言难尽。然而，人健康地活着，快乐是不应该没有的。而要快乐，幽默是不能没有的。我们可以揭穿谎言，摈弃愚昧，抨击保守，提倡实话实说。但不能放弃快乐的天性和权利。其实实话实说也有幽默趣味，中央电视台的节目《实话实说》就笑声不断。合乎道德的现代化理应给人类带来更多的快乐。譬如网上漫游就给我们带来了无比多的乐趣，网上常有大小幽默故事，这是人所共知的。

　　说这么些，就一个意思，我希望自己为人为文能够逐渐地平和快乐起来，逐渐地幽默下去。为此集过去并非都是幽默风格的作品以《长乐》命名之。尽管我知道这只是表明我的风格爱好，并不保证今后就能做得到。因为这将要求你丰富，平静，凝重，圆融，冷静，智慧，雍容大度，不愠不火，融洽适度。谈何容易！这是南方之秋的境界。在我的很多友人当中，迄今只有我敬重的一两位长辈作家到达了这等境界。至于我，过去是少年气盛，现在是杂务缠手，毁誉缠身，明知乃匹夫之勇，仍要拍案而起，树欲静而风不止，心欲幽而口难默，看来，要达到这等境界，用北京话说：慢慢练吧。

　　然而，有一点我自信能够做到：无论如何，保证平均每天笑的时间要大大超过英国人的六分钟的指标。

　　然而，还是要长乐——无论当南方的最后一阵秋风吹来时，我已经去到了什么地方。

写于 1998 年秋

《聂震宁小说选——长乐》系广西师范大学出版社 1998 年 10 月出版。

跨过千年门槛之后

——《广西当代作家丛书·聂震宁卷》代后记

就这样，在太平洋群岛国家基里巴斯和汤加率人类之先跨过千年门槛之后，地球的每一个时点都相继开始了 2000 年记时。我们便生活在 21 世纪了。我们有非常的激动，我们有隐隐的不安，我们有较之以往强烈得多的奋发进取的欲望，还有一些不吐不快的话要说。

我最想对作家朋友们说：跨过千年门槛之后，我们依然要安心去写作，去创造，用电脑用笔都行。数字化也许将要取代许多门类的文字写作，但决不能最终取代作为人们心灵体操的文学创作，而且文字的丰富意韵也不是电影、电视、音像、电脑、网络之内所能表达尽至的。仓颉造字而有鬼夜哭，岂有人类创造的现代化反使我人类放弃文字之理。当林黛玉称奇香为"群芳髓"，我们一时似有香沁心髓之感，又见骷髅之状的时候；当贾宝玉喝"千红一窟"茶，我们忽然想起"西山一哭鬼"的时候，你不觉得如此这般微妙文字，决非它物所能吗？我坚信，便是到了 3000 年时，人类也少不了文学作品，IBM"更深的蓝"战胜得了象棋特级大师，却永远战胜不了真正的作家。

我也要对文学读者们说：跨过千年门槛之后，曾经是朋友的我们，依然是朋友，不管你是否下过不再买文学书的决心，文学将无所不至地纠缠你。也许你已经移情别恋，迷恋于影视，发烧于音像，只愿读图看画，颇似返老还童。可是，别忘了，你只享受了空间的艺术而错过了时间的美妙，你只看到了美的物体而错过理解世界内在外在一切微妙的机会，你将因简化鉴赏而弱化以文字为符号的思维能力。文学是一切艺术的艺术，文学是智者的艺术，文学必将与人类同在。决不是吓唬你，完

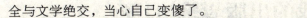

全与文学绝交，当心自己变傻了。

　　我是不是也要同文学出版同人们说些什么？跨过千年门槛之后，我冀望大家少一点竞争，多一点交流合作，共建我们的文学家园。我决不是撺掇大家拥挤在文学出版的小路上。数字化将给予人们商机无限，大家满可以想干什么就干什么去。真正的文学出版没有商机，这只是愚人的事业一件。

　　就这样，我们将在 21 世纪把这件愚人的事业进行下去。

写于 2000 年 1 月

本文原为千禧年而作，漓江出版社 2004 年 5 月出版《广西当代作家丛书·聂震宁卷》，用作该书后记。

《我的出版思维》自序

信息爆炸响遏行云，皇皇巨著汗牛充栋，值此书多为患之际，我不知道再添上我这么一本小书究竟意味着什么。如果有人来问，我将无言以对。书中收选的文字，既非高头讲章能启人心智，也非探赜索隐可洞幽发微，原是为了各种各样的缘故所写，并不曾有过积跬步以致千里，日后结集出版的谋划。某日，有长辈师友说是应当结集出版，河北教育出版社的同行好友说希望出版，我才开始审慎地考虑起此事来。我一边很感谢他们的厚爱与美意，一边有点犹疑，怀疑这些文字到底有无集合起来让别人欣赏或者挑剔的必要。不过，犹疑归犹疑，能有书出版，总归是一件令人快乐的事。于是，我应承了下来。然而收集整理义稿，又花了很长时间——这是我犹疑的佐证，社长和责任编辑知道。

对于我来说，关于出版理论与实务的研究从来没有丧失过它的魅力和吸引力。每当我觉得在出版实务中有所收获而认识上有所提高的时候，我就感到一种激动，同时也就会有写作的灵感躁动于心中。有一位英国批评家说过这样的话：左拉因为要做小说，才去经验人生；托尔斯泰则是经验了人生以后才来做小说。比照这个说法，我做出版理论与实务一类的文章，可能比较地接近于后者，即经验了出版实务之后才来做文章。抑或说，我是一边经验着出版实务，一边做着文章。文章集合起来的这本小书，也就可以看成是还在进行中的工作。它记载着我在工作中的思维，因而将它们统一命名为《我的出版思维》。理论要求观点鲜明且相对稳定、周到，思维则可以是动态的，是进行时态的，是环境的产物，是实践的启示，是一事之旨趣、一时之精神。为此，我把写作的时间标注于文章的开篇处，也就是请读者明鉴，文章记载的多是我在彼时彼地一时一事的思维，也许有所过时，也许有所冒失，望勿求全责备，尤其是不足为训。

坦言为"我的"思维，是想说明，其中有许多是一己之念、一孔之见、一时之胜绩或憾事，谈不上一家之言，也不一定具有普适性、规律性和不可证伪性。出版界高人如云，前可见师长，后又见新秀，我的这些文章既经不起那些成体系的理论来扞格，也经不得别处事实的验证。我只是想表示，我的所思所想是真诚的。观点是真诚认识到的，事例是真实发生过的，业绩和憾事是真确存在着的，感想发自内心，思维来自现实。我素来认为，论及实务的文章，首要的品格就是真诚。书稿编选完成时，我曾想过要把其中一些比较重要的文章送请一些专家把关，后来觉得这样做有点矫情，不就是一本个人的小书吗？不值得如此谨小慎微，谦谦恭恭的，让人牙酸。随即打消了这个念头。总之，正确者真诚，错谬者也真诚，辨别知罪的权力主要在读者，请读者指正罢。

坦言是"我的"思维，还想说明，其中一些识见，对于我和我的出版社同事们大体是管用的。我以为，与出版实务紧密相关联的思维所得，重要的不在于它们是否完善，评价它的最重要、最可靠的标准是，它们是否来自于实践，实践中是否有效果，又是否为一定面积的同行乐于接受。我这样说，并不是企图否认理论的价值，恰恰相反，出版业还是很需要理论指导的。理论的升华曾经让我们登高望远，形而上的归纳和推演经常让我们心明眼亮。可是，生在改革开放的今天，我们已经见到过很有一些人士，谈国际经济眉飞色舞，谈市场规律头头是道，却解决不了太多的实际问题。就像唐代诗人李白在《嘲鲁儒》一诗中描绘的那样："鲁叟谈五经，白发死章句。问以经济策，茫如坠烟雾。"出版理论的归宿点不在于如何滔滔不绝，在于管用。当然，管用者还有用处大小之别。用较高的标准来衡量我的这本小书，其用处自然不大，也不一定为更广大时空的同行所乐于接受，甚而想到可能在别人看来基本上是扯淡。没有办法，差异总是普遍存在，不必有愤愤不平之意气。为此，我必须谨慎地表示，有些思维只是"我的"，乃是从我和同事们的实践中生发，倘有一点用处，工夫就算没有白费。

坦言是"我的"思维，还包含着我的一点追求，即努力形成自己的论说类文章的写作风格。还在 8 年前，应《出版广角》杂志之邀开始撰写"聂

267

震宁断想"专栏文章，我就琢磨着要写得轻松活泼一点儿，思绪灵动一点儿，文体别致一点儿，语言丰富有趣一点儿，一句话，写得自由自在一点儿。后来，那一组文章得到了一些读者的好评，给了我很大的鼓舞。我一直以来认为古人说的"文似看山不喜平"是一句至理名言，并且愿意力行之。凡个人作文，力避千人一面与平铺直叙，见解、事实、写法、语言总要有些特点才好。当然，要做到这一点并不容易。西晋著名文论家陆机的《文赋》那篇谈写作心得的短序，有几句话最能说明作文者追求的痛苦："夫放言遣辞，良多变矣。妍蚩好恶，可得而言。每自属文，尤见其情。恒患意不称物，文不逮意，盖非知之难，能之难也。"古今文人的"能之难"，我更是不能幸免。写作风格的形成，本来就不易，论说类文章的写作风格的形成，由于自己先天才情不足，又有后天客观因素的制约，就更其难。所以，追求归追求，成功总是一个未能到达的彼岸。

经过了上述一番自白，我益发感到自己的心中充满了感激之情。首先应当感谢实践，感谢和我一起从事出版实践的同事们。我和大家一起演出过的一些激动人心的故事，那故事里包孕着的智慧与精神，极大地丰富了我原本比较苍白贫血的思维。还应当感谢学习。由于有了理论、专业以及出版经验交流在内全方位的不断学习，方使得自己从一个耽于想象的作家，渐渐蜕变成一个经营出版实务的出版人，逐步地从出版人的自在状态上升到自为状态。我经常想起北宋诗人黄庭坚那句比较刻薄比较厚重的名言："三日不读书，便觉语言乏味，面目可憎。"时时感到学习的不可或缺和紧迫。尤其重要的是，应当感谢时代，有了解放思想、实事求是、与时俱进的思想路线的指引，有了开拓创新、宽松和谐的时代氛围，才能够让我这个出版界的后学，敢于不揣简陋、奢谈思维、妄谈见解而无因言获罪之虞。这对希望真诚写作的人又是多么可贵啊！

最后，仍要感谢出版社。年出好书数百种，再加上我的一种小册子，在他们也许算不得什么，在我却是"文章千古事"，自当珍重的。还要感谢长辈师友。他们对我的写作时有瞩望，在他们也许只是轻轻一声发问，在我则是"一识韩荆州"的感动和"少壮真当努力"的激励，推动着我，在人生和事业的路上不敢懈怠，时有进取，进取所得，便是这个集子。

谢谢大家！

写于 2003 年 8 月

《我的出版思维》(聂震宁著)系河北教育出版社 2004 年 1 月出版。

《我们的出版文化观》自序

　　编辑出版"出版文化丛书"，是中国出版科学研究所 2007 年学术研究和出版的重点项目之一。丛书旨在研究古今中外出版文化现象，弘扬正确的出版文化观，建设中国特色的出版文化学。这一项目具有很强的针对性和现实意义。我相信，丛书的出版，会对我国出版业的健康发展产生好的影响。丛书编辑委员会邀约我把自己有关出版的演讲、访谈录汇编成集，收入丛书的个人文集系列。对于他们的抬爱，我心存感激。

　　我关于出版的演讲和访谈，整理成文稿发表的数量并不多。所以，凡搜寻得到文稿的，几乎悉数收入本书。这颇有点儿敝帚自珍的心态，也有点儿"以创作丰富自娱"的嫌疑。不过，对此我自有道理。

　　道理与文化现象和文化研究相关。

　　道理之一，文化首先是一种自在状态，拙著作为"出版文化丛书"之一种，应当尽量体现出文化的原生态。蔡元培先生认为"文化是人生发展的状况"（《何谓文化》），钱穆先生认为"文化只是人生，只是人类的生活"（《文化学大义》），贺麟先生也认为"文化就是经过人类精神陶铸过的自然"（《文化与人生》）。文化首先是人们物质与精神的客观存在。文化研究的基础是对文化客观状态的研究，然后才是对有价值的文化的弘扬和传承。既然编委会把我这些言论当作"出版文化丛书"的一部分，那么，也就是说，这些言论，无论是回顾出版实践，还是探讨出版规律，即便是研究出版文化，都可以看成是一个时期出版文化现象之一斑。这正应了一首诗歌所描绘的：你站在桥上看风景，看风景的人在楼上看你。我们在研究出版文化的同时，也将成为别人研究的对象。无论价值高低与否，

269

所有与出版业相关的存在都是出版文化风景的一部分。我之关于出版的演讲和访谈，论题未必都从文化出发，结论也未必归纳出文化概念，而且必定有所参差，甚至有所抵牾，可这本小书还是难逃被人当作风景来看的命运。既然如此，也就坦荡些罢，尽量做到有文照收，让人把风景看得真切一些。

道理之二，文化研究是人们众多认识交流碰撞的过程，杂多的研究方法有利于认识的趋同和全面的观照。梁启超先生说："文化者，人类心能所开积出来之有价值的共业也。易言之，凡人类心能所开创，历代积累起来，有助于正德、利用、厚生之物质的和精神的一切共同的业绩，都叫做文化。"（《什么是文化》）英国人爱德华·泰勒在《原始文化》一书中则指出文化"乃是包括知识、信仰、艺术、道德、法律、习俗和任何人作为一名社会成员而获得的能力和习惯在内的复杂整体"。研究出版文化，需要对出版业发展状况的全面观察，需要对出版活动的价值理念、道德规范、审美情趣和行为准则等种种情形的深入考察。这种观察和考察，既要有宏观视野，更要洞幽烛微，见微知著，微言而大义。我之关于出版文化研究的大小文章，虽然都是比较初步的尝试，不成熟在所难免，但小大由之，龙虫并雕，把收集面扩大一些，供人参考，对于促进研究和交流也许不无裨益。

道理之三，目的决定行为，行为反映目的。编选此书的目的，首先是把它当作出版文化现象之一种，供人们研究用，其次才是交流在出版文化研究方面的一些成果。这本小书是拿来让人了解，进而用来交流的，并不是（至少并不主要是）拿来供人学习的。既然没有好为人师的企图，也就没有为人师表的谋划，更无乔装打扮"秀"一把的意思。所以，在编选过程中，我比较地顺其自然，望专家和读者万勿见怪。

当然，对于出书，我从来不敢随意。就拿为本书确定书名这件事来说，就有一点周折。起首，我拟了一个书名是《出版与价值》。编委会一致认为有些生硬，其实我也觉得生硬，而且认为并不能概括书中内容。尽管价值问题是文化研究的主要内容，但并非其全部。后来又拟了一个书名：《一个出版人的出版文化观》。这书名似乎有点灵气，还有一点悬念，但稍嫌啰嗦。再后来，听取了一位出版前辈的意见，赫然命名为《我的出版文化观》，理由是应当旗帜鲜明，还能与我的前一本小书《我的出版思维》形成呼应。我心下有些激动，于是采纳了这个书名。书名递交编委会议讨论，获得一致好评，认为大气而响亮，甚至有人认为将为丛书开一个好头。事情似乎就这样定了下来。然而，会后，我心下却有惴惴之感。我这个人做事的特点是，偶有灵感闪现，却不能立刻形成完整方案，往往是反三复四，否定之否定，才渐渐靠谱。倘若心下有惴惴之感，往往说明方案尚未周全，同志仍需努力。对于这个诸位专家一致叫好的书名，我心下却有这样的感觉，经验告诉我那就不能贸然出手。于是书稿迟迟不肯交付出版。别人并不知道是书名造成的坎坷。事情搁置下来，让诸位专家有些费解。

记得当初把我的第一本小书命名为《我的出版思维》，我就很费过一番踌躇，生怕招致物议。于是在书的自序里表白道："坦言为'我的'思维，是想说明，其中有许多是一己之念、一孔之见、一时之胜绩或憾事，谈不上一家之言，也不一定具有普适性、规律性和不可证伪性。"请看，多么小心。如此我还不够放心，接着又解释道："我只是想表示，我的所思所想是真诚的。观点是真诚认识到的，事例是真实发生过的，业绩和憾事是真确存在着的，感想发自内心，思维来自现实。"思维者，人的一种精神活动也，坦言"我的"似也无妨。而出版文化观，事情可就大了。观者，乃人的一种认识或理论也，这就要有所当心。一些理论要强调是"我的"，就需要问问，是否为个人独树的一帜，能否成一家之言。如此等等，是要经得起别人挑剔的。

271

可是毕竟诸位专家已经一致认为要称"我的出版文化观"才好，我也不想拂了大家的热情。于是，那次会后，斟酌拙著的书名一时便成了我有空就要做的功课。不说是辗转反侧，寤寐求之，却也说得上时有挂牵，时在寻觅。挂牵寻觅之间，某一日忽然就有了灵感：何不把"我"扩大为"我们"！文化本来就具有整体性特点，"是指集体的大群的人类生活"（钱穆语）。我的那些演讲和访谈，许多认识原本就是业内共识，不少观点原本就是众多出版同人在传承与创新中形成，我所做的主要是一些归纳或演绎，至多也就是通过当前的实践有过一些升华或创新，并非个人独得之秘。拙著所讨论的出版文化观，乃是我所赞成和提倡的"我们的出版文化观"，总体上依然属于"我们"。于是书名《我们的出版文化观》就这么定了下来。这书名真让我欢喜。放言遣辞，竟能称物逮意，一时不亦快哉！

我又一次经历了"吟安一个字,捻断数茎须"的苦吟状态。

　　谈书名虽然不免有点儿得意忘形,可是,对书稿却断然不敢自鸣得意。所收文章几经权衡斟酌。一些文章的时间距离较大,觉今是而昨非的感觉时有发生,我还是大体保持原来的模样,所作的斟酌主要是原则和文法方面的问题。文章的排列组合则有好一阵子的反三复四。因为是演讲和访谈,不免随意、感性一些,不免左右逢源,访谈者往往是全面设问,文章内容也就不免庞杂,分类就成了难事。还好,到底还是排列成了六辑,各辑都有主要内容,第一辑是出版概述,第二辑是出版产业建设,第三辑是出版企业管理,第四辑是出版物评析,第五辑是出版业与读者,第六辑是出版人才与培养。自然,这只是一个大体的分类,阅读时可以完全略过不计。选集还是以所选的文章为本,文章才是最主要的。我历来认为,文章千古事,得失天下知,而不是古人所说的只是"得失寸心知"。仅从一个书名的由来,相信诸位专家和读者就能注意到我对出版这项事业所葆有的敬畏之情和认真态度。敬惜字纸,敬重读者,敬畏历史,这是我们的出版文化观的基点。想必诸位专家、读者也是赞同的。我们坚信,从这个基点出发,中国当代出版人方可能在社会的大舞台上演出生动活泼、有声有色、有血有肉、风云际会、以人为本的活剧来。

　　是为自序。

写于 2008 年 3 月

　　《我们的出版文化观》(聂震宁著)系中国书籍出版社 2008 年 9 月出版。